朱晓翔 著

古玩暗战 ②

中国工人出版社

图书在版编目（CIP）数据

古玩暗战2／朱晓翔著. —北京：中国工人出版社，2019.9
ISBN 978-7-5008-7249-8

Ⅰ.①古… Ⅱ.①朱… Ⅲ.①推理小说—中国—当代 Ⅳ.①I247.5

中国版本图书馆CIP数据核字（2019）第197292号

古玩暗战2

出 版 人	王娇萍
责任编辑	周小彦
责任印制	黄　丽
出版发行	中国工人出版社
地　　址	北京市东城区鼓楼外大街45号　邮编：100120
网　　址	http://www.wp-china.com
电　　话	（010）62005043（总编室） （010）62005039（印制管理中心） （010）62379038（社科文艺分社）
发行热线	（010）62005049　（010）62005042（传真）
经　　销	各地书店
印　　刷	天津中印联印务有限公司
开　　本	880毫米×1230毫米　1/32
印　　张	8.625
字　　数	220千字
版　　次	2019年10月第1版　2019年10月第1次印刷
定　　价	39.80元

目录

Contents

国宝迷踪

楔子

一个无聊而单调的中午，洛阳警察局副局长兼侦缉队队长伊宫承坐在办公室里呵欠连天，懒洋洋地看着戴老板从重庆发来的文物保护清单。这时电话铃响了，接完后他兴冲冲地到隔壁叫醒了酣睡中的左侯。

“走，陪我到兴岈山去一趟。”

“有案子？”左侯迷迷糊糊地问。

“高中同学那边有个小型酒宴。”

“那算了，我又不认识他，何况要跑那么远。”

“他叫郉若松。”

“啊！”左侯一跃而起，“我去！”

郉若松是江浙地区有名的大收藏家，收藏的精品可以用数以千计来形容，且价值连城，古玩圈内人士均煞费苦心地想结识他好一饱眼福，没想到他居然远离江浙隐居到洛阳北郊的深山里。

郉若松所住的堇寨山庄坐落于兴岈山深处的小山谷里，山间泉水清冽，树木长青，林里各种鸟儿婉转鸣唱，确是修身养性的好地方。缺点是交通不便，没有大路直达，须得翻越两道山岭才能抵达掩映于翠树绿林中的小山庄。

“做土财主真不容易，为提防别人抢东西躲到深山老林里，人生有何乐趣？”左侯气喘吁吁地边爬山边感慨道。

“拥有别人梦寐以求的，难道不是一种幸福？”

“我宁愿整天捧着价值几十大洋的茶壶在街上遛弯儿，也不愿只能在夜里偷偷欣赏价值上百万的古玩。”

“每个人对幸福的认知不同。”

“局座追求哪种幸福？”

伊宫承轻叹口气：“好好干活，希望有朝一日戴老板开恩让我们全家相聚。”原来这个外表强硬冷酷的军统特务，心里始终挂念着远在重庆当人质的妻儿。

走到半路突然下起大雨，两人在泥泞不堪的山地里不知摔了多少跤，好不容易找了个破亭子进去拧干衣服，雨却停了。左侯嘀咕咒骂着继续走，没一会儿雨又哗哗下起来，再次被淋成落汤鸡。

就这样走一阵淋一阵，直到下午四点多钟才来到堇寨山庄，全身上下糊满了泥巴，没一处干净的，邴若松看了好半天才勉强认出伊宫承，连忙吩咐仆人带他们去洗澡并换上干净衣服。

夜幕降临前陆续有几位客人狼狈不堪地来到山庄，外面雨下得更急，两三米外便看不清人影，即便再有客人想进山都找不到路了。经验丰富的陆管家吩咐仆人们端茶送毛巾，又带着浅浅的微笑陪着说话——他应该是标准英式管家学校培训出来的，皮鞋鞋面光可鉴人，领结打得一丝不苟，说话有板有眼又保持适当分寸，既让客人有宾至如归的感觉又不失矜持。

“山雨夜来涨，喜鱼跳满江。岸沙平欲尽，垂蓼入船窗。”陆管家笑道，“或许明天能泛舟小溪钓鱼呢。”

客人们会心地笑起来，包括伊宫承在内都没想到他们将要面临一个血腥之夜。

第一章

无论规模还是面积，堇寨山庄都只能算小山庄。

说它小，是因为地势缘故无法大兴土木，就着山势在平地上盖了座“T”形组合楼，前面一排正中是山庄大门，两侧是厨房、杂物间、客房和仆人住的房间，后面长条形依次为客厅餐厅各半、观光走廊——两侧墙壁镶嵌着整幅玻璃，能欣赏外面的景色，以及藏品观赏厅、书房和卧室。从观光厅起房子都修建在狭长的山脊上，连同书房、卧室，三面都是深不见底的悬崖，任何人想进入藏品观赏厅都必须通过大门、客厅和透明的观光走廊，安全方面绝对有保障。

即使如此，邴若松还是放心不下，重金购买堇寨山庄后又做了很多改造：将山庄正门修筑成城墙式堡垒，可防重型武器进攻；两侧佣人住的房间有机关枪射击口和监视哨位，六名保镖全天候轮流值守；山庄从邴夫人、陆管家到仆人都受过严格的军事化训练，平时枪不离手，随时应对突发情况。

因此客人们见到邴夫人寸步不离邴若松左右，腰间别着小而精巧的手枪也都见怪不怪了。

伊宫承和左侯是第二批来到山庄的，他们洗完澡出来时，邴若松夫妇正在书房接待最先拜访的客人，也是高中同学裘仁斋。陆管家安排他俩在客厅歇息，享用香浓可口的冰淇淋咖啡，隔了一会儿，左侯信步踱到观光走廊。

“咦，走廊两侧为什么呈波浪形，像是向外伸了四个阳台，是为了便于欣赏美景吗？”他不解地问。

陆管家笑道：“左先生好眼力！这是出于安全需要，因为山谷里风大雨急，设计成弧形有利于削弱风雨侵蚀的强度。”

伊宫承也走过来，道：“房屋建筑跟古玩鉴定一样，小处见大文章啊。”远眺雨幕中对面的山峰，依稀有几处建筑，他信手指道：“那是什么？”

“大吉寺。”陆管家道，“若是天气好，从山庄走到对面大概四十分钟。”

“又叫宝光寺，据说在天气特别晴朗的夜晚能看到大吉寺上空隐隐折射出宝光，故由此得名。”左侯补充道。

伊宫承很惊讶：“竟有这等奇事？可惜今天下雨，不能一睹奇观。”

左侯想开窗领略一下山间风雨，陆管家却说为安全起见观光走廊全程封闭，没有设计窗户。

这时裘仁斋从里面边大步出来边挥手致意，两人均已二十多年未见，免不了紧紧握手细细寒暄一番，直到陆管家提醒主人在书房恭候。

走进古色古香的书房，邴若松正坐在书案前把玩一尊拳头大小的鎏金铜像，邴夫人则笑语吟吟地迎接两位客人。

“一年多来承蒙伊宫兄庇护，大恩大德没齿难忘。”邴若松缓缓道，“眼下大兵压境，洛阳城也不安宁，我想是该离开的时候了，故而借酒宴一是答谢，二是话别，过几天便举家迁往南方。”

伊宫承点点头：“北方战事不利，南方相对安全些。”

邴若松将鎏金铜像托在手心，转头问左侯：“左先生可识得它的来历？”

铜像盘膝而坐，头戴宝塔尖状头盔，神情肃穆庄严，不怒自威。左侯接过来掂了掂，道：“此乃南传佛教天神级佛，叫坤平将军，出现于佛历 850 年至 860 年，传说他武功精湛威猛善战，立下军功无数……”

邴若松打断他的话，又问：“从包浆圆润度和金漆剥落程度看，它是明代的还是清代的？”

左侯郑重其事地细细把玩，沉吟不语。

伊宫承道：“南传佛教跟藏传佛教什么关系？”

“汉传佛教、藏传佛教和南传佛教并称佛教三大体系，南传佛教由印度南传到斯里兰卡后发展起来得名，盛行于斯里兰卡、缅甸、泰国、柬埔寨、老挝及中国云南傣族地区。”邴若松解释道。

“应该是明末清初。”左侯道。

邴若松眉头一松，笑道：“左先生果然眼力不凡！南传佛教以清修为主，宝器稀少，向来是收藏界的冷门加偏门，这尊鎏金铜像就留给伊宫兄做个纪念吧。”

“不行不行，太贵重了……”

伊宫承尽管不懂古玩，好歹知道明代的东西很值钱，竭力推辞。

邴若松脸一沉佯怒道：“名器，有德者居之。我可不是冲着你警察局长的名头，而是老同学的情谊。”

推推让让间陆管家敲门通报又来了客人，伊宫承方才勉强收下，重新回到客厅与裘仁斋叙旧。

与伊宫承相比，裘仁斋和邴若松的关系更铁。高中毕业后伊宫承考入保定陆军军官学校，再转入军统，由于职业保密规定，绝少跟昔日同学联系。裘仁斋继承父业，成为镇江一家火柴厂的老板，平时与邴若松来往密切。偶尔火柴厂急需周转资金，或是邴若松筹集巨款购买国宝级古玩，打个电话就行，连借条都不用写。

关于此行的来意，裘仁斋没有明说，不过很明显与钱有关。数目众多的古玩精心包装后运到南方，需要高昂的运输费、保安费和安置费，郦若松虽说家境富裕，但他的钱都押在这些宝贝身上，只能向裘仁斋这位大金主求救。

聊天期间陆续来了五位客人，分别是开封鉴定名家俞漠、开封大收藏家邓景然、邯郸古玉阁邱老板、郦夫人的闺密江南商行副总白晓珍，最后一位客人非常特殊，竟是大吉寺方丈普易。

裘仁斋私下解释说郦若松笃信佛教，搬到这儿后向大吉寺捐献了不少钱，最近又出资三千大洋修葺寺庙，十多名漆匠、木匠、瓦匠、雕工和石匠已干了快一个月。

生日晚宴是丰盛的西餐——郦夫人在法国专攻西洋画，回国后在上海一家画廊当导购，嫁给郦若松后才辞职，受她的影响，山庄饮食以西餐为主。烤得外焦里嫩的加州小牛排、意大利通心粉、肥美滑腻的鹅肝，还有冰到恰到好处的英国香槟，高脚酒杯也在冰柜里冰镇过，外壁蒙了一层白汽，“嘭”地打开瓶塞，晶莹剔透的香槟倒入杯中，“滋滋”声中泛起粉末般的细泡，抿一小口，甘美香甜的味道一直沁到心脾。

八位客人加郦氏夫妻正好凑满一桌。郦若松是收藏大家，席间话题自然以古玩为主，俞漠、邓景然、邱老板均浸淫此行数十年，谈论得头头是道，左侯虽故意藏拙，偶尔也忍不住插上一两句；郦夫人则与白晓珍窃窃私语，不时发出轻笑声；伊宫承与裘仁斋有说不完的中学旧事，但见普易独自坐着有些过意不去，便主动搭话，三言两语后不知怎么就岔到了先前左侯所说的宝光上。

“贵寺传闻的宝光是否确有其事？”

伊宫承直截了当地问，瞬间大家都停止交谈，目光聚集到普易脸上。普易显然很不习惯成为宴席焦点，轻捋长须，隔了会儿道：“四十多年前，老衲下山配药回来迟了，走到半山腰时亲眼看到寺庙上方有道淡淡的白芒，到了庙前却怎么看都没有。后来向师傅、师兄弟请教，他们都曾有过类似经历，据猜测可能是月光折射的结果，必须在特定位置、特定角度才能看到，若说宝光未免夸大其词。”

俞漠笑道：“方丈说得对，世上哪有什么宝光！正如有些名山上所谓的‘佛光’，无非因阳光折射、水雾加特殊地形而形成。”

普易倒是对“佛光”坚信不疑，当下不便反驳，合掌道：“阿弥陀佛。”

“大凡古寺都有镇寺之宝，说不定大吉寺就藏有能发出宝光的东西。”裘仁斋辩道。

邓景然不以为然：“裘先生说笑了！在下收藏古玩几十年，还没见过真正的宝光，裘先生见过吗？”

裘仁斋有些动怒：“在下才疏学浅，可‘珠光宝气’一词大家都应该知道，在下相信古人诚不欺我！”

场面有些尴尬，郦若松连忙打圆场：“等明天转晴大家一起去大吉寺烧香拜佛，顺便领略宝光笼罩下的寺庙。”

接着又将话题转到古玩赏鉴上，但每个人都感觉到谈话的勉强，反而郦夫人和白晓珍两位女士频频举杯敬酒以活跃气氛。

好不容易吃完这顿漫长的晚宴——西餐每上一道菜要等半天，加之下午在泥泞的山路上跋涉，客人们个个全身酸疼，疲惫不堪。

回到客厅喝咖啡时，裘仁斋突发奇想要到山庄外围散步，白晓珍圆睁妙目说这会儿外面瓢泼大雨呢，别说散步，小跑半圈浑身就湿透了。

裘仁斋笑笑说："山间雨中漫步何等意境，再说不是有伞吗？"

俞漠冷不丁来了一句："山中野狼经常在雨中觅食。"

"这里个个都有枪，怕什么？"裘仁斋说。

这句话好像含义丰富，客厅气氛颇为微妙，大家不约而同地瞟向小手枪不离身的邴夫人，她若无其事道："大家都累了，还是别出去冒险，早点休息吧。"

左侯有些吃惊。按常规到邴若松这样的大收藏家这儿做客，吃是次要的，重点是餐后赏鉴其收藏的精品，怎么会直接安排客人睡觉？奇怪的是邴若松没说什么，俞漠、邓景然等人也没有异议。

堇寨山庄的客房很有意思，夹在监视室和佣人住的房间中间，两侧各三间，每间两张床，内设卫生间。其用意不言而喻，尽管是邀请而来的客人，但邴若松依然有防范之心，让他们远离藏品观赏厅。

进了房间关好门，左侯一脸严肃地问："今天拉我一起来是局座的想法，还是邴若松的意思？"

"有什么区别？"

"如果邴若松叫我来的话，说明他处境不妙！"

伊宫承也是敏锐机警之人，立即拿出那尊鎏金铜像："邴若松借它示警？为什么不直说？"

"邴夫人带着枪寸步不离左右，他根本没机会。"

"坤平将军的佛像意喻什么？"

"很复杂……"左侯边说边陷入沉思，良久才说，"让我仔细想会儿再把故事讲给你听。"

"故弄玄虚。"

伊宫承瞪了他一眼，倚在床上等待时因为白天太累不知不觉呼呼大睡。

鼾声中左侯逐渐清晰的思路变得模糊起来，很快也迷迷糊糊地进入梦乡。

“砰！”远处传来一声沉闷的枪响，伊宫承和左侯同时惊起，对视一眼，急步冲出房门。

第二章

山庄里静得出奇，外面一个人都没有。两人跑到正门与客厅中间的空地时，裘仁斋也开门出来，神情紧张地问：“刚才你们是不是听到了枪声？”

“好像是。”

伊宫承边跑边答，漆黑一团的客厅同样没人，再经过开着夜光灯的观光走廊，“哒，哒，哒”，偌大的山庄好像只有他们的脚步声。裘仁斋身材瘦削，跑得特别快，很快越过东张西望的左侯，紧紧跟随伊宫承。

“咦，雨已经停了？”裘仁斋奔跑途中微微一滞，诧异地问。

左侯在后面说：“没，还是倾盆大雨，怎么了？”

“哦，大概看花了眼。”

经过灯火通明的藏品观赏厅，里面除了琳琅满目的古玩，半个人影都没有，再往前，左侧书房门紧闭，右侧卧室门张着一条缝，里面有灯光泄出。

伊宫承反而冷静下来，命令左侯守在书房门口，他和裘仁斋同时推开卧室门——

“啊！”裘仁斋失声叫道，“若松！”

只见郦若松横躺在卧室中间，额头上有个血洞，鲜血汩汩而出，裘仁斋伸手探了下他的鼻息，触手尚温，明显是刚刚断气。

“谁干的？他老婆呢，死哪儿去了？”裘仁斋红着眼咆哮道。

“少安毋躁。”

伊宫承拍拍他的肩，出了卧室双手持枪，裘仁斋和左侯同时用力踹开书房门：里面没人！

“快来人呀！”伊宫承大声喊道。

过了会儿，陆管家率领两名守卫快步过来，后面跟着被惊醒的俞漠、邓景然、邱老板三人，或裹睡衣，或穿拖鞋，都衣冠不整。再隔了会儿妆容不整的郦夫人和白晓珍满脸惊惶一路小跑，嘴里不停地问：“出什么事了？若松呢？”

伊宫承拦在卧室门口，威严地问：“刚才你干什么去了？”

郦夫人似乎意识到大祸临头，完全没了晚宴时女主人的气势，答道：“晓珍不想一个人睡，我就在她房间陪着……若松在哪里？我要见他！”

“听到枪声没有？”伊宫承又问。

“有……”她怔了怔，“山庄守卫夜里为了阻止野兽靠近，经常开枪恐吓，我们早就习以为常……若松呢，若松呢？”

伊宫承这才让开身体，以目示意白晓珍陪她进去，紧接着卧室里传来撕心裂肺的号啕声！

门外客人们以及陆管家等人面面相觑，心头沉重无比。

由于发生命案，伊宫承自然而然成为唯一发号施令的主角。他环视众人，问道：“普易方丈呢？”

邱老板道：“在房间休息，他大概吃坏了肚子，从进房间起已腹泻了七八回，身体软得走路都费劲。”

左侯奇道：“普易方丈不是吃的素斋吗？”

陆管家连忙道：“是素斋，我吩咐厨师特意为他做的，但用料跟各位的配菜一模一样。”

“山庄的菜油水足，品种丰盛，普易方丈平时清汤寡水惯了，突然来这么一顿，肠胃肯定吃不消。”邓景然推测道。

伊宫承表示认同，随即转向陆管家：“山庄里还有别的去处吗？”

“山庄结构各位客人都清楚，根本没有藏身之地。卧室、书房除了门，打开窗户就是万丈悬崖。”

餐厅、客厅、藏品观赏厅都一览无余，没有任何隐蔽结构，这样看来，除非凶手开枪后缒崖而下！

见伊宫承目光瞟向书房窗户，陆管家主动跑过去拉开窗帘，露出手腕粗的钢筋织成的防盗网，道：“虽然位于峭壁之上，为防止飞鹰等大鸟、猿猴攀爬撞击，郁先生特意要求加装防盗网，因此……”

“各位到客房休息时，谁是最后见到若松的人？”伊宫承问。

迟疑半晌，裘仁斋道：“是我……我有晚饭后散步的习惯，但郁夫人不同意出山庄就算了，若松陪我沿着山庄院墙根溜达了几圈，大概有四十分钟吧。”

“郁夫人全程陪同？”左侯问道。

“是的，散完步她把我送到客房，然后就进了白晓珍的房间。”说到这里裘仁斋微露讥意，“反正山庄大门的钥匙掌握在她手里，她不点头谁都出不去。”

“是这样？”伊宫承望着陆管家。

“山庄钥匙一直由夫人掌管，每天都是她亲手开关大门。”

“没有备用钥匙？”

陆管家摇摇头：“钥匙由夫人贴身保管，她平时又不出山庄半步，怎会丢失？”

“钥匙给我看看。”伊宫承命令道。

陆管家进卧室与哀哀哭泣中的郦夫人低语几句，过会儿拿了把拴着红线的铜钥匙出来，还有些温热，如陆管家所说，她的确挂在脖子上贴身保管。

伊宫承将钥匙交给左侯，左侯会意，叫了名守卫陪着一道出去，五分钟后匆匆回来，道：“看过了，大门外面没有脚印，门也没开过——山庄大门内侧用的是挂锁，倘若有人出逃不可能把挂锁复原。”

伊宫承叹了口气，一字一顿道：“既然如此，实在抱歉得很，凶手就是我们当中的一个或几个！”

此言一出众人大哗，纷纷愤怒地抗议。

其中最激动的要数俞漠，他指着伊宫承道：“关于枪响之后发生的事，我们都听明白了，是你们三个先到达这里，然后你和裘先生进卧室发现若松被枪杀，其间没有看到行凶者；我们听到动静跑过来时一路上也没发现其他人；结合山庄独特的结构，你们三个才是嫌疑人！”

邓景然附和道：“对，从时间分析，凶手开枪后只能沿着藏品观赏厅、观光走廊、客厅方向逃跑，按最快速度起码也得七八分钟，而你们三个一听到枪声顶多一两分钟就来到房间外，实际上堵住了凶手的去路——当然凶手没钥匙，跑到大门前也没用。那么，凶手难道飞了吗？”

伊宫承掏出警官证晃了一圈，硬邦邦道：“我是警察，哪个有嫌疑，凶手是谁，由我说了算！现在当然睡不成觉了，麻烦各位逐个接受调查，在凶手身份揭露之前，一个都不准离开山庄！”

这下轮到邱老板焦躁不安了，道：“伊宫局长，我开封偌大的店搁在那儿，老板不坐店盯着怎么行？我是一天都耽搁不起啊。”

俞漠则阴阳怪气道：“我一天起码接五六桩鉴定的活儿，这误工费谁出？”

应付这种场面，对伊宫承不过是小菜一碟，他冷冷道：“要是被指认为凶手，恐怕得一辈子蹲在牢里，别指望做生意了。”

由于邴夫人情绪很不稳定，白晓珍陪她在书房休息，先接受质询的是陆管家，其余人则集中在餐厅等候。其实客厅和餐厅之间是通透的，彼此都能看到，但面积非常大，只要说话声音不特别大几乎听不见。

“从头说起吧。”伊宫承道，“举办晚宴的目的是什么？哪个提议的？”

陆管家镇定而沉着，想了想道：“是邴先生，他觉得不能一声不吭就离开洛阳，总得跟一年多来往密切的朋友吃顿饭，打个招呼，所以……”

“邴夫人支持吗？”

“刚开始……态度有些勉强，她冷清惯了，不喜欢抛头露面接待客人，后来邴先生坚持要办，她也没说什么，还请来好朋友白小姐。”

“邴先生和夫人的感情如何？”

陆管家对这个问题感到愕然，道：“非常好啊。”

“邴夫人成天挎着枪不离先生左右，还控制着山庄钥匙，作为管家你不觉得奇怪？”

“看来伊宫局长并不了解邴先生的性格。他是专注于收藏，两耳不闻窗外事的人，生活起居那些琐事全部交给了夫人，至于随身佩枪倒是邴先生的要求，他历来注重人身安全。”

“枪声响时你在哪里？”

“我已经睡着了。”陆管家指着山庄大门方向道，“我住在右侧，与白小姐的客房中间隔着两间杂物间，另一边是保镖、仆人们的宿舍。当时我以为是保镖开枪吓走野兽，脑子里还想着明天要骂他们不该打扰客人休息，再后来听到踹门的声音以及有人叫喊，才知道可能出事了，赶紧起身叫了两名仆人，又过去敲门提醒夫人和白小姐；等我带人跑到客厅时，俞先生、邓先生他们也出现了。”

伊宫承点点头打算结束询问，左侯却插了一句：“普易方丈是头一回到山庄做客？”

“不，已有四五次了。”

“每次吃的素斋都差不多？”

“基本是，厨师事先征求过普易方丈的意见。”

邱老板第二个接受质询，他个子不高，一脸生意人和气生财的模样，坦率地说想早点问完躺到沙发上睡会儿。

“你与若松有何交往？为何参加晚宴？”伊宫承问。

“他邀我来商量购买件赃货，本来我不想沾身，他提出以两块和田玉相酬，我也就动了心……”

左侯一听便了然。地下市场经常有来历不明的古玩，俗称赃货，大都是盗墓得来的，也有少数是通过抢劫、偷窃等不法手段得来的。一般来说收藏家不屑于碰赃货，以免惹火烧身，但极个别情况下——如特别喜欢，亦会通过古玩店将赃货洗白。

邱老板继续道：“傍晚我去他书房商谈这笔交易，诸如底价多少、以什么方式付款、如何交易等细节，他好像心不在焉的样子，加之郉夫人始终在旁边转悠，所以约定明早再细谈。”

“以前你和若松谈生意时郉夫人在场吗？”

“有时在，有时不在。”邱老板回忆道，“不过她从不插话或打断我们，就坐在旁边欣赏画册之类。”

“你觉得与以前相比，今天若松是否有些反常？”

本来只是随口问问，不料邱老板正色道：“我觉得他跟俞漠、邓景然之间不对劲！”

第三章

“为什么？”伊宫承立即追问。

邱老板摇晃着脑袋道：“猜测、传闻的话我不多讲，只说一件亲身经历的事：年初开封有位藏家从乡下买了只雍正珐琅彩瓷碗，正宗国宝级古玩啊，上海那边行情起码三四十万大洋，他花了十块大洋加一双皮鞋就换到了手！然后俞漠和邓景然联袂找上门，挑了无数个毛病，几乎把它贬得一文不值，最终以六千大洋收购了……”

“买卖不同心，很正常的事。”左侯笑道。

“其实那位藏家最先找的是我，开价两万大洋，我拿不出那么多现洋只得放弃。过了两三个月我到堇寨山庄送货，意外在藏品观赏厅看到了那个碗，怀疑俞漠转手卖给若松，就问价钱，谁知他居然说是上海朋友赠送的，这不是当面扯谎吗？我意识到其中肯定有玄机，遂没戳穿。过了一个月再来看，碗又不见了！若松说把玩了一阵子还给了朋友。前阵子有个场合我故意在邓景然面前提到那只碗，他浑然忘了似的，嘿，你们说怪不怪？反正从此以后我再没见过那只雍正珐琅彩瓷碗。”

伊宫承与左侯对视一眼，心里浮起相同的念头。

“你听到那声枪响了吗？”

“当时我已睡着了，枪响后迷迷糊糊地问怎么回事，普易方丈说八成是在驱赶野兽，山里很常见。”

本来要质询裘仁斋，这样一来将俞漠移到前面。俞漠，人如其名，态度冷漠而倨傲，根本不把权势逼人的警察副局长兼侦缉队队长放在眼里。

“搞鉴定前我在古玩行做过事，因为业务需要经常跑上海、苏州那条线，得以结识了若松，算起来已有七八年交情。”他缓缓道，“若松是上海滩知名的大收藏家，打他主意的人很多，遂躲到洛阳这边。他收藏古玩的雅趣不减，又不敢暴露身份，于是委托我和景然在开封寻找目标，我负责鉴定，景然负责收购，一年多来一直这样操作。”

左侯冷不丁道：“包括一只雍正珐琅彩瓷碗？”

俞漠很明显大吃一惊，目光闪动半晌，道：“是的。”

“收购价多少？转给郉若松是多少？”左侯步步紧逼。

“……唔，我们经手的东西太多，忘了……”

伊宫承问：“傍晚你们与若松交谈，发生过什么异常的事吗？”

“他有些心不在焉。”俞漠用的词与邱老板一样，接着补充道，“我觉得那个姓裘的有问题，上午十点多钟就在山脚下看到他开车，后来我们的车坏了，修到下午四点多，抵达山庄后听说他也不过比我们早了几十分钟，既然来了为何不立即上山，那段时间他干什么去了？建议你们查一查。”

“你听到那声枪响了吗？”

俞漠道：“如郉夫人所说，以为恐吓野兽，之前我们偶尔在山庄留宿过，也曾听到枪声，早就习以为常。”

邓景然说的情况与俞漠差不多，在问及那只碗的价格时同样托辞忘了——八成是为防止与俞漠说得不一样，最后也提到裘仁斋在山脚下停留几个小时的问题。

轮到裘仁斋了，他坐到沙发上叹息道："世事难料，几小时前咱俩还是老同学，现在变成警察与嫌疑人了。"

伊宫承苦笑，左侯知道他不便多说，遂问道："请解释一下你为何在山脚下逗留五六个小时？"

"事到如今说出来也无妨。"裘仁斋又是长叹，"几天前若松给我电话，隐晦地提到高中时一篇课文里的人物——重耳……"

伊宫承悚然一惊。

重耳即晋文公，春秋时期晋国第二十二任君主，也是春秋五霸中第二位霸主，他最传奇的经历是骊姬之乱时为避免后母迫害在外流亡了十九年。高中课文就是撷取的途中发生的故事——介子推"割股奉君"。

很明显，邴若松提起重耳肯定跟称霸没关系，重点落在"流亡"二字，就是说他与重耳一样担心遭人迫害，所以想逃出去。

裘仁斋接着说："其实我早就看出来那个女人并非善类，婚后无论若松去哪儿她都一步不离地盯着，想跟他说几句知己话都不行。我立即在电话里轻声问要不要准备车辆，大概怕她怀疑吧，他没明确表态，只含含糊糊应了一声。因此我独自驱车从上海开到这里，又在山下到处转悠熟悉地形，耽搁了时间。"

"你觉得邴夫人是凶手？"左侯问。

"若松在书房里接待我的时候，情绪比较低落，不时拿余光瞟邴夫人，不停地说天气恶劣，有可能连日大雨导致溪水暴涨什么的，然后邴夫人好像不喜欢这个话题，主动要他陪我鉴赏古玩。天晓得，我对古玩根本一窍不通，所以没聊多长时间就出去了。"

"交谈时你俩有过暗示逃跑的话题？"

"我强调自己开车来的，车子停在山脚，他打个哈哈岔到天气方面，说本来以为明后天才下雨，不料今天提前了。”裘仁斋悻悻道，“我觉得是这场雨打乱了若松的逃跑计划，否则晚餐后便可顺理成章地到山庄外散步，悄悄溜掉。下雨天散步，嘿，别说邴夫人怀疑，我都觉得勉强。”

“后来沿着院墙根散步时，你们说了些什么？”

“有那个婆娘在，什么都没说，他俩陪我到客房，之后若松说回书房看会儿书再睡，邴夫人没说什么就进了白晓珍的房间。”

六间客房分隔在山庄大门两边。伊宫承和左侯一间，隔壁是邱老板和普易，裘仁斋因为与古玩圈的人不熟，单独住；另一侧是俞漠和邓景然，以及邴夫人和白晓珍。

房间隔音效果很好，因此伊宫承没听到普易去了七八回卫生间。

邴若松是前额中弹，说明是在毫无戒备的情况下被凶手正面开枪，由此可见凶手是他熟悉且信任的人。

“对了，你跑到一半时为何问雨是否停了？”裘仁斋见询问基本结束，起身要走，左侯突然问。

裘仁斋略一犹豫，摇摇头道：“可能白天太疲惫有点眼花，居然看到月亮，所以多问了一句，你说倾盆大雨后我定睛再看，确实还在下雨。”

左侯追问道：“看到月亮的时候，我们大概跑到哪个位置？”

“观光走廊吧，夜光灯太暗淡，看什么都是模模糊糊的。”

裘仁斋回到餐厅，伊宫承让陆管家请邴夫人过来。趁这个空隙，伊宫承低声问：“关于鎏金铜像示警到底怎么回事，快说清楚！”

左侯道：“当时我讲述坤平将军的来历，才说了一半就被邴若松打断，其实后半段才是最重要的……后来坤平将军接到攻打邻国的命令，他妻子恰巧就是邻国将军的女儿，哀求他不要打仗。然而军命难违，坤平将军拒绝了，妻子便在他的食物里下毒……”

“我明白了，”伊宫承沉声道，“若松想通过坤平将军佛像暗示邴夫人将对他不利！”

“从他被邴夫人寸步不离地跟着也能看出他已失去自由，你想想，庄主连山庄大门的钥匙都没有，岂不是笑话？”

“下毒之后呢，坤平将军死了没？”

“坤平将军有天神护身当然死不了，他一怒之下杀死妻子，却发现她已怀有身孕，悲痛欲绝，遂将胎儿制成干尸佩戴在身上，这就是泰国古曼童的由来。”左侯道，“那尊鎏金佛像就是近代工艺品，他却问我是明代的还是清代的，当时我就猜到有问题了，因此故意说明末清初，他听了终于放下心来，觉得已把示警信号传递给我了。”

伊宫承叹道：“都怪我没有采取果断措施，否则……”

“可能他也没料到对方下手这么快，否则不会让裘仁斋开车接应。”

说话间邴夫人在白晓珍的搀扶下泪痕满面地过来，刚要张口，眼泪又扑簌簌直往下滴，无比悲痛和绝望的模样。

伊宫承干咳一声，道：“邴夫人，能看一下你的佩枪吗？”

邴夫人惊异地瞪大眼：“这……是防身之用……”

“办案程序，敬请原谅。”

伊宫承嘴上说得客气，却是不容商量的语气。邴夫人虽不情愿还是解开枪套把枪给他。伊宫承手法娴熟地退出弹匣，拆下枪膛，仔细观察了一番，没有开枪后的灼热感和火药残余。

当然，以邴夫人的狡猾，完全可以事先准备另一把枪，开枪后扔下悬崖。

“最近几天若松情绪是否正常？”伊宫承把枪还给邴夫人后正式质询。

“很正常……不然不会举办晚宴，把朋友们都约过来见面啊……真想不到会发生这种事，伊宫局长一定要抓住凶手，为若松报仇雪恨！”

“那是警方分内之事。”伊宫承道，“在这儿隐居一年多，可曾有上海那边的仇家过来，或是招惹当地黑道？”

“我俩除了偶尔到对面大吉寺烧几炷香，从不出兴岈山半步，怎会招惹仇家？”

“以前若松并不信佛，自称是无神论者。”

“年纪大了，儿女都远在千里之外，总得有个念想。”邴夫人凄婉笑道，“正因为潜心佛法，经常跟普易方丈谈经论道，他俩才有比较好的私交。”

“你觉得几位客人当中谁最有嫌疑？”

邴夫人沉思良久，道：“裘先生与伊宫局长一样是若松的高中同学，情谊深厚，又无经济来往，按说不会下此毒手；俞先生等三人在开封古玩圈享有一定名望，这些日子尽心竭力为若松寻觅精品，以我观察从未有过争执，况且杀了若松对他们根本没有好处，也不可能是凶手……”

伊宫承一哂：“邴夫人把所有客人的嫌疑都排除了，那么……白小姐在商行负责什么？”

白晓珍身为商行副总，是走南闯北见过大世面的，当下冷静地说：“工艺品和书画，因为业务需要结识了当时还在上海画廊的邴夫人，彼此性情相投也就越走越近。”

“跟古玩有交集？”

“我们主要做现代工艺品，用于寻常百姓家的装饰，价格与古玩有天壤之别。”

“江南商行总部在无锡，赶到洛阳郊区的兴岈山，不但路途遥远，而且山道颠簸崎岖，最快也得两天时间，白小姐就为了来吃顿饭？”

白晓珍道：“我与邴夫人相处多年，情同姐妹，她打电话说过几天要举家搬迁到南方，恐怕没什么见面机会，所以特意来道别兼送行，吃饭倒是次要的。”

两人回答得滴水不漏，伊宫承一时想不出别的问题。左侯接着问：“你俩在房间一直没睡？”

邴夫人微微颔首，白晓珍道：“女人在一起总有说不完的家常话，我们准备一夜不睡呢。”

“枪响之后可曾听到动静？”

两人相顾哑然，过了片刻白晓珍道：“我们光顾说话，哪里注意到外面的动静？直到陆管家过来敲门提醒卧室那边可能出事了，我们才醒悟过来。”

“对了，邴夫人是修习西洋画的，不知主攻哪个方向？”

“人物肖像……”

左侯笑道：“我在卧室里看到一幅黄浦江晨景写实图，是否出自邴夫人之手？”

邴夫人淡淡道：“雕虫小技，难登大雅之堂，只敢挂在卧室。”

左侯点点头，没再继续问。

“今晚就问到这里，白小姐先回去休息吧，”伊宫承道，“邴夫人还得辛苦一下，我们要看看若松的藏品。”

第四章

因为苍蝇都飞不进来的严密安保，邴若松放心地将大部分藏品堂而皇之地放在专门设计的藏品观赏厅。

从结构上讲，观赏厅与书房卧室以及观光走廊是一个整体，不过邴若松在过道两侧用幕墙隔开，这样空间上仍显得宽敞通透，实际上观赏厅自成格局。左厅里的是青铜器、瓷器、陶器、玉器等；右厅里的是字画、古玩小件、石碑等，灯光下琳琅满目，散发出古朴厚重的历史沧桑感。

打开幕墙上玻璃门的锁，邴夫人道：“大多数藏品都在这儿，还有少量放在地下室，待会儿过去。”

俞漠等人虽然经常来山庄，却未曾有机会进入观赏厅，当下紧随伊宫承来到藏品当中，发出赞叹和羡慕的感慨。

裘仁斋完全不懂古玩，指着一尊破烂不堪似乎随时有可能散架的佛像道：“这种泥塑像能值几个钱，还当作宝贝似的供在当中？”

说着想上前触摸，俞漠一把拽住他的手，沉声道：“不可造次！此乃唐代中期三色彩绘礼赞飞天泥塑像，因保管不善裂纹纵横，须得请行家用黏合剂等修复，在此之前万万碰不得，否则六七千大洋就没了。”

“这么贵？”裘仁斋不禁感到后怕。

左侯打量一番道："从整体造型、衣饰和舞姿看确实符合唐代中期风格，可右臂缠绕的彩带……其手法似乎是北宋时期的，感觉不太协调，似乎很流畅的线条到这里就打了个结……大家以为呢？"

邱老板表示赞同："左先生很厉害，我也觉得是后仿，但仿制年代与唐代间隔不太长，估计就是宋元时期。"

"唐代中期的飞天肯定没问题，但那一块……我猜是北宋时期被碰坏了，藏家请名匠精心修补而成。"邓景然道。

俞漠赞道："在场的果然都是行家！关于这尊飞天，若松曾亲自给我讲解过，它原为山东禹家世代收藏，其祖传信札里详细记述了它于北宋年间不慎损坏，后多方努力请京城名匠修补的经过，各位能根据细微差异看出其坎坷经历，果然眼力不凡！"

伊宫承虽不懂古玩，却看出一个很关键的问题，遂道："七八千大洋的东西陈列在最中央，难道偌大的观赏厅没有价值超过它的？"

"嗯，这倒未必……"俞漠等人四下看了一圈，皱眉道，"右厅恽寿平的山水画估价可达上万大洋，他是书画大家，与'江左四王'以及吴历并称'清六家'；雍正斗彩福字碗胎釉细腻柔和，色泽鲜艳，底部也是正宗雍正款识，市场价也能叫到七八千大洋……"

左侯摇摇头："上海滩谁不知道邴先生著名的三大件——明嘉靖五彩龙纹花卉瓷瓶、明万历千手观音沉香雕刻和清乾隆粉彩瓷豆，《黄浦晚报》还做过专题报道，配有大幅照片。"

"或许名贵的古玩都藏在地下室？"邱老板目光闪烁。

伊宫承一挥手："走，去地下室！"

陆管家苦笑道："各位爷，庄主尸骨未寒，现在恐怕不是欣赏古玩的时候……"

“事情是环环相扣的。”伊宫承冷冷道。

地下室位于餐厅外侧的假山后面，拨开石头上的重重藤蔓，里面赫然露出锈迹斑斑的铁门！

陆管家解释说地下室原本是山庄前主人逃生和藏匿财宝之用，邴若松接手后加强山庄保安，地下室便稍加改建，专门用于收藏古玩。

走下湿漉漉的石阶，森森凉气扑面而来。地下室空间并不大，只有两间近三十平方米的房子，出乎意料的是大部分地方都空着，仅最里侧几排观赏架上有百来件古玩，值钱的大抵有宋代黑釉兔毫纹盏、清代甜白釉划花缠枝莲纹梅瓶、汉代黑陶雕刻饕餮纹双耳壶、拳头大小的田黄石石雕，以及明代青花双耳活环经卷缸、乾隆双龙出水梅瓶等。

在场的都是行家，当即看出这些古玩尽管堪称精品，价值却还不及观赏厅那尊唐飞天，有的价格在几百大洋左右，有的顶多四五千大洋，而左侯所说的三大件都是国宝级文物，起步价至少十万大洋！

“还有别的地方吗？”俞漠皱眉问，“莫非若松把最心爱的藏品留在上海了？”

邴夫人道：“上海的房子都卖掉了，稍有值钱的也都送给朋友了；所有家当都在这边。”

伊宫承与左侯对视一眼。

毫无疑问，邴若松是第二个邱岳，帮日本人暗中收购国宝级文物，自己的一点家底子也被吸血鬼似的日本人盘剥得所剩无几。在丧命前最后几天，邴若松试图设法摆脱控制，因此叫来警察局长镇场子，再叫来好友裘仁斋协助逃跑，不料被日本人的眼线识破，死于非命！

这样看来，邴夫人理所当然是最值得怀疑的，但特殊的山庄结构，使得伊宫承无法解释她如何枪杀邴若松后从容回到客房，除非客房与卧室或书房有地道相通。然而悬崖峭壁不比平地，全是坚硬的山石，要想开挖地道非得动用大型机械和经验丰富的掘石工，闹出的动静早就传到伊宫承耳里了。

尽管如此，出了地下室，伊宫承还是回到卧室和书房细细搜查了一番，确信没有机关或地道入口。

折腾到天亮，夜里接到消息的侦缉队大清早就赶到山庄，按办案程序搜查卧室、书房、客厅、客房等，并将邴夫人和客人们聚集到餐厅，一一质询，并封锁整个山庄，未经许可不得随便出入。

伊宫承和勘探现场的探员们一起再次将卧室搜了一遍，茫然穿过藏品观赏厅，见左侯在观光走廊上来回踱步，若有所思的样子，遂问："想啥呢？"

左侯一指雨幕中对面的山峰，道："到大吉寺看看？"

此时雨势比昨天傍晚还大，整个兴岈山都笼罩在茫茫水雾中，伊宫承皱眉道："雨这么大，山路很难走……"

左侯笑了笑，道："局座信不信佛？"

"嗯……不能说不信，只是绝少烧香磕头。"

"那就是不信了。以局座所见，一个成年人会不会突然改变宗教信仰？"

伊宫承知道他在暗示邴若松从无神论者转变成佛教徒，而且与普易方丈私交甚笃，有些异乎寻常。联想到邴若松如果暗中为日本人做事，从上海举家搬迁到兴岈山，以及临时决定离开洛阳去南方的决定，便需要从新的角度进行诠释。他一时间陷入沉思。

"走吧，反正山庄就这么大，再待下去也没意思。"

左侯拉起伊宫承就走。

雨势可以用暴烈来形容，加上凛冽的山风，两人重蹈昨日的遭遇，在几乎不能算路的山道上跌打滚爬，好几次左侯差点滑入咆哮奔腾的山涧。平时的涓涓细流水位暴涨，多次漫过涧道直接倾注下山。到处是山顶汇流而下的雨水形成的瀑布，有时竟挂满整个山壁。

不过两人均无心欣赏难得一见的美景，费尽千辛万苦终于来到大吉寺。

雨大风急，没有游人香客光临，普易方丈又不在寺庙，和尚们都躲到厢房里休息。负责修葺的工人们为保证继续工作，在殿前殿后张起雨篷，地上也用油布毡铺好，上面洒了层木屑，这样可防止抬运重物时摔倒。

首座和尚普德出面接待伊宫承，解释说由于大规模修葺，大吉寺临时关闭了五个庙殿，目前只有正前方的大雄宝殿和右侧两个偏殿对游客开放。

左侯指着山门左侧用油布毡盖住的垛堆问："那是什么？"

"石材，听说足足有几十吨，前后运了半个多月。"普德答道。

"这么多石材用在哪儿？"

"不清楚，按说今天石匠应该进场，可到现在都没看见人影，或许雨太大耽搁了吧。"

左侯又问："大吉寺是千年古刹，里面想必存放了明清甚至年代更久远的法器佛像，修葺时会不会被人趁乱顺手牵羊？"

普德笑道："这正是本寺关闭庙殿的原因，殿内除了不可移动的铜佛像，所有法器等都搬到密室。开放的大雄宝殿和偏殿也做了防范措施，日夜有人看守。"

"做此善事的是堇寨山庄庄主邴若松？"伊宫承问。

"正是邴施主。"普德双掌合十，"邴施主搬到山庄后隔三岔五来与方丈谈经论道，后来不知为何说服方丈重新修葺寺庙……"

伊宫承敏锐地发现普德话音里流露出反对的意思，连忙问："关于修葺寺庙，大家可有异议？"

普德沉吟半晌，缓慢道："出家人不打诳语，实际上包括贫僧在内都持反对态度，无奈方丈赞成……如左施主所说大吉寺乃千年古刹，倘若换上新漆、以新木取代用了数百年的原木，貌似焕然一新，‘古’字却没了……”

“那普易方丈坚持修葺的原因是什么？”伊宫承饶有兴趣地问。

“寺庙内部有些房梁、门窗确实腐朽多年，一碰即毁；部分砖墙也松垮不堪，佛像油漆剥落严重，几乎只剩泥胎，因此方丈也有他的道理。”普德叹息道，“贫僧是想小范围修修补补，尽量保持原状，而非这般大张旗鼓……”

这倒是公说公有理、婆说婆有理的局面。伊宫承和左侯听了只是笑笑，不置一词，然后在普德引导下穿过大雄宝殿，来到完全封闭施工的中殿。

左侯随便拉住一个油漆工，问：“工程什么时候结束？”

“大概就这几天吧，前阵子拖拖拉拉，昨天起下暴雨后倒着急起来，催促着赶紧完工，可惜老天爷不给面子，这场雨起码还得下上三四天。”油漆工满腹牢骚。

“木匠、瓦工、雕工的活儿都干完了？”

“应该差不多，等石匠进场后免不了还要修修补补，那些人粗手粗脚惯了，每次都要我们在后面擦屁股。”

普德在前面拿钥匙打开中殿，木屑和油漆混合的味道扑面而来。

第五章

走马观花般地依次浏览中殿里的佛像、神像，从漆面修复、破损弥合、骨架修复等方面，看得出修葺工程做得很细致，工匠们已经尽最大可能保留了原貌。

“整个工程用掉不少钱吧？”伊宫承问。

“邴施主捐了三千大洋，从目前来看可能还不够。”普德道，“方丈说超支部分由寺庙自己掏，不便再向邴施主开口，毕竟前期他已捐了不少香火钱。”

伊宫承暗想即便开口也要不到了。

三人从中殿后门出去，左侯偶一回头，不由得“咦”了一声，停下脚步转身细细打量起来。

后门连同墙面竟是用整块石头雕刻而成，长约五米，高三四米。浮雕画面是一幅苍茫辽远的山水图，当中配合画意正好掏了个船形石门作为中殿后门。人走进石门好像踏入船舱沿江游览一般，达到动静结合、人雕合一的效果。

左侯忍不住用手指在石面上摩挲，细腻光滑，触手坚硬且冰冷，有股沁入肌理的凉意。

见左侯在石墙面前久久伫留，普德道："这面石墙要追溯到数百年前，有位余姓施主捐献给大吉寺，遂以它为骨修建中殿，后经历多次天灾和战祸，中殿毁了又建，建了再毁，反复十多回，但始终以它作为后门墙面，一直屹立到今日。"

伊宫承问："哪个朝代的？"

普德皱眉道："众说纷纭，有人说是春秋战国时期，有人说是汉代，还有人说是宋代……"

左侯用指尖在缝隙间来回划了几圈，道："这种雕纹是滚刀雕法的纹路，是春秋战国时期流行的雕法，当时诸侯国修建的宫殿神庙上常有类似浮雕。"

"值多少钱？"伊宫承最关心这个。

"这么大块的东西根本没法拍卖流通。"左侯笑道，"只能说它有很高的考古价值和文物价值。"

"哦——"伊宫承装作恍然大悟，心想原来不值钱啊。

"邴夫人也来过这儿？"左侯问。

普德也清楚她的来历，道："邴夫人留过学，不信佛祖，但惊叹本寺雕像的精美玄奥，经常拿着画板在寺庙里涂涂画画，还拍了不少照片。"

"大吉寺以明清雕刻为主，部分还带有宋元时期的风格，难怪令她痴迷。"

正说着话，寺庙前面突然传来惊天动地的巨响，并伴以轰隆隆的撞击声。伊宫承下意识地从怀里掏出枪，大声问："怎么回事？"

普德连忙安慰道："没事，山顶放排！"

三人快步来到寺庙门前，却见两百多米远的山涧飞流湍急，波浪中卷夹着体积庞大的圆木，直径均有成人身高的光景，长七八米，用粗铁丝串在一起，从上游直冲而下。山涧河道狭窄，涧当中不时有礁石阻隔，每当这时木排与石头相撞，发出巨大的声响。

普德靠近两人，抬高声音解释道："山顶伐木后因圆木块头大、分量重，难以下山，往往扎成木排，等暴雨后山洪暴涨、水位上升，将木排推入山涧顺流而下，最后进入山脚的范榆河，那边河面宽敞，水流缓慢，有木工守在那儿拿铁钩把木头拉到河边，再上岸运到木材厂。"

伊宫承想靠近看个究竟，普德却拉住不让，说木排下山其实充满危险，万一绑得不紧，撞到礁石上后有可能如同炮弹射到岸边，其威力不亚于真正的炮弹，以前曾有过一根圆木砸毁三间瓦房，以致家里七八口人全部遇难之事。

"这场雨大概要下到什么时候？"左侯问。

"难说，明后天雨势会更大。"普德道，"早上听放排工说准备连放三天，他们都是真正的山里人，看得懂雨云。"

"夜里也放吗？"

"只能白天，夜里漆黑一团，下游没法拦截。"

回到寺庙，伊宫承和左侯在里面转了两圈，普德特意把临时存放法器等贵重物品的仓库打开，左侯进去四下张望，并未发现价值特别昂贵的。两人实在受不了呛鼻的油漆味儿和无孔不入的木屑，趁着雨稍稍小些的空隙匆匆离开。

"看出苗头了吗？"回去的路上左侯问。

伊宫承蹙眉走了好一段路，道："总觉得郦若松出资修葺寺庙的动机不简单，大动干戈，工程浩繁，可修葺还没结束他就准备离开……要说北方战事吃紧，国军节节败退，也不在乎耽搁十天半个月……"

"哦，看来局势真的很不乐观？最糟糕的情况会是怎样？"

这是伊宫承第一次主动谈及战事，之前他守口如瓶，口径与民国政府控制下的报刊宣传完全一致，左侯趁机问道。

“很不乐观……”伊宫承迟疑了半晌补充道，“别担心，我有最准确快速的情报系统，会在战火蔓延到洛阳之前发出警报，你没有家室，在当地没有产业，说走就能走。”

“难道……政府方面准备万不得已的时候放弃中原地区？”

“中原算什么？最高层已打算……”

说到这里伊宫承紧紧闭上嘴，闷头走了十多分钟才说，“其实你有很多机会离开的，为什么执意留在洛阳？莫非还牵挂着那幅《月下绛妃图》？”

左侯干笑两声，道：“它是旷世难寻的国宝级文物，我能看上一眼，用手抚摸一遍就心满意足了，岂敢占为己有？”

“那就好。”伊宫承正色说，“戴老板对那幅画极为看重，你最好别在我面前耍花样，否则——”

左侯帮他把话说下去：“我在军统还没见过不肯说话的人！”

“知道就好！”

进了堇寨山庄，郦夫人和俞漠等客人还被限制在餐厅里，吴探员轻声回报上午勘查的情况：

一是卧室没有打斗的痕迹，死者身上也没有挣扎和动手的迹象，睡衣还在衣柜里没来得及换，显示死者是在从书房到卧室时被凶手叫住，然后毫无戒备地死于枪下。卧室脚印杂乱，包括郦夫人和客人们都有进入。

二是书房里只有死者和伊宫承的脚印，晚宴期间仆人将书房和卧室的地板拖了一遍，可见郦若松临死前确实是独自在书房看书。

三是根据子弹和弹孔分析，凶手用的是勃朗宁 M1900，一款很常见的大众化手枪，由于是近距离射击，凶手无须经专业训练或精准度，唯一需要的就是果断。

“这么说没查到任何线索？”伊宫承沉着脸说。

吴探员沮丧道：“是的。”

伊宫承想冲探员们发火，一转念其实首先要怪的就是自己，明明所有线索都指向郦夫人，却想不出她开枪后如何神不知鬼不觉地回到房间。

“把所有仆人和保镖都叫过来彻底盘问，案发时在哪里，有无证人，枪响后看到过哪些人，事无巨细问个清楚！”

伊宫承在客厅发号施令，左侯却转到餐厅，笑着问陆管家：“这么大的雨不便下山采购，生活用品够不够？”

“山庄有地窖，里面贮藏的食品足够三十人过一个月——主要为了防止大雪封山。”

“也不用一个月。”左侯叹道，“案子扑朔迷离，警方难以确定凶手如何逃跑，还需要进一步排查，因此四五天甚至一周都有可能，大家务必做好心理准备。”

此言一出，邱老板等人都跳起来，有的要打电话，有的想找伊宫承抗议，有的眉头紧锁连连叹息。

陆管家苦着脸说：“虽说菜品等物资没问题，但山庄里的饮用水每隔两三天就得下山采购，关系到各位的身体健康，含糊不得。”

“那大雪封山怎么办？”左侯问。

“雪水融化后可以直接饮用，山涧里的水可不行，下雨后渗沙附泥，杂质多，而且有各种小虫子……”

这时伊宫承大踏步进来，冷冷道：“山庄里任何人不得外出，饮用水的问题，我让侦缉队想办法！”

“那么我们打电话回去说一下总可以吧？”邱老板可怜巴巴地说，“出门两天了音信全无，家里肯定放心不下，再说店里还有一大摊事等着处理呢。”

“抱歉，为防止节外生枝，我们已把电话线掐断了，不便之处敬请各位海涵。”话虽如此，伊宫承语气中半点抱歉的意思都没有。

“你……”碰到态度如此强硬的警察局长，邱老板也只好气得直揉肚子。

整个下午到晚上，伊宫承和几位探员一直在卧室、书房附近反复搜索，坚信山庄里肯定藏有秘道。左侯则沿着观光走廊来回踱步，不时抬眼看向对面峰顶烟雨朦胧中的大吉寺，皱眉苦思。

“有头绪吗？”不知什么时候伊宫承来到他身边。

“还差一条重要的线索。”

“什么线索？”

“凶手是怎么瞒过我们的眼睛从容逃离现场的。”

“唉，这不是线索，而是重点好不好？”

左侯闪过一丝捉摸不定的目光：“你不觉得郚若松的死只是其中一个环节吗？”

伊宫承一怔，沉思良久道：“与大吉寺有关？那有点远了，当务之急是抓住凶手，然后一切谜团自然会解开。”

“未必。”

伊宫承又一怔，盯着他的脸足足瞅了两三分钟，道：“我知道你总喜欢到最后一刻才说出所有想法，现在又开始卖关子了。”

“这倒不是，在想通凶手的作案手法前，所有想法只是猜测，不能误导局座的侦破方向。”

“有道理……时间不早了，早点休息吧。”

“吴探员他们呢？”

“都回房间了……”

看看时间已经晚上十点多钟，左侯悄声道：“不能都睡，夜里要安排探员值班。”

“山庄有那么多保镖……”

“那是山庄的人，不是局座的人！”左侯强调道，“山庄整整一天与外面中断联系，今天又说起码还得好几天，我猜会有人坐不住的。”

“哦——”

伊宫承点点头：“我知道了。”

凌晨一点多钟，山庄外突然响起枪声，开始只有两三声，接着陡地密集起来，等伊宫承、一班探员们赶到山庄大门时枪战已经结束。

白晓珍试图逃离山庄，出大门时被值班探员发现开枪示警，白晓珍予以反击，结果死在乱枪之下。

第六章

郦夫人还在酣睡，没被外面的声响惊动。吴探员发现她床头杯子底有淡淡的粉末，分析白晓珍在郦夫人临睡前喝的开水里下了药，然后偷走山庄大门钥匙，企图强行逃离。

经检查，白晓珍所用的正是勃朗宁 M1900，与杀死郦若松的手枪相符。

“闹了半天，白小姐才是真正的凶手，太戏剧化了——伊宫局长，我们明天可以离开吗？”邓景然问道。

其他几位虽没直接问出，但脸上如释重负且急于离开的表情一览无余。

“这个……等郦夫人苏醒后要做进一步调查，若证实白晓珍是凶手，各位随时可以回家。”

“还要调查……”

俞漠等人嘀咕着悻悻回房休息。

看着周身遍布弹孔的尸体，伊宫承默默叹了口气，左侯笑道：“抓到凶手还不高兴？”

“两个问题难以解释，第一，郦若松遇害那晚，就算郦夫人做伪证，白晓珍如何开枪后回到客房？第二，明知今夜逃跑存在很大的风险，她为何强行突围？之前我们一直怀疑郦夫人，白晓珍并不是关注的重点。”

“我说过有人会着急。”左侯指指大吉寺方向，“那边工期到了关键时刻，需要等进一步指示。”

“什么指示？”

“明后两天雨势更大。”左侯答非所问道，“局座明天还不允许他们离开，将会有新的牺牲品被抛出来。”

“你认定白晓珍不是凶手？”

“今早侦缉队搜查过客房，没发现这把枪，整整一天白晓珍都在餐厅处于探员监视下，若非邴夫人或山庄内部人提供，她哪来的枪？再者，白晓珍偷偷打开大门逃跑，保镖们难道都没发现？值班探员开枪示警后，保镖们未得到命令就乱枪齐发，不是明摆着灭口吗？”

“是的，关键还是邴夫人。”伊宫承道，“白晓珍出逃是一箭双雕，成功则可以下山通风报信，不成功则假冒杀人凶手蒙混过关。”

邴夫人直到第二天清晨才悠悠醒来，睁眼便直叫头痛，吴探员等人耐住性子等她用凉水洗脸，又梳妆打扮一番才把她带到客厅。

“大概被那个小妮子下药了，我睡觉没这么沉，平常夜里总要醒两三次。”邴夫人一脸气愤地说。

“你觉得她是杀若松的凶手？”

“肯定是，要不然为什么偷钥匙逃跑？心中有鬼呗。”

伊宫承提醒道：“那天她整个晚上都跟你在客房聊天，应该没有行凶机会。”

“其实那天晚上我肚子也不舒服，去了好几趟卫生间，时间都蛮长的，她利用那个空隙作案也说不定。”

这就是无理取闹了。伊宫承已做过测试，从客房以大步奔跑的方式到卧室需要七八分钟，往返至少十五分钟，还要加上与邴若松说话——根据之前的证词，郦若松与白晓珍不是很熟，很难相信他会在深夜、妻子不在场的情况下，和年轻女子在卧室里近距离聊天。

伊宫承摇摇头，脸色逐渐冷肃，道："警方虽然认同白晓珍是凶手的结论，但你的说辞存在很多漏洞，我们怀疑你与白晓珍勾结杀死了若松！从现在起，对你采取拘禁措施！"

郦夫人尖叫着、哭闹着表示反抗，吴探员等人连拖带拉将她关入与白晓珍住的客房，专门有探员在门口把守。

吃早餐时，伊宫承郑重宣布：由于郦夫人拒绝配合警方调查，导致杀人案无法得出正式结论，堇寨山庄依旧无限期封锁！

俞漠、邓景然等人一脸麻木，裘仁斋则连连点头说必须查个水落石出以告若松在天之灵。

陆管家小心翼翼地赔笑道："再往后已经没有新鲜蔬菜，各位在饮食方面还得将就些。"

左侯笑道："你不是说足够三十个人维持一个月吗？放心，我们顶多待半个月。"

陆管家笑容都僵在脸上，没吱声悄悄退了出去。

又是一个无聊的上午。俞漠、邓景然和邱老板得到许可，待在藏品观赏厅细细赏玩；裘仁斋从书房捧了七八本书躺在沙发上看；普易方丈的腹泻到昨晚才基本止住，他元气大伤，连下床的力气都没有，一日三餐都是仆人送到客房的。

伊宫承和吴探员找普易问了几句，如所料的那样，普易夸奖郦若松的向佛之心，也赞许他出重资修葺寺庙，并无其他有价值的线索。

上午继续质询，郦夫人坚决不承认与白晓珍是同谋，伊宫承也不着急，很有耐心地拉着吴探员与她展开拉锯战。

雨越下越大，昨天站在观光走廊还能依稀看到对面的山峰，今天视野里白茫茫一片。远处隐隐传来轰隆隆的声音，大概是山顶借水位升高水流湍急继续放排。

客厅、餐厅与客房之间有十多米的距离，考虑成本和施工难度，上面没有加雨篷，探员、保镖们手搭在脸上快步疾跑就过去了；伊宫承讲究身份，非要撑把雨伞；厨房伙夫、仆人们则手边有什么就拿来遮挡，左侯就看到有个伙夫举着刀板来回跑了好几趟。

刀板……

左侯蓦地一惊，似乎触动了心头的某个敏感点！

静静伫立在观光走廊，左侯考虑了十多分钟，脑中豁然洞开，飞奔到客房前叫出伊宫承，道："立即搜查！"

"搜查什么？"伊宫承莫名其妙，"可疑地点已经搜过好几遍，没发现问题。"

"还有哪些地方没搜？"

"保镖和仆人的房间、厨房、杂物间。"

"都得搜！"

"你想找什么？"

左侯似乎并不确定："一幅画……或者画板，反正挺大的东西，快点！"

伊宫承皱皱眉头，很不满意他的解释，不过横竖无事，便召集探员们一间间搜查了保镖和仆人的房间，又到厨房检查了一遍，连水缸盖、锅盖都揭开察看，并无异常。

"还有两间，里面全都是乱七八糟的东西，而且很脏，也要看吗？"陆管家问。

"当然。"左侯道。

打开杂物间的门，一股霉味混合着灰尘气和说不清的味道扑面而来，陆管家咳了两声掩鼻退到后面，探员们也稍微让了让。

左侯目光一寸寸地从凌乱不堪的杂物上掠过，陆管家在旁边夸张地连打呵欠表示不耐烦，伊宫承也觉得左侯有些莽撞，寻思回去继续审问郦夫人。

“就是这个！”左侯叫道，随即跨了两步，连拖带拉地翻出一块画板，足有两米多高，一米宽，上面的画布已撕得七零八落。

陆管家解释道：“大概是夫人的作品，她出国学过西洋画，功夫一直没耽搁下。”

左侯也不说话，将画板平摊在地上，然后细心地将撕开的画布复原了一部分，呈现出夜色下的山景轮廓，右上方浅浅的月牙在云中半遮半露。

“这个画面熟悉吗？”左侯问跑过来看热闹的裘仁斋。

裘仁斋侧过头看了会儿，喃喃道：“好像在哪儿看过……”

陆管家撇撇嘴道：“就是观光走廊右侧的风景，夫人的写生画而已。”

“是吗？”裘仁斋讶然。

左侯也不说话，径直捧着画板拿到观光走廊右侧弧线前立好。大家惊异地发现画板与墙体上的玻璃融为一体，画面则与窗外山景、山脉走向惊人地重合，若非此时窗外大雨滂沱，而画上则是月光下的兴岈山，简直能达到天地合一的奇效。

“对，我想起来了！”裘仁斋叫道，“枪响后我们三人跑向卧室，我经过这里时无意朝外面瞟了一眼，正好看到这幅画上的月亮，误认为雨停了，左先生说还是倾盆大雨，然后我又跑到有玻璃的地方，当时没反应过来，还当自己眼花了……”

陆管家、俞漠等人一脸诧异，显然都没明白怎么回事。伊宫承却是一点即透，当即下令将郦夫人押过来。

郦夫人看到画板，再看看伊宫承和左侯，脸色唰地煞白，目光空洞而绝望，喃喃道：“你们……你们……看出来了……”

左侯道：“郦先生察觉你欲对他不利，打电话给裘仁斋时以重耳的典故暗示要逃跑，裘仁斋因此独自开车过来准备接应；郦先生又以坤平将军鎏金铜像相赠，向伊宫局长示警妻子欲加害于他。那天晚上郦先生的逃跑计划被提前而来的暴雨所阻，郦夫人发现后决定提前动手，遂开枪杀掉郦先生，然后迅速躲到观光走廊竖立好的画板后面的凸形空间里，等我们跑过去后再溜回客房，白晓珍当然是提前预备好的证人……”

裘仁斋质疑道：“这么做其实风险也很大，万一我觉得奇怪停下来查看怎么办？还有，万一陆管家、俞先生他们在后面跟过来，不就正好撞上了吗？”

“郦夫人专修西洋风景画，笔法惟妙惟肖，就算是白天，她换上一幅白日景物图又能有几分可能被看出破绽？再说当时我们满脑子都想着郦先生大概出了意外，怎会为这点小事耽误时间？还有，当时她手里还握着勃朗宁，真被发现就拼个鱼死网破呗。”

好险哪，裘仁斋不由得擦了把冷汗。

“另外，如各位证词所言，俞先生、邓先生、邱老板以及陆管家等人，平时都有过山庄夜里开枪恐吓野兽的经历，听到枪声安之若素，不会像我们三个大惊小怪了。”伊宫承补充道。

俞漠叹道：“如果确有其事，其设计委实高明，不过……左先生何以看出破绽？”

第七章

左侯笑道："百密一疏，郦夫人在这个过程中露出两个马脚。一是人算不如天算，当晚下着大雨，可画板上却是月光美景，事到临头已来不及补救，又偏偏被奔跑中的裘先生发现；二是郦夫人说自己专攻西洋人物肖像画，卧室里却挂着黄浦江晨景写实图，很明显刻意掩饰什么。"

邱老板摇头道："倘若她及时扔掉画板，证据就没了。"

"观光走廊没有窗户，郦夫人只得带着画板跑到客房，临时将它藏到杂物间，之后所有人的行动都处于探员们监视之下，且餐厅正好在杂物间对面，稍有异动便会被发现，想破坏画板谈何容易？"左侯道。

"那么白晓珍的死纯属郦夫人有意设计了？"邓景然问。

左侯道："眼看警方不肯罢休，她不得不抛出白晓珍作为牺牲品，试图蒙混过关……"

刚说了一半，郦夫人冷不防拔出腰间的小手枪，伊宫承早有提防，闪电般一脚踢飞手枪，吴探员等几名探员一哄而上将她死死压在地上。

"好凶悍的婆娘！不过……"伊宫承喝道，还准备说什么，左侯抢先道："真相已经大白，可告慰郦先生在天之灵，各位准备回家了。"

俞漠等人早已闷得发霉，听了如获大释，纷纷回客房收拾行李。伊宫承蹙眉道："急什么？还有几个问题没解决呢，放他们离开怎么追查？"

左侯使个眼色，道："就事论事算了，侦缉队的案子堆积如山，哪有时间老待在山里？再说，邴若松夫妻一个死一个被抓，陆管家还得联系其亲属，处理财产，清理山庄，要做的事情多着呢。"

陆管家很有大将风度地说："事情一桩桩办，不着急。"

眼看还有一个小时就开饭了，俞漠等人似乎一刻都不想多待，匆匆告辞，裘仁斋也情绪低落地与伊宫承握手道别，普易方丈还躺在床上休养，陆管家说大概两三天后才能恢复。

伊宫承、左侯和探员们简单吃过午餐，随即押着邴夫人下山。一路上大雨如满盆倾倒似的，纵使穿着雨衣打着雨伞还是浑身湿透，加之山道陡峭湿滑，能见度低到极点，走走停停，一行人折腾了三个多小时才抵达山脚下。侦缉队已有车辆等候，左侯却在伊宫承耳边低语几句，然后三名探员押着邴夫人先回城，其余人原地待命。

"在山脚下等什么？"目送车辆离去，伊宫承问。

左侯拉他来到数里外的范榆河，此时河面几乎与岸边齐平，河水奔腾咆哮，不时有体积巨大的木排气势磅礴地从山上挟裹而下，大有挡我者死的势头。不过再往前几百米，地势稍高，河面陡地变宽，水流顿时乖得像十来岁的小女孩，那边有十多个工人在河面上张开绳索拦截，很快将木排分解，一根根抬到岸上。

"如果我预料得没错，今夜……更有可能是明夜，会有局座想看到的东西顺流而下。"左侯笑道。

"你指的是……"

"宝光！"

伊宫承呆住了，良久才问："大吉寺宝光是真的？那天我怎么没发现？"

左侯只是笑，无论怎么盘问都不肯透露半个字。伊宫承也清楚他不到最后一刻不肯揭开谜底的“恶习”，无奈之下还是暗中部署人手夜里值班，密切盯着范榆河沿岸。

当天晚上没有动静，左侯分析属于正常现象，对方需要充分的准备时间，而且一整天暴雨下过之后明天水量更大，更有利于放排。

第二天夜里，伊宫承决定全体出动，冒雨埋伏在范榆河两岸。凌晨一点多钟，岸边人影绰绰，一伙人在雨中小声说话，手持蒙了红布的手电筒，吆喝着相互配合，在拦截木排的地点布下三道渔网。

“这是干吗？捕鱼？”伊宫承狐疑道。

左侯偷笑道：“很明显不是拦截木排，否则那么笨重的木头一下子就把渔网捅破了，再加三道渔网都没用。”

“能发出宝光的东西一定很大。”

“嗯。”

“也很重，如果轻的话几个人抬着就能下山。”

“嗯。”

“我想我已经猜到答案了。”伊宫承自信地说。

“局座高明。”左侯半褒半贬地说道。

等了四十多分钟，远处隆隆水声里传来沉闷的“咚咚”声，那伙人彼此轻声提醒“来了”“当心点”“手脚要麻利”。

没多久，拦截点有人压着嗓子说：“收到货了！”

“要数清楚，一共十六件！”有人叮嘱道。

黑暗中那伙人配合默契，有人负责钩水里的东西，有人下水抬运，有人在岸边接应，这时三辆重型货车开到码头边，显然东西一上岸就运到车上。

“动手！”伊宫承见时机成熟喝道。

两声枪响，强光探照灯蓦地亮起，探员们从四面八方同时喝道：“不许动，警察查案！”

那伙人吓得魂飞魄散，呼哨一声四下散开，三辆货车也立即发动疾驰而去。伊宫承本来意在东西，黑暗之中加之地形不熟也不可能抓到那伙人，当下命令收队，并唤来附近巡警协防。

十六个木条扎成的大箱子一字排在河岸，撬开手腕粗的木条，里面塞满了海绵、泡沫等物，无疑是为了防止撞击。探员们拆开层层包裹时，左侯悄声问：“局座认为里面是啥？”

“那堵春秋雕刻的石墙！”

左侯冲他竖了竖大拇指。这时第一个箱子终于全部打开，如伊宫承所说，里面赫然是一块切割下的石雕，正是大吉寺中殿后面那堵石墙的一部分。

“剩下十五箱不用拆了，全部运回城里，”伊宫承命令道，“明早多派些人上山拘捕陆管家。”

吴探员眨眨眼问：“这些石头……真能发出宝光，而且很值钱？”

左侯拿了只手电筒照到石雕的切面上，光线照射下石面折射出淡淡的晶莹之色，油色充盈，触手间有滑腻的感觉。

“这，这不是普通石头，是玉！”吴探员对古玩略知一二，惊叫道。

探员们纷纷围上来摸，神情间羡慕不已。

“这么大块的玉料，恐怕有好几吨吧？”

“整堵墙竟是一块玉，说出去谁信啊！”

“大吉寺守着宝贝过了几百年，居然一直蒙在鼓里。”

左侯道：“这是珑琮玉，春秋战国时期被大量采掘用于修建寺庙祭台，到了秦代初期便已绝迹，其品质堪称玉中极品！由于石料没有剖开，玉光内敛，但只要月光明澈，天气晴朗加上角度适中，便能从石缝里折射出玉光，就是所谓的大吉寺宝光！”

“如果拍卖，起码值……一个亿吧？”吴探员问。

“就算是普通石雕，春秋战国时期遗留下的能保存得如此完好的就是无价之宝，何况还是珑琮玉，其价值根本无法衡量，只能说两个字——国宝！”左侯郑重道。

伊宫承在一旁感叹道：“正因如此，邴若松才犹豫再三，最终与邴夫人决裂……”

当初邴若松根据日本人要求来到洛阳，意在大吉寺春秋石雕。通过一年多的刻意接近，邴若松成功获得普易方丈的好感，并说服他同意修葺大吉寺。

要窃取春秋石雕有两个困难：一是运输问题，整堵石墙重逾十多吨，倘若切割成若干块运下山动静太大，而且挑夫根本抬不动；二是替换问题，石墙拆除后必须立即替换，至少力求短时间内瞒过寺庙方面。

解决第一个难题的方案是模仿放排，利用暴雨后水位上涨，水流湍急，由上而下传送。这也是邴若松再三强调溪水暴涨的原因。

邴夫人负责第二个难题，她有扎实的西洋画写实功底，在大吉寺细致临摹了春秋石雕图案，并暗中准备替换的普通石雕。

随着暴雨即将来临，各种准备工作全部到位，邴若松却有些后悔了。作为大收藏家，他比任何人都清楚这尊春秋石雕的价值，不单珑琮玉本身，而且代表某种意义上的历史传承！日本人不仅想占据全中国，还妄图窃取这些象征着中华文化的符号！

因此他不顾邴夫人反对，非要在暴雨前夕兴办酒宴，并叫来裘仁斋和伊宫承。对于这两位，邴夫人都没有拒绝的理由，因为当初大举搬迁到兴岈山就蒙伊宫承相助，倘若招呼都不打就离开，肯定惹来怀疑。裘仁斋则是邴若松的知己，南下前见个面无可厚非。

邴若松的如意算盘是，坐裘仁斋的车逃跑，顺便把策划窃取春秋石雕的事情透露给伊宫承。然而暴雨比预计的早来了半天，不但逃跑失败，而且被邴夫人看出端倪！

邴夫人担心邴若松泄露机密，当晚断然开枪灭口，然后借写生的风景画板隐藏身子，等伊宫承等人跑过去后再溜回客房。

白晓珍与邴夫人是一伙的，负责将搜刮来的古玩混到商船上运到山东日本商会控制的地盘。

然而邴夫人却忘了一个很重要的问题！

第八章

邴夫人只知道杀掉邴若松能守住秘密，大吉寺那边仍按原计划进行。却没想到伊宫承执意要查出凶手，封锁堇寨山庄，不准任何人出入！

这一来麻烦了。

为防止走漏风声，在大吉寺修葺的工匠都是从各地临时招募而来的，为掩盖其真实目的必须阶段性施工，每天完成多少工程量、哪些工匠进场，完全处于堇寨山庄的周密调度下。但邴若松死后伊宫承封锁山庄，连电话线都切断了，山上山下顿时失去联系，导致第二天石匠们都没去大吉寺。

为解除山庄封锁状态，邴夫人不得不抛出白晓珍冒充凶手，指使保镖先放任她开门逃跑，被值班探员发现后又乱枪灭口。然而白晓珍那天晚上始终与邴夫人在一起，再者白晓珍与邴若松素无瓜葛，更没有古玩方面的往来，冒充凶手实在过于勉强。

结果是偷鸡不成蚀把米，邴夫人也被关了禁闭。

这时，真正的幕后主使——陆管家不得不出面！

他才是堇寨山庄的实际控制者，邴夫人也须听命于他。正是他指使厨子在素斋里下药，让普易方丈连续腹泻两天，留在山庄无法回去主持大局，大吉寺因而管理松懈，使得负责修葺的那班工匠有隙可乘。

陆管家见郦夫人死扛着不松口，左侯扬言还要封锁半个月，眼看暴雨只有两天就结束了，无论如何不能错过这次机会！

权衡再三，陆管家只能牺牲郦夫人——他只做了一桩事：吩咐伙夫手举着刀板在雨中来回奔跑。

陆管家相信以左侯的智慧应该看得懂，而且他还留了后手，故意没彻底破坏藏匿在杂物间的画。

事实上左侯确实从这个动作悟出玄机，成功揭穿郦夫人的真面目。但左侯也猜到了陆管家急于牺牲她的目的，于是将计就计撤离山庄。

之后如左侯所料，陆管家迅速调集石匠进入大吉寺，当夜趁和尚们都进入梦乡，将春秋玉雕切割下来并装箱，同时用事先准备的石雕冒充石墙，忙碌一天一夜后终于办妥。

暴雨下的山涧水面抬高，水流湍急，既能避开原有的暗礁，又能裹挟沉重的玉雕顺流而下，不料侦缉队早就守在山脚，使得陆管家等人功败垂成。

第三天上午，全副武装的宪兵队押解着满载春秋玉雕的货车离开。洛阳已非安全之地，戴笠电令直接运往重庆。吴探员等人也顺利抓捕到陆管家和一班石匠，他们将跟郦夫人一道接受法律的严惩。

至于邱老板，特别是俞漠和邓景然，八成是冲着钱帮郦若松暗中收购古玩精品，并订有保密协议，没有确凿证据显示他们心甘情愿为日本人做事，因此略过不提。

回洛阳的路上，左侯半阴半阳道："局座立下大功一桩，又该受到戴老板的嘉奖了。"

"此刻我考虑的却不是嘉奖。"

"哦，局座想的是……"

"春秋玉雕在大吉寺矗立了数百年无人关注，日本人进入中原才几年时间，为何知晓？说明其情报搜集、分析工作强大到令人毛骨悚然的程度，想到这里，不由得为当前的战争前景担忧。”伊宫承忧心忡忡道。

左侯闻言，也陷入了前途未卜的茫然中。

青铜圆罍

楔子

事情起因源于古玩圈最常见的对赌。

铜锣巷绸缎店王老板花重金购得一只青铜圆斝，按惯例请圈子里的朋友赏鉴，不料几位藏家意见不合竟当场吵了起来。

在没有欧美先进仪器辅助检测的情况下，青铜器鉴定一直是公认的难题。一方面它不像瓷器、陶器、家具等有鲜明的时代气息，历朝历代的纹饰、器形、工艺一以贯之，有时铭文都照搬照抄；另一方面从宋代起官府带头仿制青铜礼器作为庙堂的祭器，明代宣德炉也是模仿古代青铜器形制略加变化铸造的，清代嘉庆道光年间青铜器仿造工艺达到顶峰，工匠们严格按古谱中的所有细节精心打磨，作伪技术有了质的飞跃。

另则，青铜器固然古朴别致，端庄气派，但历经数百年、上千年难免锈迹斑斑，蚀朽糟腐，并不适宜作为观赏器把玩品鉴，因而主流玩家尽量避免收购青铜器，除非有十足把握。

支持真品的一方认为它具备青铜圆斝所有的细节特征：四足呈棱锥尖外撇，像四把倒插的匕首；半月牙形把手；颈部和腹部分别饰有夔龙纹和兽面纹。

认为是赝品的一方则认为造假者虽然采用了商周时期铸造青铜器的陶范

法，但熔模翻砂技术密封性好，圆斝内壁平整光滑；商周时期则因工艺条件差，浇铸过程中不可避免会产生气泡和铸疣，内壁应该凹凸不平。

王老板当初也质疑过这个问题，卖家的解释是作为朝廷祭祀用的国器，在细节方面自然要精益求精，内壁早被工匠反复打磨过，不能作为鉴别真伪的依据。

双方争执不下，气头上都说了分量很重的话，然后立下对赌契约，当即派人请来了洛阳排名第一的古玩鉴定师，人称“鹰眼铁口”的宋楚云！

戴上手套，宋楚云将青铜圆斝拿在手里把玩了几分钟，再持放大镜仔细研究背后铭文和底部弯刀图案，突然脸色大变，表情沉重地放下青铜圆斝似乎想说什么，终究摇摇头轻叹口气，一言不发径直离开，事先说好的车马费及鉴定费也绝口不提。

王老板等一班藏家目瞪口呆，弄不清宋楚云葫芦里卖的是啥药，只能满肚子狐疑地围着青铜圆斝打量那段十几个字的铭文，由于年代久远加上腐蚀磨损，以他们的才学只识得一个“好”字。

莫非宋楚云从这段铭文里看出了玄机？

七嘴八舌讨论了好半天，总难自圆其说，看看时辰不早便各自散去，王老板则闷闷地捧着青铜圆斝进了卧室。

第二天清早，仆人发现王老板死在床上，青铜圆斝不翼而飞。

第一章

“又是限期破案，警察局档案室里堆得比山还高的悬案死案到底是什么时候形成的？”坐在吉普车里，睡意蒙眬的左侯抱怨道。

伊宫承平静地说：“绸缎店王老板是赵局长的朋友，身为上级当然雷霆万钧要求限期破案，难不成说你们慢慢查，不用着急？”

“可是……查案这种事急也急不来，全靠线索、证据还有运气。”

伊宫承批评道：“十足的机会主义！靠运气破案从来不靠谱，必须建立在实实在在的勘查和案情分析基础上。”

说话间来到王老板宅院，满院子面有哀色的亲戚，厢房里不时传来啼哭声。进入东厢房卧室，王老板仰面躺在床上，脖子间被利器割得血肉模糊，鲜血浸透了枕头、裤子，直淌到床脚。

先一步抵达现场的探员们已初步勘探完毕，提取了卧室里的指纹、脚印和毛发，正在西厢房轮流问话。

“死者昨晚是单独就寝？”伊宫承问。

李探员轻声道：“最近一阵子经常叫小姨太陪寝，指望再生个儿子呢，昨晚因为鉴定纠纷心情不好，抱着东西一个人闷闷地进了房间，小姨太怕触霉头，没敢进去打扰，所以……”

伊宫承又问："死者进屋后有没有反锁房门？"

"没有，今早小姨太敲门想把莲子红枣八宝汤送进去——死者每天早上起床前必喝这个，然后到收藏室欣赏十分钟古玩，吃完早饭就到店里去，这是死者几十年雷打不动的习惯——敲了一下发现门虚掩着，便轻轻推开，刚踏了半步就看到他死在床上。"

"屋里丢失了哪些东西？"伊宫承边问边四下打量。

左侯在旁边说："好像没有翻动痕迹。"

李探员道："刚发现王老板死了，家里一片混乱，后来主事的大伯赶过来安排人报警，安抚的安抚，收拾的收拾，才知道昨晚死者抱进屋的青铜圆斝不见了。"

左侯眼睛一亮，"青铜圆斝是很稀罕的玩意儿，值得收藏。"

"昨晚就为这东西的真假问题闹得不可开交，把宋大师请来都没能搞定……"李探员遂将双方争执不下，宋大师到场后仓皇离开的经过说了一遍。

"哦，还有这种事？回头得找宋大师谈谈，这可是自砸招牌的行为啊。"左侯奇道。

伊宫承表示赞同，"宋大师欲言又止，其中必有蹊跷，下一站找他！"

接下来伊宫承取来询问记录边看边了解细节，如夜里哪些人轮值、院墙是否容易翻越、王老板有无仇家等，左侯听得不耐烦，径直找徐管家打开收藏室。

这是由两间客房打通形成的三十多平方米的展厅，六排三米高、五米长的观赏架，每个格子不论大件小件都加装玻璃并上锁，正面方桌上参差不齐地放着十多件小玉器。徐管家解释说一大把钥匙都在王老板屋里，要不要拿来？左侯点点头。

随便把玩了几块玉器，左侯等仆人送来钥匙后每排任意打开两格看了看，无非字画、香炉、瓷瓶、笔洗、青花碟、佛像之类，每看一件他心里暗叫一声“羊牯”，连看七八件便没了兴趣，把钥匙扔给徐管家转身出去。

徐管家跟在身后忐忑不安地问：“这些藏品能换几个钱？”

树倒猢狲散，主人死了，从管家到仆人都在琢磨多讨几个工钱另寻东家，自然关心变卖藏品的问题。

左侯心里暗叹，头也不回道：“满屋贼光，没几件真的。”

“啊！”管家宛若当胸挨了一拳，半晌没吱声。原本还琢磨趁乱偷偷藏几件，等风声过去换点钱，看来半点指望都没了。

回到中院，伊宫承正好带着吴探员等人出门，上了车直奔宋楚云家。

“初步判断凶手是冲着青铜圆斝而来，连枕头旁边的怀表都没拿，那个值二十多大洋呢。”伊宫承道，“凶手从后院翻墙而入，绕到中院，正好当夜王老板没锁门，毫无阻碍地进去后按住他胸口，在脖子上抹了两刀。王老板可能有轻微挣扎，但气管被切后很快毙命，凶手并未翻箱倒柜，直接拿了那尊青铜圆斝离开。”

“宋大师没定论的东西都不惜杀人抢劫，猪油蒙了心吗？”左侯难以理解。

“听听宋大师说什么，这事儿，”伊宫承吁了口气，“我也很好奇。”

左侯笑笑，道：“也许宋大师故弄玄虚而已，从死者的藏品看，他和那帮朋友的鉴赏水平，嘿嘿，基本不入流，属于古玩街一斩一个准的羊牯级人物，所谓青铜圆斝八成是赝品，宋大师顾及死者脸面不愿当面说破，死者心中有数，所以临睡前心情才那么差。”

吴探员不禁道：“那么左顾问分析凶手是……”

伊宫承顺势说下去：“应该是青铜圆斝的卖家！他成功地骗过王老板赚

得一大笔钱，本以为能安心在家数钱，不料王老板那帮朋友争执不下，引来鉴定大师出场，很明显王老板知道真相后肯定要找卖家算账，到时将严重影响他的声誉，因此夜里潜入王宅杀掉王老板，抢走青铜圆斝，把事情抹平。”

“很完美的推理，可惜……”左侯笑笑没说下去。

伊宫承沉着脸说：“继续说，我不生气。”

“还没说你就生气了。”左侯笑得更开心，“这个推理最大的漏洞就是行规。古玩界的规矩就是愿赌服输，无论打眼还是捡漏，银货两讫后不准反悔，谁叫你水平不如人家？王老板收藏室里那么多赝品，他当真一点儿都不知情？不过是他哑巴吃黄连，有苦说不出罢了。”

伊宫承被噎得说不出话来，幸好车子已来到宋宅门口，不然脸真有点儿挂不住。

宋楚云应邀去古玩街鉴定字画，等了四十多分钟才回来，见到伊宫承连声道歉，随即话题转到王老板被杀案，显然他在古玩街也听说了。

“那件事跟我没有丝毫关系，”宋楚云先撇清自己，“我不过临时接受委托上门鉴定，然后因为某个特殊原因而中止，我没收王老板一分钱，也不对由此产生的后果负责。”

“什么特殊原因？”伊宫承追问道。

“青铜圆斝无疑是赝品，倘若是真品也不会惹出后面的事。”宋楚云明显在兜圈子，不想正面回答。

伊宫承板着脸道：“警方对宋大师向来以礼相待，但这是建立在密切配合的基础上的，否则请到局子里说话可就难办了，我在军统还没见过不肯说话的人！”

左侯轻叹口气，暗道又来了。

宋楚云被唬住了，低头犹豫良久，面色凝重，缓缓道：“古玩界有个老派做法叫‘斗眼’，不知左顾问是否听说过？”

“略有所闻。”左侯道，“斗眼的意思与打眼相反。打眼是看走了眼被人蒙了，斗眼则是明知对方看得出来，却故意这样做，有示威和警告的意思。”

“虽不中亦不远矣。”宋楚云道，“青铜斝是春秋战国时期朝廷举行各类祭祀和庆典的必备器具，按规矩王室、高级贵族用方形斝，普通贵族和官员用圆形斝……”

伊宫承“哦”了一声：“王老板买的是青铜圆斝，属于普通贵族用的。”

宋楚云摇摇头：“问题就出在这里，明明是圆斝，背后铭文却有‘妇好’二字，‘妇’字模糊，‘好’字清晰，这就不对了。”

“怎么不对？”伊宫承茫然。

宋楚云解释道：“妇好是商王武丁极有能力、备受宠爱的王后，曾多次率军队出征，打败与商朝作对的土方、羌人、巴方，是商代第一女将。刻有她名字的铭文器，必定是王室级别的祭祀或庆典器具，应该是方斝才对。”

伊宫承又“哦”了一声：“也许是常识错误吧，跟斗眼有啥关系？”

宋楚云道：“仅仅铭文与圆斝的矛盾倒也罢了，偏偏制作此尊青铜器的人还怕对方不明白，特意在底部画了柄弯刀，刀尖向上挑起，意思是挑战！”

听到最后一句话，“咣啷”，左侯手里的茶杯落地，紧接着像疯了似的狂奔出宋宅！

“左侯！左侯！”伊宫承被他的举动惊呆了，因为左侯任何时候都一副惫懒轻快的模样，从未像今天这样失态过，伊宫承跟到堂屋门口却见左侯已跑得没影，喃喃道，“这小子发什么神经？”

宋楚云一字一顿道：“伊宫局长还没明白？制作赝品者斗眼的对象就是左顾问！”

第二章

左侯跑到门口叫了黄包车，连声催促着来到古玩一条街，疾风般来到秀才巷，大步闯入月黄象牙店。

黄老板像往常一样慢条斯理地擦拭玻璃，见了他淡淡道：“左顾问怎么有空大驾光临？”

左侯上前一把揪住他的衣领，咬牙切齿道：“最近芦白花有没有回来？快说，这件事非常重要！”

“放手，外面有人！”黄老板轻叱道，待左侯放开整了整衣领，悄声道，“实不相瞒，上周有消息说从江苏那边过来，正打算通知你呢，谁知前天起突然没了音信……我们正紧急调查中。”说到这里他身体一震，“莫非落到军统手里了？”

“没有，不过……”左侯苦涩地摆摆手，“再联系……”说着如木偶似的迟缓而费劲地出了店门，黄老板莫名其妙地看着他的背影，眉头紧锁。

失魂落魄地在街上游荡了一个多小时，瞅瞅四下无人注意，左侯冷不丁快步闪入右侧隐蔽而僻静的巷子，轻车熟路地连拐两个弯，寻到一家没有招牌的茶壶店，伙计正懒洋洋地躺在椅子上边喝茶边打呵欠。

左侯一巴掌拍在柜台上，“啪”，玻璃四分五裂，碎屑纷纷落在里面的茶壶上。伙计一跃而起，瞪着左侯喝道："干什么，跑这儿来砸场子？你可知道这家店谁开的？"

左侯冷笑道："就是知道我才来！给他捎个话儿，有啥要求冲我来，少玩花样，不然我把他在洛阳城的底全部翻掉！"

说罢转身就走，伙计愣了会儿，在后面叫道："喂，你叫什么名字？"

"他知道！"说完这三个字左侯已消失在巷口。

走在熙熙攘攘的人群中，左侯心乱如麻，脑海里翻腾着此事的前因后果：

围绕《月下绛妃图》的争夺，左侯处心积虑地制造了青铜器造假高手傅小明被杀的假象，还带着侦缉队捣毁了一处造假作坊，试图将傅小明的罪名坐实，开脱自己与灭门案的关联。

傅小明得知自己"被死亡"，担心死讯传开后影响生意，赶紧寄了尊落款"即日制"的青铜方斝给伊宫承以示他还活着，反将左侯重新列入了伊宫承的怀疑对象，左侯费了好大的口舌才解释清楚，算是扳回一城。

本以为与傅小明的恩怨已经一笔勾销，但青铜圆斝的出现则意味着麻烦才刚刚开始！

以宋楚云的眼力自然一眼看出青铜圆斝出自傅小明之手，关于"斗眼"的典故，远非王老板那种外行能知晓，所以宋楚云看到弯刀就隐隐猜到大事不妙，傅小明必定要采取某种血腥手段向左侯叫板！

因为只有凶杀案才能惊动侦缉队，又因为涉及古玩鉴定，伊宫承应该叫来左侯参与，至此斗眼的信号便公开传递出去。

倘若仅仅如此倒也罢了，但铭文当中唯有"好"字清晰，令左侯心中一颤。

"好"即女子，他立即想到了芦白花！

询问黄老板的结果，芦白花果然在近期前往开封，从前天起就失去联络！

最糟糕的可能成为最糟糕的现实！

同为古玩圈造假高手，傅小明与芦白花彼此熟悉，曾偶尔合作干过几票，有阵子傅小明还打过她的主意，后来芦白花和左侯走到一起才作罢。如果傅小明暗藏祸心刻意接近，芦白花根本不可能防范。

傅小明绑架芦白花，并不惜制造血案向左侯叫板，意欲何为？左侯想到了一个最不愿发生的可能！

左侯回到警局，伊宫承已从宋楚云嘴里了解到了事情的始末，见到左侯便说："别担心，这件事侦缉队会全力而为，我还会动用军统的力量……"

左侯摇摇头："有局座这句话就够了，多谢关心！但这是我跟傅小明的私人恩怨，江湖中的事用江湖手段解决，无须局座费心。"

伊宫承手指轻敲桌沿："事情不是这样看的。如果傅小明把青铜圆斝直接寄给你，那纯粹是私人恩怨；如今王老板因此而死，作为一桩杀人案，侦缉队必须介入！"

"你见过傅小明，他长什么模样？"左侯问。

"警局没有关于他的资料。"

"就算你确定他是杀人凶手，面对面站在你跟前，你都没法抓他，对不对？"

伊宫承一呆，道："抓起来拷问！我在军统还没见过不肯说话的人！"

左侯无奈地摊摊手，"局座，这一套对付他不行的，你总不能满大街抓人吧？"

伊宫承无动于衷："不管你怎么考虑，这桩案子侦缉队管定了！你可以私下调查，也可以配合我们一起干，但你得到的情报必须如实向我报告！"

“这个……可以……”左侯目光闪动。

伊宫承冷然道：“不准搪塞敷衍，我的脾气你应该知道，凡涉及工作原则我向来不留情面！”

左侯举手做投降状：“好，好，铁面无私的局座！”

吴探员送来王家所有人的口供，发现一个意外情况：据小姨太说最近王老板有些心神不宁，言辞间似乎涉及同行竞争以及某批货的品质问题，后果颇为严重，甚至会给整个家族带来灾难。她试探问过几次，均被呵斥。王家的规矩是女人不准过问家族生意，不管怎样受宠都不行。

王氏家族世代做绸缎生意，在中原一带小有名气，销售范围覆盖邯郸、开封等城市，业内提到洛阳铜锣巷绸缎店，无不竖起大拇指。到王老板这一代有兄弟俩，哥哥当了十多年掌柜后被选为洛阳绸缎商会会长，此后把主要精力放在行业矛盾协调、统一价格避免相互杀价以及拓展业务等方面，绸缎店基本交给弟弟也就是王老板负责。

“所以铜锣巷绸缎店的掌柜是王会长，而不是死者？”伊宫承皱眉道。

吴探员道：“因为王会长很少参与具体事务，给外界造成错觉，即绸缎店的生意由王老板说了算，其实这当中有很大的出入。无论绸缎店还是整个家族，王会长都有绝对权威。拿这次命案来说，王会长已经稳住王老板家中老小，所有人都乖乖听候他后面的安排。”

伊宫承站起身道：“走，跟这位王会长谈谈！”到了门口转身问左侯，“你去不去？”

左侯懒洋洋地道：“我有点累，坐这儿喝会儿茶吧。”

来到院里上车前，伊宫承吩咐道：“派个兄弟盯着，防止他乱来！”

吴探员点了点头。

王会长客厅里坐满了王家长辈，气氛非常压抑，大家正在商量如何处理王老板的后事，以及安置遗孀、子女等相关事项。见伊宫承进来，王会长连忙迎出客厅，将他带到中院书房。

“事情千头万绪，怠慢之处还请包涵。”落座后王会长向大家致歉。

“不必客气。”

伊宫承直截了当地询问绸缎店的经营情况，最近生意方面有无麻烦或纠纷等。

王会长略一沉吟，道：“我担任商会负责人后忙于业内各种琐事，很少顾及店里的事，就是年终看看报表，大致掌握盈亏情况而已。平时生意方面的事，弟弟基本独自承担，毕竟我家干这行几十年，积攒了大量人脉，若非特别重要的事，他都能摆平……伊宫局长所说的麻烦纠纷，我确实不知情，或许有，但或许没那么严重。”

“绸缎店除了令弟，还有谁了解具体经营情况？”伊宫承问。

“谭先生，十八岁起就在店里管账，今年已经五十四了，店里大事小事都不瞒他，有些事弟弟还会主动跟他商议着办。”

“多谢王会长。”伊宫承突然想起一事，试探道，“听说令弟与赵局长是朋友？”

王会长脸上浮起微笑：“实不相瞒，其实赵局长与我才是知己好友，弟弟是通过我引见才结识他的。”

“哦——”伊宫承恍然大悟。

送伊宫承出门时，王会长不露痕迹地往他口袋里塞了几块大洋，悄声道：“天气炎热，遗体不容久放，烦请伊宫局长多费心早日结案，让弟弟入土为安。”

伊宫承并不拒绝，客气了两句，道：“此乃警方分内之事。”

上了车，伊宫承眉头紧锁：王家停尸不葬，明摆着逼警方尽快破案，与赵局长的限期破案相互呼应，事情有点蹊跷啊！

第三章

洛阳铜锣巷有“丝绸一条街”的美誉，百来米的巷子里开了四十多家丝绸、绸缎、织锦、刺绣等店铺，单这条巷子每天的交易量就占中原地区的三分之一，从早到晚巷子里挤满了各地的商贾买家。无论从名气还是规模，王家绸缎都算铜锣巷翘楚，它也是少数几家只做批发不做零售的店铺之一。

伊宫承一行警探来到店铺时，谭先生刚从钱庄回来，听到询问最近经营情况，扶扶眼镜说一切正常，目前为止王老板死讯尚未传出去，即使客户们知道也无所谓，毕竟王会长才是王家绸缎的大掌柜。

伊宫承继续追问：“王老板生前透露最近生意上遇到麻烦，究竟什么情况？”

谭先生又扶扶眼镜，想了会儿道：“业务方面的事王老板通常独自应付，偶尔遇到难题便跟王会长商量，谭某只管账务，并不参与具体经营。不过……一般来说绸缎店的麻烦无非是质量问题，通常需要用钱来摆平，这几周王老板并未从账上支取过大额现洋，我觉得……平安无事吧……”说罢又扶扶眼镜。

“王会长和王老板两位东家关系如何？有没有因为绸缎店经营发生过争执？”伊宫承问。他总觉得身为哥哥放着好端端的绸缎店大掌柜不当，跑到商会做什么会长有些奇怪。

谭先生笑笑道："伊宫局长可知商会对店铺的重要性？外地大买家、采购商初来乍到洛阳，摸不清深浅，往往先跑到商会了解情况，王会长因此能率先掌握商机，摸清对方需求量、心理价位等，另外王会长介绍本地店铺时可以不露痕迹地突出王家绸缎，王老板几乎不用费劲便能拿到很多大订单。此外，商会的职能是制订行业规则、价格联盟，有会长做后台，对王家绸缎有百利而无一弊。"

"哦，原来如此。"真是三百六十行，行行有名堂，伊宫承又问，"这些年来王会长是否仍然按大掌柜分红，王老板则拿二掌柜的份儿？"

"这是当初协商好的，多年未变。"

伊宫承又问："王老板遇害后，王会长是否找你了解过最近绸缎店经营情况，以及王老板有无透露遇到麻烦？"

"没有。"谭先生扶了下眼镜，"今早上门送花圈纸钱时遇到王会长，他只简单叫我们看好店铺，别的什么都没说。"

"唔，把最近半年的发货单拿来给我瞧瞧。"伊宫承冷不丁地说。

谭先生吃了一惊，"这，这……这可是店家经营机密……"

伊宫承威严地说："案情调查需要，胡探员，陪谭先生一起去取！"

"伊宫局长，这事儿您看是不是再商量一下？"谭先生凑上前欲塞银洋，被伊宫承一把推开，他讪讪道，"赵局长跟咱王会长是多年至交呢……"

伊宫承冷着脸说："我知道，所以才急于侦查此案，换普通杀人案哪需要我这个局长亲自上门？快去！"

话说到这个份上，谭先生不敢再耽搁，只得闪烁着眼神在胡探员的监视下走进内室，磨磨蹭蹭二十多分钟捧出两大叠单据，其中近一半已经用棉线订好。

谭先生恭恭敬敬地送到桌前，满脸堆笑道："有些个发货单位您看看就好，出了门千万得忘掉，关系到咱王家绸缎的饭碗，还请伊宫局长多多关照……"

说着从桌底下往伊宫承手里塞了几块银洋，这回伊宫承没拒绝，坐在桌前，泡了杯茶，聚精会神地一张张翻看。

连续看了三四十张，伊宫承才明白谭先生为何如此紧张：采购单位大都是意想不到的、民众眼里清廉有为的机构和部门，论工作范围和业务需要，跟绸缎八竿子打不着，然而送货单动辄十件、二十件，显然全部流入了那些官老爷囊中。

"部队也有订单，而且这么多？"翻到其中一张时伊宫承蹙起眉头，目光停留在刺眼的"军需品"三个字上。

谭先生看出端倪，悄声道："这是负责洛阳西南防区警备师三团订的货，秦团长跟王会长也是多年至交。"

"可是……军人要绸缎干吗，难不成穿着它上前线打仗？"伊宫承道。

谭先生声音更低，"北方战事紧张，军需物资空前匮乏，军饷也拖欠严重，秦团长靠这些东西给军需官等要员打点，当然也有少部分作为福利分给下级军官，为的还是振奋士气——我这么一说，伊宫局长这么一听，出了门我是不认账的。"

再往后翻，厚厚两叠发货单里"军需品"大概出现了四五次，可见秦团长跟王会长果然交情匪浅。

"秦团长每年都有这么多订单？"

"那倒不是。去年中原地区警备部队换防，秦团长才从邯郸防区过来的。"

"几张注明'军需品'的发货单都有折痕，而其他没有，怎么回事？"

伊宫承看完全部单据后问。

谭先生扶扶眼镜，“后勤官每隔一段时间要来店里对账，为查找方便事先折好，其他客户没有这项工作。”

“最近一次对账是什么时候？”

“嗯……两周前吧，之后没拿过货。”谭先生道。

出了王家绸缎店铺，上车后伊宫承闭目养神，驶出铜锣巷一段路后陡地问：“发现了什么问题？”

胡探员笑道：“这个姓谭的闪烁其词，吞吞吐吐，肯定没说真话。”

伊宫承点点头，“你们注意到没有，每当他撒谎时就会下意识地扶眼镜，说真话时态度就自然些。”

这一说探员们都笑起来，猛拍局座大人马屁，伊宫承半眯着眼睛喜滋滋地听着，乐在其中。

此时左侯正在古玩一条街晃悠，嘴里衔了根牙签，东转转西逛逛，不知何时钻入人群消失不见，再闪出来时在后面盯梢的探员肩上拍了拍，笑道：“回去吧，告诉局座跟丢了，他不会生气的。”

探员脸涨得通红，反正行迹已经暴露，只得悻悻地循原路回去。等那探员消失在街道尽头，左侯方折回刚才路过的疏笔轩——古玩一条街有名的老字号，以经营宋元明清年间字画而闻名于中原，每天顾客盈门，都是从各地赶来淘宝的。

今天疏笔轩的主打画是董其昌的《风残山寺图》。董其昌乃明代书画大家，是与吴门画派抗衡的华亭派领袖人物，其书法临写颜真卿，绘画师法黄公望，同时广泛吸取唐宋元诸家之长，抉精探微，取得了超越古人的艺术成就。

与很多一生潦倒的文人不同，董其昌早在盛年就成为三品大员，艺术上又取得相当造诣，上门索画者众多。董其昌不胜其烦，不得不请人代笔然后自己落款盖章，根据有据可查的资料，替他代笔的有僧珂雪、沈士充、吴振、赵左、叶有年、杨继鹏等著名书画家。因此董其昌流传的作品数量不少，但代笔之作占绝大多数，真正本人亲作的凤毛麟角。藏家碰到号称董其昌的作品也是看得多，买得少，不敢轻易下手。

“此画落款确为董其昌亲笔所书，笔法天姿迥异，圆润高秀，疏朗匀称，力追古法……”

人群里有人不耐烦道：“这些大家都懂，挑要紧的说。”

掌柜微微一笑续道：“诸位都是行家，知道董其昌所有代笔画均为其本人落款盖章，因此款识对未必是真。不过此画落款乙卯年二月二十四，乙卯是万历四十四年，董其昌刚好六十岁，乃其功力已臻化境的创作高峰期；款中提到的抱珠阁是他建于松江白龙潭的书房，‘抱珠阁’三个字也是他亲笔所书，因此真品无疑！”

默算落款时间基本对得上，加之印章、纸张、笔墨等都符合明代特征，好几位藏家站到旁边轻声议论。

掌柜又捧出一本古籍，书画类目录下清楚地写着《风残山寺图》，是有据可查的董氏作品，其流传也算有序，每代收藏者均有家谱或书信为证，交接清清楚楚，绝无拖泥带水。

“大概什么价钱？”已有人按捺不住开始询价了。

掌柜微笑着伸出一个巴掌，周围顿时一片惊叹声“五万大洋啊”“太贵了”，又有人反驳说“要真是董其昌，值这个数，书画大家嘛”。

众人沉默下来，都在心里评估怎么还价，砍到多少能成交，蓦地左侯在后面叫道：“我看值五百大洋！”

掌柜的脸唰地沉下来，“这位爷来古玩街遛弯的吧？街东头向右拐走几百步有几家店不错，值得这位爷逛逛。”

知情人哄笑起来，掌柜所说的地方专卖香粉、头油、纽扣等妇女用品，此言无异嘲笑他不懂古玩乱说话。

左侯不以为忤，排开众人来到画前，悠悠道：“乙卯年对，抱珠阁也对，但加起来就不对了。”

“呃……”掌柜这才知道碰到了行家，表情凝重起来。

左侯续道：“董其昌是书画大家，同时也是为非作歹的恶霸，万历四十三年他强掳佃户女儿为妾，引发一起轰动江南的群众运动，万历四十四年正月十九，民众自发将他白龙潭的房子焚毁，还把写着‘抱珠阁’三个字的匾额沉入河中，名曰‘董其昌直沉水底’，吓得他逃到镇江一带避祸。”左侯笑着环视众人，“大家想一想，这种情况下董其昌还有什么心情创作《风残山寺图》？书房都被烧了，哪儿有什么抱珠阁？”

“啊，这画不对啊！”众人议论纷纷。

“这，这画明明是老的……”掌柜深知今儿个彻底栽了，无力地辩解道。

“从宣纸颜色、画风以及印章等方面看，像代笔者中之下驷者如叶有年、杨继鹏等人，也算老东西，故而出价五百大洋。”左侯微笑道。

“我出六百大洋。”人群里有人抬杠。

闹哄哄中有人轻轻拉了拉左侯的衣袖，悄声道：“这位爷请里面说话……”

第四章

掌柜垂着头也不说话，径直将左侯带到后院，院子中间有个男子双手负在背后，神情漠然地看着天空，他年纪约四十岁，面白无须，鹰钩鼻子，手里盘着两个钢球，眼里跳动着不可捉摸的情绪。

“果然是你，现在叫左侯，左大顾问！”那男子冷笑道，“一言不合就上门砸场子，这种事放眼洛阳城，除了你哪个做得出来？”

“傅小明，是你主动招惹我的。”左侯回击道，“之前的事已经揭过，大家本该井水不犯河水，想跟我斗眼，你就得考虑承受最坏的结果！”

“知道你上午在我茶壶店，才隔了几个时辰就跑到这边闹事，未免太性急了吧？”

“废话少说，先把人放了！”

傅小明微微一笑：“放什么人？”

左侯怒道：“我的忍耐是有限度的！其实这会儿我可以带侦缉队过来的，但江湖的事用江湖方式解决，我不想越界。”

“说得好，左大顾问尽管投身警局，倒没忘了做人的底线。”傅小明赞道，“话说到这个地步，我就直接开价了。”

“无论什么条件，我都必须先见到人。”

“没问题。”

“请说。”

“唐伯虎的《月下绛妃图》。”

左侯惊得倒退两步，道：“你明明知道喻家因为它做了三起灭门案，最终《月下绛妃图》下落不明，案子被警方列为悬案，还提它干吗？”

傅小明阴沉沉道：“下落不明是官方说法，我却想到另一种可能。从喻家父子作案到瓷板以及《鱼趣图》，这些秘密都是你发现的，由始至终伊宫承都被你牵着鼻子走，因此，捷足先登进入银子崖密洞的人是你，你抢先拿走了《月下绛妃图》，却让伊宫承收拾残局，好高明的手法，佩服佩服！”

“军统特务可不是你想象的能被人玩弄于股掌之间，我所有行动都在监控之下，关于那幅画只有四个字‘下落不明’，这就是我所知道的。”

“左大顾问既然没诚意，那就请回吧。”

“我很有诚意，你却漫天要价，”左侯不由得抬高声音，“我连《月下绛妃图》的影子都不知道，叫我到哪儿去找？”

傅小明眼皮都不抬，慢吞吞地往屋里走。左侯盯着他的背影，拳头捏得咯咯直响，似要爆发。就在傅小明即将踏入堂屋门槛瞬间，东面外墙边冉冉冒出一个女人的身子，苍白憔悴的面孔，嘴上缠了一圈胶带，从脖子到胸口被绑得密密匝匝，身后隐隐有根绳索吊在后面的树上。

正是上次不告而辞的芦白花！

左侯胸中激荡，忘情地扑到墙根下叫道：“白花，白花！你还好吗？”

芦白花冲他眨了眨眼睛，似乎想传递什么信息，傅小明做了个手势，绳索一松，她转瞬消失得无影无踪！

“白花！”

左侯不甘心地叫道，猛地转身恶狠狠瞪着傅小明，胸口急剧起伏，手背青筋毕现，仿佛一头暴怒的狮子。

傅小明与左侯相识多年，深知他尽管放荡不羁，玩世不恭，却最在乎芦白花，只怕真的会冲上来拼命，忙不迭摆摆手道：“人已经见到了，我敢保证没亏待她，接下来就看你的态度。”

左侯冷静下来，慢慢道：“这件事你玩大了，明白我的意思吗？”

傅小明心里有些发毛，强笑道：“干我们这一行就是刀口舔血，怎可能一点危险都没有？照直说吧，拿画换人，这笔买卖做不做？”

左侯足足沉默了两三分钟，终于点点头：“明天我来找你。”

傅小明提醒道：“到时我会请名家把关，别拿你做的赝品糊弄我。大家都干这行的，谁也别蒙谁，否则对芦白花很不好。”

左侯一言不发转身就走。

出了古玩一条街，他没像往常那样回警局探听案子调查进展，而是回到租住的房子里蒙头大睡，一觉睡到凌晨两点多钟。

漆黑中他灵猫般起床，到前后窗揭开窗帘一角静静观察了十多分钟，轻巧地开门出去，没有下楼，反而从楼梯上去，来到四楼右拐，心里数着脚步骤然停住，没掏钥匙，拿根针在房间门锁上摸索了一会儿，“咯”的一声轻响，他悄无声息地闪身进去再反身关好门，鼻子里嗅到熟悉而亲切的味道，长长吁了口气。

在这间屋里他比在出租屋还自如，闭着眼都知道左手边是康熙年间制的红木浮雕八仙桌，右侧条案上一字排开两个元青花将军罐、汉代鸭嘴壶、磁州窑彩绘花觚、和田碧玉香熏炉等，再往前则是青铜器、经卷大缸、三尺多高的红珊瑚。左侯轻车熟路地从中间穿过来，顺手摸了摸右侧冰凉滑腻的玉头龙吻，来到西墙面前，黑暗里默默沉思片刻，徐徐拉开墙上的帷布，几乎同时眼前突然刺亮，一支冷冰的手枪抵住他的脑门！

左侯用力眨眨眼，好不容易适应了电灯全开的亮度，这才看清站在右侧持枪之人正是伊宫承！

左侯叹了口气，无奈地摇摇头。

伊宫承语气冰冷，“这是你秘密存放古玩的地点？”

“不算秘密了，想必局座已盯了很久。”

伊宫承的目光在屋里扫了几遍，他的声音冷得像冰碴：“那幅画在哪里？”

“什么画？”

“少装糊涂！唐伯虎的《月下绛妃图》！”伊宫承咬牙切齿道，“你明知这是戴老板最看重的，也是关系到你我能否恢复自由身的关键钥匙，结果你还是耍花招私吞了它！”

左侯沉默半晌，“下午我和傅小明说的话你都知道了？”

“画在哪里？”

左侯信手指向西墙，伊宫承见墙壁上挂着十多幅画，却没有印象中的《月下绛妃图》，没好气地说：“我见过那幅画的临摹本，别拿不相干的蒙我！”

左侯取下右上方一幅清代著名画家黄慎的花鸟画，平摊在条案上，手指在卷轴上按了两下，然后轻轻揭开表面一层宣纸——

“《月下绛妃图》！”伊宫承几乎气炸了，枪口用力顶着左侯的脑门恨声道，“喻家那桩案子由始至终就是你做的文章！”

一声轻轻的叹息之后，左侯失落地说：“局座一直不信任我……”他双手摩挲着《月下绛妃图》，平静地说，“也难怪，以局座的鉴别能力当然看不出这是赝品。”

伊宫承大惊失色，扑到画卷前仔仔细细看了几遍，嘀咕道：“假在哪里？”

“要是连局座这样的外行都能看出来，岂不辱没了我造假大师的名头？”

伊宫承都快气疯了，“你……你当初说过帮姜海涛做了两幅赝品，一幅与端木余换了尊青铜彝，一幅以一百多万大洋卖给了喻长范，这，这幅从哪儿来的？”

“寻常造假只做一件，姜海涛偏偏花大价钱做两件，我意识到另有玄机，出于种种考虑我其实做了三幅赝品，两幅交给姜海涛，自己留了一幅用于自保。这不，当初留的伏笔终于派上了用场。”左侯解释道。

伊宫承迟疑了一会儿，收起手枪，围着条案转了几圈，道：“也许这幅画是真的呢？你说话真真假假，虚虚实实，让我怎么信你？”

左侯苦笑，“局座大人，这幅画若是真的，我早带着它远走高飞了，别说伦敦拍卖市场，就是到香港也能卖个几辈子都花不完的大价钱，何必冒险留在洛阳，跟着局座出生入死？局座想想是不是这个道理？”

“道理归道理，但洛阳城岂是你想走就走的？别忘了我是干什么的！”伊宫承冷然道，“别的我不知道，以你的性格完全有可能拿《月下绛妃图》真品换芦白花！”

“能从局座嘴里说出这句话，足见这么长时间我左侯并非一无是处。”左侯颓丧道，“不错，这个世上如果还有一个人值得我牺牲生命，她一定是芦白花，可……”

“可她是共党分子，即便你千方百计把她从傅小明手里救出来，我也绝不会放过她！我欣赏你的有情有义，但我是军统的，抓捕共党分子是我的职责所在，一码归一码，这一点我不会含糊！”

“我知道，局座的大公无私如高山流水，令我等顶礼膜拜，悠然神往……”

“少拍马屁！你拍得根本不对味儿。”伊宫承仍紧绷着脸，“我想说的是，你明知如此，是否值得犯险？”

左侯明白伊宫承含蓄而隐晦的意思：相比军统的严酷，芦白花在傅小明手里还安全些；倘若左侯费心费力地把芦白花救出来，暗中跟踪的军统势必要逮捕她，其下场可想而知。

以伊宫承的性格，能暗示到这个份上已是破天荒地严重违反军统规矩了。

沉默半晌，左侯道：“尽力而为吧，我不能毫无作为，否则这辈子都不得安宁……至少在救出她之前我和局座还是同一阵营的，对吧？”

“侦缉队主要调查方向是王家绸缎，也会兼顾傅小明的动向，这期间我会分享有关情报。”

“多谢局座。”

伊宫承又盯着《月下绛妃图》细细看了两遍，忍不住问：“它到底假在哪里？”

左侯微笑道：“局座会泄露军统的行动机密吗？”

“当然不会。”

“我也是。”

第五章

凌晨四点半，古玩一条街疏笔轩后巷。

“昨天下午芦白花就是从这儿升到墙头的？”伊宫承仰头看后面的老树，“两根绳子做个交叉牵引，可以很稳定地控制高度和速度。”

左侯蹲在墙头，用蒙着红布的手电筒一寸寸搜索痕迹，轻声道：“控制升降没问题，我不解的是他怎么能在那么短的时间内把一切准备妥当？”

伊宫承沉吟道：“或许疏笔轩是他的大本营？”

“准确地说他只是疏笔轩的大股东，有支配权无控制权，偶尔在这儿落落脚、做几笔交易，不可能当作长期据点。他的名声太差了，股东们担心传出去影响店铺生意。”

“另一个可能是你上午到他的茶壶店里传话，按说下午或许要过去打听消息，他知道你除非看到芦白花才会同意交易，遂将她先带到疏笔轩等候，不料你居然找到这边……”

左侯烦恼地说：“我也是这样想的，然而芦白花的身手不在我和傅小明之下，光天化日之下要把她从后院弄到巷子里，再吊到树下，哪有那么容易？其中必定有我没想到的关节！”

“关心则乱哪。”

伊宫承在树干、树杈、墙壁上找到刮擦痕迹，实地模拟了一遍，道："确实有点困难，需要至少三四个帮手，还得有人盯住巷口，能否及时撤退也是问题，你觉得他会把人藏到哪儿？"

考虑了四五分钟，左侯道："矶山东南，富福村。"

富福村位于矶山东南角山谷里，与上次发生明器清墓案的乌熙村成掎角之势，中间隔着连续数里的野树林。

路面狭窄崎岖，坑坑洼洼，颠簸到离村子数里地时车子停到隐蔽处，两人为防止村民发现直接从野树林中穿行过去。

"造假作坊这么偏僻，哪儿有客户上门？"伊宫承边掸掉满身的灰尘边问。

左侯笑道："局座有所不知。青铜器、玉器造假需要电机设备辅助，敲打、凿斫、磨制等都有噪声，为避免引起注意，离民宅越远越好。"

"这处造假作坊……他是否知道你知道？"

这句话有点拗口，左侯却一听就明白，道："对我们这个行当来说造假作坊的重要性不亚于衣食父母，必列入最高机密；正因如此，同行间无不千方百计打探彼此的秘密，作为关键时候要挟对方的武器。刺探和窥伺非常隐秘，往往通过七八道中间人，上家和下家之间不知对方身份，这样才能形成有效阻隔……"

"哦，跟情报传递体系差不多。"伊宫承颔首道。

两人小心翼翼地绕到村子西南角，左侧是个混浊不堪的大水塘，右侧散布着四家平房，中间有座正方形的小院子，院门口蹲了只虎视眈眈的狼狗。

"就这家，狼狗很麻烦。"左侯轻声道。

伊宫承环顾四周，皱眉道："我带了专用毒药，有肉骨头香味，一沾就死，放倒它很容易，但是……"

“你担心有埋伏？”左侯失笑道，“绑架、囚禁本来就是见不得光的事，傅小明敢摆开阵仗玩儿？我觉得他没这个胆量。”

“你要相信一个上过战场的老兵的直觉！”伊宫承沉声道，伏在草丛里仔细地察看每一处可疑的地方。

左侯有些不耐烦，直起身伸了个懒腰——

蓦地“啪啪啪”几声枪响，子弹堪堪擦着左侯身侧掠过，他连滚带爬往密林深处钻，紧接着院墙后、池塘边、树林里冒出十多个人影，连续冲两人射击，织成密集的火力网。

伊宫承沉着冷静地开枪回击，使对方不敢过于靠前，然后边打边撤，顺着原路飞快地撤退。

对方似摸透了两人来的线路，快速包抄，同时端着枪不间歇地射击，子弹“嗖嗖”地从他们耳边、腰际、腿间穿过，左侯很少经历过这种情况，吓得两腿发软，哆嗦着不知往哪个方向跑。

“别慌，跟我来！”伊宫承喝道，倚在树后连开两枪撂倒一个，对方见他枪法精准，便将战线拉得更开，以大树为掩护步步紧逼。

伊宫承枪法虽好，无奈只有一柄手枪，射程短威力小，对方却是一律以毛瑟 98 为蓝本的中正式步枪，有效射程达到 500 米，给伊宫承造成很大的麻烦。况且这些人很擅长打这种丛林追击战，两三人为一组，配合默契，使得伊宫承的活动范围越来越小。

“有没有防身的家伙？”伊宫承被强大的火力压在石头下面不能动弹，焦急地问道。

经他提醒左侯摸了摸腰际，道：“有飞刀，但距离不够。”

“好，按我说的冒一次险，不然咱俩都没命……”

接着伊宫承悄悄吩咐了几句，左侯显得有些犹豫，抬眼见他严厉的目光，咬牙道：“豁出去了，我干！”

双方对峙数分钟，伊宫承突然发出一声惨叫，踉跄几步栽倒在地，又迅速爬起来向左后方一路小跑，对方当即分出两个小组左右夹击，正面则谨慎地缓慢推进。左面小组的三个人在火力支援下前突三十多米，见到林间人影一闪，当即边举枪射击边大步追赶！

这时左侯突然从草丛里蹿出来，双手飞出两道白光，“呃”，两名组员均咽喉中刀软软倒地，剩下一个调转枪口正待射击，被折返的伊宫承连开两枪射中要害。

正面和右面的人听到声音不对劲，枪声大作前来增援，伊宫承拉着左侯钻进更茂密的野山楂林。一个小组被歼给对方造成了很大的心理负担，赶紧收缩战线，将距离保持在手枪射程之外，追击速度也放缓很多。左侯对富福村周边地形颇为熟悉，东拐西绕，终于安全回到藏匿吉普车的地点，发动车子飞驰而去。

进入县城，伊宫承方松了口气，道：“这桩案子越发扑朔迷离了，警备师的人怎么跑到富福村伏击我们？”

左侯吃惊不小，“什么，刚才那伙人来自洛阳警备师？”

“清一色中正式步枪，擅打阵地战，组织严密，配合默契，标准的正规军风格呀。”

“傅小明怎么可能跟警备师搭上关系？”

“我也很奇怪……至少可以确定一点，你以为傅小明不知道你知道，其实他知道你知道，所以特意布下陷阱请君入瓮。”

“陷阱倒无所谓，但伏击者竟是警备团的人，真是怪异得很……”左侯陷入沉思。

回到警局，吴探员见两人的狼狈样不觉好奇，伊宫承岂能承认跟警备团交过火，敷衍几句后询问在铜锣巷明察暗访的情况，吴探员说，如昨天局座所观察的，谭先生在几个关键问题上都撒了谎。

昨晚到今天上午，吴探员等人分头找了几家绸缎商，以及王氏绸缎附近的织锦、刺绣等非竞争关系的店老板，经过梳理大致得到以下几条信息：

一是王氏兄弟并非像王会长和谭先生描述的那样亲密无间，两人在经营思路、业务拓展方面分歧较大，具体来说王会长喜欢做大买卖，利润空间大的项目；王老板则强调稳健经营，尤其注重家族企业声誉。据隔壁蒋老板反映，一周前这兄弟俩曾站在旁边巷子里吵架，他路过时只听王老板说“这是砸自家招牌的勾当”，王会长则脸色铁青。见到蒋老板，王老板顿时停住不说，兄弟俩同时冲他笑了笑。

二是警备师的生意原本属于铜锣巷李氏绸缎，秦团长换防后硬转向王氏绸缎，为此李老板极为恼火，与王老板吵了好几次，现在面对面都不说话。听说王会长还不罢休，暗中筹划把其他几个团的生意都抢过来。

三是最近王老板心事重重，走路都低着头，似乎在琢磨什么，平时笑模笑样老远就打招呼，死前几天却愁眉不展，成天耷拉着脸。

“又冒出个李氏绸缎。”伊宫承想了会儿道，“走，去会会那位李老板，没准儿能挖出点线索。”

左侯坐着不动，“我有点累，就在办公室里喝会儿茶。”

伊宫承怒道：“又是累，拜托你每次撒谎换换花样好不好？怎么，想带那幅画换人？傅小明可不是外行，要瞒过他没那么容易！”

“我根本没指望瞒过他，我只是想跟他见一面。”

“你打算玩命？”伊宫承吃了一惊。

左侯深沉地看着他，“富福村的陷阱证明他在我之前已经动了杀心，所以现在不是画的问题，也不是芦白花的问题，而是我跟他两个人只有一个能活着！”

“等等！”伊宫承抬手道，“我的感觉是这件事不像你认为的那么简单，肯定其中某个环节出了岔子。与你的命相比，傅小明更在乎那幅画……”

“但他了解我的为人，很清楚我绝对不可能轻易就范。”

“正常来说是这样，但现在不同，他手里有芦白花！”

左侯还是摇头，“你不明白我们这类人，思维跟普通人不同的，我的直觉是他宁可不要画也要杀我！”

伊宫承严肃地说：“听着，左侯！从开始认识你起，你不管什么时候都能保持超然的冷静，这是你屡屡察觉案子蛛丝马迹，缜密推理出真相的前提！然而这回你被芦白花弄昏了头，冲动、鲁莽、急躁，这种状态怎么对付傅小明？”

左侯愣了愣，坐到椅子上一声不吭。

“我们去铜锣巷，希望回来时还能看到你。”伊宫承说完和吴探员一起离开办公室。

第六章

李氏绸缎也是铜锣巷的一面旗帜，其历史渊源和规模不在王氏绸缎之下。同为绸缎行业翘楚，关系便有些微妙，特别是在黄金客户、县政府各部门订单的争夺方面一直明争暗斗。

李老板在店铺后院客厅接待伊宫承等人，提到警备师三团时微微挑了挑眉毛，道："论订单数额，整个警备师加起来也就那样，不算咱李家的大客户，关键王家这事儿做得不厚道。按行规警备师是咱李家的老客户，你王家说什么也不该插一杠子，赚钱是小事，伤了铜锣巷多年以来形成的默契是大事，何况王家老大还是商会会长，对不对？"

"秦团长与王会长是至交，出于朋友义气主动从王氏绸缎拿货，不算破坏行规吧？"伊宫承故意说。

李老板嗤之以鼻，"什么至交，还不是钱堆出来的交情！以前三团在咱这儿一年两三张订单，现在半年拿四五次货，还打着军需品的名义！我看哪，王老板不死将来也没好下场！"

"这话怎么讲？"

"伊宫局长，军需品可不是闹着玩的，别看现在兵荒马乱没人管，有朝一日查出来绸缎居然也算军需品，要动用军饷购买，那是要上军事法庭的！”

伊宫承不动声色道：“以李家与警备师的关系，难道从没反映过三团的问题？”

“实不相瞒，两个月前我就去过警备师部，负责接待的参谋很认真地记录下我说的情况，并保证尽快调查。我回到家等啊等啊，一直没消息，后来再打听，原来秦团长跟赵师长是黄埔校友，唉，我真是自讨没趣。”

“听说警备师其他几个团也准备从王氏绸缎拿货？”

李老板恨恨道：“都是姓秦的在里面搞鬼，其实警备师那点生意真不算什么，但你王家不能坏了行规！我在师部也有人脉，这事儿仍在两可之间。”

出门时伊宫承注意到东厢房博古架上有十多件古玩，不由得停下脚步看了会儿，随意问道：“李老板也喜欢收藏？”

不知为何，李老板神情有些不自然，赔笑道：“不……不算收藏，朋友推荐买的，却不过面子而已。”

走在热闹非凡的铜锣巷，吴探员低声道：“姓李的有点怪啊，收藏就收藏，还非不承认。按常理碍于朋友面子买一两件也就罢了，一下子十几件，撒谎的水平比左顾问还差，哈哈哈。”

伊宫承道：“左侯是懒得编，他不同，事先没有准备，被我问蒙了。”

王老板被杀案调查到这一步，按说接下来应该找警备三团秦团长，然而伊宫承知道根本不可能。

别看这些当兵的碰到日本人屡战屡败，在地方却飞扬跋扈，嚣张得横着走，以秦团长的身份，他连县长都不放在眼里，更别说区区警察局副局长。可以预料的情况是，伊宫承连团部大门都进不去！

如果左侯在就好了，他总能在案情陷于胶着时迸出灵感的火花……这桩案子到底哪条线索才是正确的方向，秦团长，还是傅小明？

古玩一条街。

左侯大模大样地夹着卷轴来到没招牌的茶壶店，伙计懒洋洋地坐在椅子上打盹，上次被拍坏的柜台还没补好。

“老板在哪儿？”左侯大大咧咧地问。

伙计见是他，并不畏惧，道：“出了巷子向东走两百米，有辆马车候着，上了车车夫会带你过去。”

很安全的设计，能最大限度地避免侦缉队跟踪而至。

“我怎么知道是不是陷阱？”左侯冷冷地说道。

伙计耸耸肩，“害怕的话可以不去，随便你。”

左侯狠狠瞪了他一眼，心里明白，有芦白花做筹码，傅小明完全吃定了自己。

来到伙计指定的地点，屋檐阴影下果然停了辆马车，左侯一言不发跳上车，马夫漠然瞟了他一眼，“驾”，吆喝声中马车缓缓开动。

出了古玩一条街，马车一直向北越行越快，快到城门口时，车夫挥舞鞭子拐入路边院子，院里停了辆马匹颜色、车型几乎相同的马车，车夫示意左侯换乘那辆，随后左侯从后门出去，从僻静的小街重新转回城区，在街上绕来绕去，绕了近两个小时来到城西郊区一处民宅。

马车径直驶进院里，掀开轿帘，傅小明正站在堂屋前缓缓盘着钢球，面无表情。

“你果真敢来。”傅小明道。

左侯嘲弄道：“你应该说没想到我能从富福村活着回来。”

傅小明不置可否：“请进。”

堂屋八仙桌前正襟危坐着一位富态白净的长者，他是古玩界资深鉴定师吴郁明，论鉴定功力比宋楚云差不了太多，论名气却远远不及，原因是吴郁明不像宋楚云那般爱惜名誉，经常为了钱不顾身份地鉴定盗自古墓的赃货等，因此被古玩圈有意无意地排斥。

傅小明特意请来吴郁明，证明他坚信左侯一定会用《月下绛妃图》真品交换芦白花。

“吴先生。”左侯以前与他打过交道，彼此熟悉。

吴郁明点点头，道：“请把画摊在桌上，如果是真品，傅先生当然要履约。”原来他还兼任证人。

左侯冷静地说：“我要求看到她，否则免谈。”

“昨天刚刚见过。”傅小明显然不愿意节外生枝。

“谁知道过了一夜会发生什么？”左侯寸步不让。

吴郁明略一沉吟，“左先生的要求是合理的，傅先生理当答应。”

傅小明无奈，抬手打了个响指，堂屋与后院的窗户“唰”地打开，芦白花惨白而无助的脸一闪即过，瞬间左侯见到她嘴上仍缠着胶带，目光里有说不出的复杂情绪。

“轮到你了。”

傅小明迫不及待地催促道，连吴郁明都露出了热烈而期待的神情，能目睹唐伯虎的大幅绢本画，对任何古玩界人士来说都是终生难忘的际遇。

左侯挑开卷轴上的丝绳，慢慢展开画轴……

“这……这不是《月下绛妃图》！”傅小明和吴郁明齐声叫道。

“《寒山垂钓图》，作者马远，乃南宋四大家之一，他画的松树瘦硬如屈铁，枝条长而斜向出，有‘拖枝马远’之称。”左侯淡淡道，“此画是马远中晚期作品，代表其创作的最高水平，更为难得的是画上还有南宋宁宗杨皇后的亲笔题词，堪称绝品。”

傅小明两眼喷火，一拳砸在桌上，喝道：“我要的是《月下绛妃图》，你拿《寒山垂钓图》有屁用！”

吴郁明没吱声，手指一寸寸抚过画卷，目光专注而凝重，无疑正在评估此画的真假。

“我不知说过多少遍《月下绛妃图》下落不明，你就是不信，”左侯悠悠道，“马远流传的作品不多，但每件都是精品，尤其受到海外藏家追捧，去年同样是他中晚期的作品，《华灯宫苑图》在香港拍卖会上叫到八十万大洋，可以想象《寒山垂钓图》的价值，虽远不及《月下绛妃图》，却也足够你金盆洗手，购置良田美宅安享余生。”

八十万大洋！

傅小明目光游离不定，忽而看左侯，忽而看画，显然有些动心。

左侯补充道：“再告诉你，《月下绛妃图》是戴老板最看重的古玩文物之一，即使弄到手你也不可能带出境，军统的手段大家都听说过。相比之下《寒山垂钓图》小众而专业，尚未引起重庆方面关注，收下它，保证你一个月之内八十万大洋到账！”

这番话合情合理，傅小明眼中的凶光渐渐褪散，转而低头打量桌上的画。

左侯等的就是这个转瞬即逝的良机！

因为他相信自己做的赝品，功力深厚如吴郁明至少也需要三四分钟才敢做出判断，这个时间足够他说服傅小明。

他闪电般掠过傅小明身侧，一脚踹开东面小门冲入后院；与此同时吴郁明抬起头道：“假的！”

傅小明二话不说，抬手射出两柄飞刀，左侯在门边灵巧地一倚一弹，“笃笃”，飞刀深深扎到门板上。

后院左右各有两间屋子，三个神色慌张的汉子守在右边偏左的屋子前。

“闪开！”

左侯凶猛地扑上前。被他气势所慑，三个汉子四下散开。左侯踢飞屋门，里面只有床、桌子、衣柜等简单摆设，芦白花不在其内！

左侯随即踢开旁边上锁的屋子，同样没人！

正准备到左边屋子看个究竟，傅小明已从堂屋追过来，拦在院子中间，怒不可遏地指着他道：“你……你敢玩我？”

“我们俩到底谁先玩谁？”左侯反问道。

傅小明一滞，冷笑道：“可惜玩过火了，今天这架势，你自信能逃出去？”

刚才惊慌失措的三个汉子亮出砍刀或软鞭，堂屋门口也守着两个汉子，形成瓮中捉鳖之势。

左侯满不在乎地笑道：“在洛阳城，我从不担心安全问题，知道为什么吗？伊宫承从来不会让我离开他的视线。”

傅小明不信：“来的时候我们仔细观察过，后面没有尾巴。”

“倘若被你手下那种货色看到，军统也别在洛阳城混了。”

傅小明停顿数秒钟，冷冷道：“你应该知道道上的规矩。今天我诚心交易，你非但没带《月下绛妃图》，连《寒山垂钓图》都是假的，看来之前对芦白花的柔情蜜意全是做戏，也别怪我不客气了！”

“如果你的确对《寒山垂钓图》感兴趣，不妨下次重新交易，地点必须经双方同意。”左侯环顾四周道，“今天这种情况，哪个敢随身携带价值八十万大洋的画？”

听起来很有道理。

傅小明想了片刻，道：“左侯，我郑重警告你，芦白花的命只有一条，要是你再玩花样，就等着帮她收尸！”

左侯摆摆手：“不要激动，大家都提前做好准备，后天上午再交易。”

第七章

回到副局长办公室，伊宫承正慢悠悠地喝着龙井茶，见了左侯揶揄道："英雄救美，白忙一场？"

"希望就在明天。"左侯自信地说，看看时间已是晚上七点多钟，"咦，这么晚了局座在等什么？"

"等吴探员的消息，他两小时前把谭先生请到警局了。"

"他口风很紧的。"

"我在军统还没见过不肯说话的人！"伊宫承狞笑道。

话音未落，吴探员手里抓着一副刚褪掉的血迹斑斑的手套进来，语气急促地说："局座，谭先生已经交代了！他承认受王会长指使把劣等品以次充好送到警备三团，秦团长将它们当作军饷发给下级军官和士兵，拿到市场却换不到几个钱，军中埋怨、抗议声一片，王老板听说后大发雷霆，兄弟俩吵了好几次。"

"就是说以次充好是王会长和秦团长的主意？"伊宫承问。

"秦团长肯定从中捞了一大笔钱，而王氏绸缎正好将劣等品清仓，一举两得。"

伊宫承感叹道："可士兵本该到手的银洋变成劣质绸缎，凭什么流血牺牲、保家卫国？”

左侯插嘴问：“王老板仅仅是很生气吗？有没有采取补救措施？”

“他打算把前几批劣等品全部收回，重新发放优等品，”吴探员道，“王会长坚决不肯，奥妙在于三团固然按优等品结的账，但事后把差价都给了秦团长，这一进一出亏大了；再者，收回劣等品的话，等于在打秦团长的脸，把原本暗中做的坏事公开化，真有可能上军事法庭！所以直到王老板被杀之前，兄弟俩一直处于僵持状态，谁都不肯退让。”

伊宫承断言道：“为防止王老板抖露丑闻，王会长迫于秦团长压力，那天夜里派人杀掉弟弟灭口！”

“这是最简单的推理，但无法解释青铜圆斝的前因后果，何况凶手特意把它带走，若与凶案没有关联不可能多此一举。”左侯道。

吴探员也有同感：“关键是缺乏证据，况且谭先生说那件事还有其他解决方法，比如王氏绸缎出面将那些劣等品高价回购等，不至于闹到杀人灭口的地步。”

伊宫承正欲说话，赵局长酒气熏天地闯进来，打了个嗝，指着伊宫承鼻子说：“王家的案子还没了结？你们这班人怎么查案的？再搞不定我安排其他人接手！”

伊宫承强忍着气道：“好，我们定当努力。”

赵局长“哼”了一声，摇摇晃晃走到门口，突然停下来道：“听说那个什么青铜玩意儿跟专门造假的傅小明有关，先把他抓起来！”

“好的。”伊宫承满口答应。

等赵局长的脚步声消失在楼梯间，吴探员见伊宫承脸色不对，赶紧出去并关上门。

“他居然知道傅小明，奇怪。”伊宫承若有所思道。

“我觉得不奇怪，”左侯道，“警备三团在傅小明造假作坊附近设下埋伏，说明他们之间存在某种隐秘的联系。”

“秦团长虽然贪财，却绝无可能跟傅小明那种人混在一起。”伊宫承道，“我已做过调查，秦团长、王会长对古玩没有丝毫兴趣，跟傅小明八竿子打不着；回头想想，傅小明与王老板也素不相识，到底通过什么方式把青铜圆斝塞给他，间接向你挑战？这当中缺少一个重要环节。”

“我明白你的意思，必须有这样一个人——熟悉王老板，精通古玩，能与傅小明搭上关系，没准还知道王会长与秦团长勾结的事……”

伊宫承摇摇头，“未必那么全面……首先要确定的是，王老板到底是因为绸缎以次充好事件而死，还是充当了挑战示警的棋子，这是两个截然不同的侦查方向。原先我怀疑过傅小明，但刚才赵局长那番话却让我产生动摇，有句话怎么说的，敌人的……”

“敌人的敌人即我的朋友。”

“对！王会长急于结案，赵局长限期破案并要抓捕傅小明，秦团长在富福村设陷阱杀我们，这些迹象表明这伙人非常看重此事。不过芦白花确实在傅小明手里，青铜圆斝也是他亲手所做，啧啧……”

“傅小明那边交给我，无须局座插手，我说过这是江湖恩怨，只能以江湖方式解决。”

伊宫承显然并不认可，但刚才赵局长给他很大的压力，倘若案情再无突破会成为被攻讦的口实，脑子着实有点乱。

对谭先生的审讯仍在进行中，伊宫承继续等待消息，左侯实在太疲倦，先回去休息了。

第二天早上来到办公室，伊宫承呵欠连天地半躺在沙发上啃面包，显然又是一夜未眠。

“后来有进展吗？”左侯问。

“翻来覆去还是那些事，最后实在熬不过去，把跟自家侄媳通奸的事都招了，真是胡闹！”

伊宫承悻悻道，不知是说吴探员等人胡闹，还是谭先生胡闹。

“没事的话我到古玩街转转。”左侯说着准备出门。

“等等，”伊宫承道，“顺便打听一下李氏绸缎的李老板懂不懂古玩，是否爱好收藏。”

他讲述了在李老板后院谈话以及见到的场景，左侯眼睛一亮，若有所悟地点点头。

中午时分，左侯兴冲冲地从外面回来，拿起茶杯“咕噜噜”喝掉大半，喘了口气道：“查到线索了，立即抓捕李老板！”

伊宫承正和吴探员、胡探员等人研究昨夜的审讯记录，听了他的话齐刷刷抬起头。

“说说理由。”伊宫承道。

“我打听了几个收藏圈，很快就知道李老板不仅懂古玩，还是资深藏家，绝大部分藏品放在康华街祖传的四合院里，上次局座看到的只是他平时经常把玩的藏品，与他相比，王老板根本不入流，只能算收藏圈的边缘阶层，此乃其一；”左侯道，“其二，我又询问李老板那个圈子经常接触的鉴定师、古玩行，看他最近有无动作，结果有个古玩行老板说几周来他一直悄悄寻觅暗喻‘示警’和‘挑战’的古玩……”

“单凭这个就能抓他！”伊宫承道。

“其三，造假圈有消息证明一周前李老板通过中间人与傅小明接洽，谈话内容就不得而知了。”

伊宫承算了下时间，狐疑道：“这么短时间，来得及做一尊符合李老板要求的青铜圆斝吗？”

“以傅小明的水平，一天一夜就能弄出来。”

“通知弟兄们立即抓捕李老板！”伊宫承一拍桌子喝道。

两小时后，李老板垂头丧气地坐在审讯室里，人到中年养尊处优的他没等吴探员亮出一件件刑具，心理防线便已经崩溃，将所有事情和盘托出：

秦团长换防来到警备三团后，在王会长的金钱攻势下中断了与李氏绸缎的合作，改从王氏绸缎拿货。警备三团在绸缎方面的用量并不大，李老板虽说很不满，免不了对王老板冷言冷语，倒也没放在心上；然而最近有消息传来，赵师长在秦团长的唆使下打算将整个师的采购全部换到王氏绸缎，李老板心里焦急异常，一方面通过师部的老关系设法缓颊，另一方面打算给王老板施加一点压力。

王老板同样喜好收藏，想必知道古玩界有个做法叫“斗眼”。于是李老板挖空心思设计了青铜圆斝，告诫王老板做生意不要欺人太甚。涉及青铜器作假，首选当然是傅小明，李老板遂通过中间人辗转找到他，谈妥条件、价格后，双方愉快地成交。

拿到青铜圆斝后，李老板暗中安排朋友设了个套，加之开价不高，王老板爽快地付款，将东西抱回家。

本来李老板的想法是，王老板回到家仔细把玩后能很快琢磨出其中的深意，不料他高估了对方的鉴赏水平！

王老板不但没看出来，还叫来一班圈子里的藏家赏鉴。真是物以类聚人以群分，这班人愣是没有一个想到“斗眼”，反而为真伪问题争得面红耳赤，最终不得不请宋楚云出场。

宋楚云何等水平，稍加分析便看出是斗眼，也看出造假者是傅小明，但当时他也不确定这是针对王老板还是左侯，因此一言不发地离开。

孰料当夜王老板被杀，青铜圆斝也被凶手带走，听到这个消息，李老板蒙了！

他压根没想到一个含蓄文雅的警告竟演变成了杀人命案，又猜不透其中变故的玄机，只得将秘密深深藏在心里。

“你信吗？”看完审讯记录，伊宫承问道。

左侯道：“貌似能够自圆其说。”

“这样一来王会长、傅小明的嫌疑便被洗清了，可芦白花明明被绑架，怎么解释青铜圆斝上面的‘好’字？”

“如局座所说，这当中有个至关重要的环节……”

伊宫承脑中灵光一闪，道：“我想通了！八成傅小明接受委托时，芦白花已经落到他手里，本来就琢磨着如何得到那幅《月下绛妃图》，正好一箭双雕！”

“那么秦团长岂是任人摆布的木偶？”

“唔……”

伊宫承被问住了，摸着满是胡须的下巴陷入沉思。

左侯起身出门，伊宫承随口问道：“干什么去？”

“去审讯室问李老板一个问题，”左侯道，“他在哪儿跟傅小明接洽的？”

第八章

夜色沉沉，乌云蔽月，灯火管制下的洛阳城黑漆漆一片。

左侯伏在坚硬冰凉的琉璃瓦屋顶上，从夜幕降临到现在已有五个小时，他始终一动不动，仿佛与屋顶融为一体。

傅小明有用狼狗护院的习惯，每逢入夜后便将狼狗拴在通往院落的各个要道，隐蔽在暗处，一旦有人入侵，就算咬不死也会发出动静。因此必须要抢在狼狗出动前占据要害位置。

诸葛巷六号位于城西商业区东侧，沿着巷子向前走二十米就是鳞次栉比的商铺，即使灯火管制，大街两边也有不少家仍在营业，很小心地在里间点着油灯，仅从门缝透出一丝光亮，熟悉的顾客推门便进去了；院子后面是条直通城郊的宽敞马路，左侯注意到路边停了辆小汽车，应该是傅小明特意准备的。

大隐隐于市，这样的位置既能随时混入闹市区的人群，又可以乘车逃跑，真是用心良苦。

原先左侯也注意过这个院子，却一直以为是其他造假同行的秘密巢穴，因为傅小明做得太隐秘了，十多年里转手七八次，根本没办法追根溯源。但李老板交代与傅小明的接头地点是城西复兴路某茶座，而昨天马车绕来绕去最后的交易地点在城西郊区民宅，古玩街离这里也不远。傅小明非常注意掩藏真面目，芦白花更是军统急欲抓捕的人，必须将活动区域尽可能压缩在最小范围，综合分析后，左侯锁定了诸葛巷六号。

凌晨一点半。

是行动的时候了，左侯微微活动已经麻木的四肢，贴着屋面缓慢而无声地移动，饶是如此也惊动了下面巷子里的狼狗，在暗处发出呜咽声。左侯扔了块伊宫承提供的毒药，须臾间狼狗哼了声就气绝而亡。

诸葛巷六号是个两进深的院子，为两百多年前洛阳县令所建，面积虽不大，设计却很精巧，假山亭台、回廊走檐，凡有卧室的屋子前后均有高大茂盛的树木遮掩，颇有苏州园林的味道。

左侯贴着后墙屋檐轻巧地跃进后院，里面乌黑一片，寂然无声。难怪，此刻即使睡得再晚的夜猫子也该进入梦乡了。潜到正房卧室，里面空无一人。拨开门闩进去，雕花大床上被子叠得整整齐齐，卧室里整洁干净，没有随手乱扔的东西，说明傅小明要么还没睡，要么不在这里。

但愿是前一种可能。左侯暗自祈祷。

经过西厢房，左侯敏锐地捕捉到有人在说话，断断续续的一个字都听不清，从说话的语气和节奏看应该很放松，像老朋友在聊天叙旧。窗外没有泄出一丝光亮，隔着房门仅有如此细微的声音，而且并非刻意压低，好像有悖常理。

左侯立即明白其中玄机：户中室。

很多大户人家为了保密或议事需要，在屋子里单独隔出一间，没有窗户，门只能从里面反锁，即使深更半夜干什么事也无人知晓。如果再隐秘点，将户中室做得跟屋子浑然一体，门也用字画或其他巧妙方法隐匿掉，就相当于密室了。

屋里全是老式门闩，左侯一路轻松破解，来到门边，正好听到傅小明说话：“都安排妥当了，老实讲有点冒险，这几天表面上是他一个人跟我周旋，其实侦缉队、军统都在暗处盯着，比虎口拔牙还危险啊……不过倘若他真肯把《寒山垂钓图》交出来，八十万大洋也不是小数目，也该知足了。”

对方没有说话。

傅小明有些疑惑，问道：“怎么，还不满意？《月下绛妃图》太敏感了，他即使有也不敢拿出来，我们弄到手也带不出去，还是打消这个念头吧。你是不是想提高些价码？”

“嗯……”对方轻轻应道。

听到这里左侯再也按捺不住，猛地推门进去！

屋里燃着一盏油灯，又厚又宽的黑布窗帘下有张小方桌，两人相对而坐，面前各有一杯清茶。

左边坐着傅小明，右边赫然是芦白花！

她嘴上没绑胶带，身上没有绳索，手里端着茶盅，呆呆地看着左侯。她嘴唇嚅动似乎想说什么，最终什么都没说。

左侯微笑，笑得很苦涩，眼中隐隐闪动着泪光。

傅小明也很吃惊，半晌道：“你什么时候知道不对劲的？”

“疏笔轩！我想看到芦白花，然后她就出现了，接着又消失了，当天晚上我和伊宫承仔细查看过那棵树和墙上的擦痕，的确是用绳索把她吊上去的，可是……芦白花并非手无缚鸡之力的弱女子，从出现到消失的整个过程她居然没有反抗挣扎，行动干脆利索，唯一的解释就是她主动配合。”

“要是有人拿枪顶着她的脑袋呢，反抗就会死，很容易说得通。”傅小明道。

“那次只是怀疑，昨天城西郊区民宅就更明显了。她在窗口露了下面然后进屋除掉绳索、胶带，当时所有人都没想到我会突然冲到后院——三个手下守在门口，很明显是在等她换衣服。如果我的判断没错，她应该就在我首先踹开的那间屋子，或躲在柜子里，或藏在床下，我之所以没揭穿，一方面防止你们恼羞成怒，另一方面……唉，当时军统特务就在附近，我担心他们冲进去抓捕芦白花……”

傅小明带着笑意道：“所以今晚后面没有尾巴？”

左侯定定看着他，叹息道：“平心而论，这盘棋局你布得很漂亮，若非对手是我，一定完胜。”

“既生瑜，何生亮，深有同感啊！”傅小明也深深叹息，“既然能找到这儿，看来已想通了前因后果，是吗？”

左侯点点头，说出自己的推论：

事情的起因是李老板委托傅小明制作一尊暗含“斗眼”密码的青铜圆斝，出于职业敏感，傅小明了解到李老板与王老板两个家族企业的矛盾，继而发现王氏绸缎正陷入军需品以次充好的旋涡中，正琢磨着如何加以利用获取更大收益，这时芦白花秘密抵达洛阳，傅小明听到消息立即与她联系，两人一拍即合！

经过周密策划，芦白花中断与月黄象牙店黄老板的联络，这是一个伏笔；傅小明故意将“妇”字磨得淡些，突出“好”字的清晰，又是一个伏笔，都是为了引左侯上钩。

李老板设套让王老板买下那尊青铜圆斝，却未能如他预料的那样令其豁然开悟。这反而在傅小明意料之中——斗眼是非常古老的做法，王老板搞古玩收藏还不入门，怎会知道？被临时邀请来的宋楚云的欲说还休又增添了几分神秘，使得王老板惶惶不安，气闷独自回房休息。

接下来是最关键的一步！

傅小明通过曲折的关系——很可能是赵局长，把当晚王老板家发生的事告诉了王会长，暗示夜里正是下手的最好时机。王会长与秦团长紧急协商，觉得无论王老板采取什么方式进行补救，都会引发不可预测的危机，不如杀他灭口，将来上司追查下来便将责任都推到王老板身上！

秦团长连夜派出警备团心腹高手潜入王家，杀死王老板并顺手拿走青铜圆斝，误导警方的侦查方向。因为凶手躲在军营，任凭侦缉队如何调查也找不到任何线索。

王老板因为青铜圆斝而死，斗眼的意喻加上“好”字，使宋楚云和左侯产生严重误解，加之芦白花正好在同一时间段与黄老板失去联络，左侯如傅小明事先所料，主动上门交易。

富福村陷阱也是一着妙棋。左侯以为傅小明不知道他知道，其实傅小明知道他知道，算定左侯必定前去营救芦白花，又把消息提前透露给赵局长。赵局长想趁机干掉伊宫承，顺便夺过查案主动权，遂说服秦团长设下埋伏。傅小明料定以两人身手可平安脱围，这么做的原因是将怀疑重点引向秦团长。

“可能我开价过高把你吓着了，早知道刚开始就要《寒山垂钓图》之类的唐宋字画就没事了。”

傅小明非常惋惜地瞟了芦白花一眼，她还是不说话。

左侯深深望了她一眼，道：“很多人——恐怕她自己都这样认为，左侯为了心爱的女人会不惜代价，连生命都舍得付出，何况《月下绛妃图》？你们忘了左侯是个无情无义的人，而左侯却没忘记芦白花不单是造假大师，还是骗术高手，任何时候在她面前只要认真就会上当，你说呢？”

芦白花终于抬起俏脸，妙目在他脸上转了几圈，突然扬手打翻油灯，叱道：“有人！”

与此同时枪声大作，黑暗中不知子弹来自哪个方向，也不知多少人在对射。左侯团身躲在书柜角落里，等到枪声、脚步声渐渐远去，屋里又恢复安静的时候才慢慢舒展身体，站起身正待出门，冷不丁一柄手枪顶在他的腰际。

“白花，你果然没走。”左侯叹道，“傅小明把军统和侦缉队都吸引过去，让你有充裕时间从地道远遁，对吗？”

“跟我来！”

芦白花打开书房暗格，扭动机关，“轧轧轧”一阵响动后，南墙露出个半人高的小门，两人一前一后进去，穿过长长的甬道，默不作声地走了十多分钟，她突然停下，手枪顶得更紧。

左侯无奈道：“把枪放下好不好，我若真想对你不利之前早就翻脸了，还用等到今夜？”

“你故意把军统引上门的？”她语气冰冷。

“军统是我甩不掉的尾巴，只有傅小明才能把他们引开，否则你怎么逃？”

“你算准傅小明会为我冒险？”

左侯苦涩地说：“我唯一没想到的是你居然跟他一起算计我！白花，《月下绛妃图》我肯定没有，但如果想要《寒山垂钓图》这类东西，直接开口就行了，何必……你变了，变得陌生而遥远，我快不认识你了，白花！”

黑暗中她沉默良久，缓缓道：“我们的队伍处境非常恶劣，粮食、药品、子弹、棉衣棉布，等等，什么都缺，我需要钱，很多很多钱，唯有《月下绛妃图》才能解决问题……这次我也许错了，但我并不后悔，站在你的立场角度大概很难理解我此刻的心情，我也不奢望你支持，人各有志，不必勉强对方。”

“傍晚我已托人把《寒山垂钓图》送到月黄象牙店，希望能解你的燃眉之急。”

“多谢。”

“以后有困难直接找我，能帮上忙的我绝不推诿。”

“你也不容易，跟伊宫承这样阴险狡诈的军统头目在一起，如履薄冰……”说到这里她突然上前在他唇上深深一吻！

左侯顿时心中激荡，紧紧搂住她纤细的腰肢，疯狂地吻她的额头、眼睛、鼻子、脖颈！她纤长的指头蓦地按在他脑后穴位上，他一阵迷糊，无力地瘫倒在她怀里……

第九章

“芦白花又被你放跑了，这在我印象中好像是第三次。”伊宫承手指轻叩桌沿，语气里充满了不可捉摸的味道。

“准确地说是她放了我一次才对，谁想到傅小明居然单独逃跑？而且，号称精锐之师的军统和侦缉队联手，也没抓到傅小明啊。”左侯争辩道。

“那家伙太狡猾，提前做了很多部署。”伊宫承气闷道，“芦白花的事这次就算了，下次，哼……”

“凶杀案准备怎么结案？”

“昨天下午戴老板派遣的调查小组到了洛阳警备师师部，夜里我们全力抓捕傅小明时，王会长被发现死在卧室，赵局长亲自介入侦查，目前结论是自杀！”

“好端端的干吗自杀？”左侯反问道。

“赵局长给出的解释是王会长因为以次充好的事件即将败露，买凶杀弟弟灭口，之后良心不安，愧疚之下服毒自杀。瞧瞧，他顺便把我的案子也破了……”

左侯哑然失笑，“这一来秦团长高枕无忧了吧？”

伊宫承黑着脸道：“我已通过专线向戴老板如实汇报，他的意思是大敌当前，以备战为要，不宜过分追究品行操守等琐事，这桩案子……只能这么算了！”

“最开心的要数傅小明吧，他策划了一石三鸟之计，虽没捞到好处却全身而退。”

“未必吧，我倒觉得你最开心。”伊宫承定定地看着左侯，看得他心里发毛。

深夜，左侯突然从梦中惊醒，蒙眬中感觉床边站了个人，赶紧伸手到枕头下拿手枪，旋即手臂被死死按住。

“起床，跟我来！”不速之客竟是伊宫承。

左侯松了口气，擦擦额前的冷汗干笑道：“局座真是神出鬼没，下次来的时候先敲门，好吗？”

伊宫承没说话，漆黑中出门并上楼，来到左侯的收藏室前示意开门，进了屋又命令道：“把《月下绛妃图》拿出来！”

左侯心里感到不妙，乖乖将上次那幅摊在条案上。

“你撒谎了，《月下绛妃图》真品在你手里！”伊宫承厉声道。

“局座，我已经说过……”

伊宫承从怀里掏出一页发黄的古谱，冷笑道：“我不懂鉴定，但有超强的记忆力！上次看到这幅画，总觉得与古谱里的摹本比，有哪儿不对，回去后一查才发现，你做的赝品多了一个名章！”

左侯拿过古谱仔细对比，伊宫承又道：“我请教过宋大师，说两个版本都对，因为古谱源自清朝雍正年间，当时此画收藏于田家，后来田家有人犯事被抄，画落到苏州知府周铁钧之手，赝品多出的名章很可能是他加盖的。你说过接受姜海涛委托后依据古谱作假，可这枚名章说明你的依据就是真品！快交出来，否则我绝对不会客气！我早说过，《月下绛妃图》是戴老板最看重的古玩，别耍花样！”

伊宫承说罢用手枪顶住左侯的太阳穴，脸上布满肃杀之气。

左侯慢慢放下古谱，脸色平静而从容，“当初作假由于时间紧迫，每个细节只能跟古谱一样，但造假之道必须不断地揣摩和研究，后来我从其他清代资料和画册里发现周铁钧也是大收藏家，而且喜欢在藏品上加盖名章，因此依样画葫芦加到这幅赝品里，目的在于使赝品更加真实可信，骗过精通古玩掌故的藏家。局座请细看，这枚名章的色泽、印泥跟其他章印有细微区别，因为我隔了几个月才加的，用的材料稍有不同。”

“是吗？”

伊宫承将画拿到灯泡下面仔细观察，脸上半信半疑。

“宋大师懂的东西我难道不懂，非得在局座这样的外行面前露馅？未免太小瞧我了。”左侯补充道。

足足看了四五分钟，伊宫承将画卷起来夹到腋下，道：“为免节外生枝，这幅赝品没收！”

“它凝聚着我的心血呢，太可惜了。”

左侯虽这么说，眼中半点可惜的意思都没有。伊宫承也清楚地看到这一点，丝毫不介意，因为他坚信左侯再狡猾也逃不过自己的掌心！

镇国玉玺

楔子

漆黑的夜里，两辆军用吉普车在寸草不生的荒野里疾驰，为防止空袭，车灯时开时熄，崎岖不平的路面颠得车里的人上下跳动，却无人敢吭声。

驶至一片黑黝黝的树林前，后面是高耸入云充满压抑感的大山。车子轧然停住，里面下来三个人接受士兵的检查，这三个人都是洛阳古玩界最有声望的鉴定名家：孔德勤、宁树望和沈冲。

孔德勤的金字招牌是“只看大件”，价值低于一千大洋的古玩从来不看；宁树望则是“只做三国”，潜心研究并收藏与三国时期相关的古玩；沈冲原是古玩行老板，后改行从事鉴定，擅长玉石器、皇家器具等领域。

简单搜身完毕，负责接待的马少校沉声道：“各位是咱警备师赵师长亲自点名邀请的，事关重大，无论鉴定结果如何，请务必严守秘密！不然，当以军法论处！”

三人俱是心头一寒，其中孔德勤资历最老，代表他们表态道：“我等靠古玩生意糊口，干一行须得守一行的规矩，决不会越雷池半步。”

“很好，随我来。”

马少校带领他们穿过树林来到山崖前，“呼”，两支火把燃起熊熊火焰，这才看清山壁上有个仅能侧身出入的洞口，且被厚厚实实的藤蔓遮掩，若非离这么近，三人又是靠眼力吃饭的，即使白天从面前经过都难以察觉。

洞内阵阵寒气扑面而来，越往里走越宽，二十多步后眼前豁然开朗，出现一个巨大的天然洞穴，高八九米，洞内呈弧形结构，从入口左侧向里划了个半圆。火把映照下隐约可见洞穴深处有道屏风式的石壁，衔接上方垂落的石幔，浑然天成地将空间分割为两部分。

马少校打开手电筒径直朝内洞方向走，尽头有道半米来宽的石缝，透过石缝看去，里面又有个秘洞。

秘洞地面铺了层木板，两只博古架纵向排列，上面陈列着形态各异、宝光四溢的古玩。虽只就着手电筒扫了一眼，以孔德勤等人沉浸数十年的功力和阅历，脑中立即生出一个念头：全是真东西！三国魏晋时期的真东西！

“鉴定之后，赵师长允许各位从架子上自取一件作为酬谢。”马少校道。

三人对视一眼，孔德勤拱手道：“承蒙赵师长盛情，吾辈能有机会亲睹国之瑰宝实属三生有幸，可谓朝闻道，夕死可矣，不敢再有索求。”

这话听着客气，实则婉言谢绝，马少校有些惊讶地瞅瞅他们，道：“好吧，那直接进入正题，”他用手电筒指着右侧博古架最下方的灰褐色锦盒道，“就是那个。”

不知为何三人有些紧张起来，深吸一口气，还是孔德勤上前半步，准备弯腰捧起锦盒……

这时外面突然传来喝问声：“谁，口令！”

紧接着几声枪响，伴随着有人惨叫倒地，外洞隐约映过来的火把光亮也陡然一熄。

马少校应变极快，迅速关掉手电筒掏出手枪，低喝道：“怎么回事？”

仿佛回答他的问题，外洞响起爆竹般的枪声以及叽里呱啦的日本话。马少校说了句“日本特高课”，大步冲到秘洞口时枪声乍起，“哎哟”一声摔倒在地。

紧接着洞内也响起一声惨叫，大概听到动静，洞口旋现几点火舌喷射。一时间惨叫声、闷哼声和瓷器破裂声交织在一起。

蓦地，洞内角落响起清脆的枪声，准确的点射使洞口火力点顿时哑掉。

密洞陷入漆黑的瞬间，孔德勤不知被谁撞了一下，踉跄退到右侧石壁边，因而侥幸逃过洞口火力扫射。在伸手不见五指的黑暗中，他团起身子向外挪动，等枪战暂时告一段落迅疾翻过洞口几具尸体来到内洞。

死一般的寂静。

刚才激烈的枪战似乎压根儿没有发生过，但孔德勤敏锐地感觉到外洞有人悄悄移动，空气中弥漫着令人战栗的杀机。

枪声再度响起！

洞内子弹乱飞，到处都是各种东西的破裂声。他捧了只陶罐挡在脑袋前，沿着石壁慢慢向右前方摸索、摸索、再摸索……

终于触摸到一个宽约半米的缝隙，狂喜之下钻进去一路狂奔，跑了二十多米后面才传来追赶的脚步声……

第一章

“私通日寇，焚烧军需物资，事发后畏罪潜逃……悬赏两百大洋云云，”放下报纸，左侯笑道，“三位古玩街上有名的鉴定师，深更半夜跑到前沿阵地伙同日本特高课焚烧军需物资，怎么听着有点像天方夜谭？”

伊宫承正待说话，电话铃响起，他拿起来接了很长时间，越听脸色越沉重，最后低低说了声“是”，重重落座。

“戴老板打来的？”左侯小心翼翼地问。

“就是刚才提到的事，重庆方面也怀疑赵师长撒谎，责令中原战区介入调查，今天汤司令派遣的专员将抵达警备师部；戴老板要求我也密切关注并提交正式报告！孔德勤等三人是应赵师长之邀鉴定一件稀世珍宝——魏王玉玺，进入山洞后突然遭到日本特高课偷袭，玉玺不翼而飞，三人均下落不明……”

“赵师长从哪儿得到玉玺的？”

“挖战壕时无意打开一个古墓，经勘查规格相当高，陪葬品也前所未有的完整，赵师长不敢大意，将墓中古玩转移到存放军需物资的山洞重兵屯守，并按程序逐级报告。话说这个玉玺到底什么来头，让重庆方面如此重视？”

“来头很大……”左侯两眼发光地说。

公元 216 年 4 月，汉献帝册封曹操为魏王，位在诸侯王之上，奏事不称臣，受诏不拜，以天子旒冕、车服、旌旗、礼乐郊祀天地，出入得称警跸，宗庙、祖、腊皆如汉制，名义上仍为汉臣，实际上已是皇帝。

在这样的背景下，曹操令人镌刻了魏王玉玺，方圆四寸，螭虎纽，四角各盘着一条龙，正面以篆书刻着六个字：大汉魏王国玺。此后汉献帝颁布的诏书，除了天子玉玺外还得加盖魏王玉玺，否则形同废纸。因魏王玉玺不是天子玉玺却高于天子玉玺的特殊地位，后人又称之为镇国玉玺。

“对重庆那位委员长来说，镇国玉玺的象征意义大于文物价值……”

左侯说到这里，被伊宫承连连摆手打断，岔道：“如果拿到海外市场拍卖呢？”

“曹操是众所周知的重量级历史人物，用过的东西自然具有特殊意义，镇国玉玺又是他‘挟天子以令诸侯’的历史见证，估计得百万大洋起拍。”

伊宫承深深皱眉，“难怪……这桩案子着实有些麻烦……”

“局座不妨先到现场看看？”

“看什么现场？”伊宫承悻悻道，“日本特高课撤退时把山洞炸塌了，目前里面有几具尸体都不清楚。”

“死在洞里的不止他们仨？”

“带他们进洞的马少校以及洞里负责守备的士兵全部失踪，也就是说，山石下面可能有很多具尸体，但挖开山石几乎是不可能的事，战事日益紧张，警备师在洛阳城外围挖壕沟都忙不过来，哪有工夫理会这个？”

左侯笑道：“缺少最重要的现场勘查，没法做场景分析，警备师正在全力应付汤司令的调查专员，摆明了不会配合，这样怎么查案？戴老板故意出难题吗？”

伊宫承苦笑着把报纸上那则报道细细看了一遍，道：“走，还是要去一下现场。”

如预料的一样，被调查专员弄得焦头烂额的赵师长根本不愿露面，全程由肖副官负责接待。吉普车穿过一道道关卡抵达矶山西南一处小丘陵。

肖副官介绍说丘陵北面就是警备师前沿阵地，几天前二团某连在山坳里挖壕沟时无意中发现一尊石门簪，那是古墓里的石构件，从雕刻工艺看应该是王侯级别的墓穴。战火绵延的中原地区由于修筑工事、战壕，经常翻出皇室大墓，部队处理此类事件很有经验，立即组织人员开挖并请懂行的军官评估。

结果令人震撼！

赵师长获知消息后下令转移所有随葬物品，然后在洛阳城挑选著名鉴定师前去鉴宝，便是选了孔德勤、宁树望和沈冲这三人。

宁树望精通三国掌故，沈冲鉴定过十多枚玉玺，而孔德勤的实际水平并不输于号称洛阳第一的宋楚云，只是他心高气傲，从不鉴定小件，名气不如宋楚云罢了。这三人应该是鉴定镇国玉玺的最佳人选！

“最初评估的军官是谁？”

“马少校。”

“他一直负责此事？”伊宫承问。

肖副官听懂了他话里的意思，道：“马少校在赵师长身边当了九年副官，忠心耿耿，深得赵师长信任，去年才转到作战室任少校参谋，是在下的楷模和榜样！”

言下之意马少校绝对不可能伙同日本特高课作案。

来到山崖前，伊宫承和左侯同时深深叹息：炸药威力巨大，将半面山坡都炸得坍塌，直到这会儿上面还不时有滚石落下，根本不可能挖掘开来恢复现场原状。

伊宫承问："日本特高课带着古玩撤退途中，与沿线部队可有交火？"

"没有。"肖副官指着前方道，"这里离前沿阵地只有六七里，再往前经常有日本人的小股侦察队和特高课出没……昨夜爆炸声巨大，师部以为日本人发动规模进攻，勒令各作战单元严守阵地，不得擅自行动，反倒让那伙人扬长而去。"

"有没有随葬物品清单？"左侯问。

肖副官叹道："那些东西不是被日本人抢走，就是毁在洞里，况且最重要的玉玺也没了，清单……唉，已没有意义。"

他没有交出清单的意思，伊宫承自然不便强要，又随便问了几句草草收兵。

回城途中，左侯道："从洛阳城到矶山阵地有七道关卡，从阵地到日本人控制的范围却毫无阻滞，警备师到底是防咱们老百姓，还是防日本人？"

"少说阴阳怪气的话，这是防止敌人从背后偷袭！"

"人家没偷袭，而是正面进攻！局座，我没打过仗不懂兵器常识，要把半面山炸垮，得用多少炸药？"

伊宫承沉思道："总得满满一卡车吧。特高课是长途奔袭，肯定轻车简行，没有开着重型卡车过来的道理……"

"我看可以写报告了，四个字，满嘴胡言！"

"都像你这样草率，不知多少颗脑袋被戴老板摘掉了！直接去古玩街！"

德勤古玩鉴定行位于古玩一条街东北侧，老板失踪被通缉，店铺也关了门，两人绕到后院敲了好半天门才有仆人出来，一副没精打采的模样。

孔夫人正在屋里哭哭啼啼，隔了好一会儿才出来，没说两句话眼泪就扑簌簌直落，伤心欲绝。伊宫承不得不停下来等她平复情绪。

孔夫人说昨晚九点多钟马少校突然敲门，出示赵师长邀请孔德勤鉴定玉玺的手令。说邀请是给面子，其实就是命令，吉普车已等在门口，来的士兵都背着枪，不去也得去！孔德勤有早睡的习惯，匆匆起床擦了把脸就上车，根本没问具体细节。

“孔老板只知要鉴定玉玺，不知道什么玉玺，也不知道去哪儿？”伊宫承问。

“整个过程我都在场，清楚地听到马少校只说了‘鉴定一枚玉玺’和‘赵师长请您过去一趟’，其他什么都没说。很多鉴定古玩的人注重保密，通常上门邀请时绝少透露详情，德勤早已司空见惯。”

“上车时宁树望和沈冲在不在？”

“不在，我记得马少校说还要接两个人，然后车就开走了。”

伊宫承正准备结束询问，左侯一字一顿道：“昨天从早到晚，孔老板可曾提到‘玉玺’二字？拜托你仔细回想一下，这件事非常重要！”

孔夫人蹙眉凝思，良久道：“中午……大概十一点多钟时德勤接过一个电话，当时我在院里喂金鱼，隐约听到他提到玉玺，当时就这么一听，没细想也没多问，德勤也从不在家人面前谈论鉴定，认为应该替客户保密，因此……”

“孔老板接完电话后，有没有再跟谁通过电话？”

“我……我也不太清楚……”孔夫人泣道。

出了门，伊宫承道：“有问题了，这件事并不像之前大家认为的那样绝对保密，孔德勤中午就得到了镇国玉玺出土的消息！”

“古玩圈根本没有秘密可言。”左侯道，“既然孔德勤事先知道，不排除另两位也听到了风声，参与鉴定的三个人都有心理准备，这样一来，情况有点复杂了。”

“也就是说，倘若孔德勤等人起了贪念，完全有可能勾结日本特高课？”

“日本特高课也不是随便能勾结的，比如我就不认识，仓促间怎么联络？”左侯笑道。

宁树望的住处与孔德勤相隔三百多米，同样是前店后院结构，同样店门紧锁，后院聚了一大堆人吵吵嚷嚷，情绪都很激动。见伊宫承进来，不少人知趣地溜走，只剩下院子中间几位亲戚。

经过询问得知，宁树望赌瘾很重，牌技又很差，属于那种屡战屡败却屡败屡战的悲剧人物，鉴定赚的钱除了买古玩几乎全输在赌场里了。十多年来以他在鉴定行业的名声，早该换置孔德勤那样三进三出的大宅院了，可如今全家十多口人还住在小四合院里。

最近几个月宁树望手气特别背，一输再输，赌急了眼又舍不得变卖收藏的宝贝，免不了东挪西借，短短三个月竟欠下两万多大洋的赌债。搁平时也罢了，以宁树望的鉴定水平和家产，还债是早晚的事。昨夜消息传出来后，债主们慌了神，纷纷上门要求拍卖藏品抵债，闹得不可开交。

“三个月输两万多大洋的赌债，还不算自己的本钱，手气再差也不至于如此，中了连环套吧？”左侯道。

第二章

宁树望的三叔是典当行掌柜，恨铁不成钢地说："赌场都知道他是羊牯，不宰他宰谁？"

伊宫承问："昨天一整天他都做了什么？"

宁掌柜不屑道："老规矩，上午坐店下午打牌，输得鼻青脸肿回家。"

"上午接待了几位客户？有没有接到咨询电话？"伊宫承又问。

"他哪装得起电话？"宁掌柜冷笑道，"真想不通赵师长怎会选他去鉴定！"

伊宫承心里微微一动。

一个学徒模样的怯怯接道："昨天上午只来了一位客人，鉴定端砚真假，老板说是胭脂晕，客人给了报酬欢天喜地地走了。其他时间老板就坐那儿摆弄小玩意儿，不时定定出神……"

"晚上马少校上门时他在干吗？"

"在收藏室把玩藏品。"宁夫人低头道。

"平时晚上也如此？"

宁夫人犹豫片刻道："有时很晚才回家直接睡觉，有时在古玩街转悠，晚上倒……很少待在收藏室……"

沈冲住在古玩一条街最西端，伊宫承由东往西的线路与马少校的拜访次序完全一致。

敲开门，伊宫承见到俏然玉立的少妇吃了一惊，失声道："啊，你……就是沈夫人？"

对方点点头，咬着嘴唇侧身让两人进去。

"你俩是老相识？"左侯古怪地笑道。

伊宫承瞪了他一眼："沈夫人是我住处对面的洗衣店老板，熟悉而已。"

左侯拉长腔调"噢"了一声。

沈冲家是二层小洋楼，下面店铺上面住家。从楼梯上去，到客厅门口才发现里面坐着七八位客人，均神情严肃，仿佛正在讨论什么。沈夫人低声说都是沈家的长辈，坐到一起商量昨夜的事。

伊宫承摆摆手："你们谈，来，换个地方。"

三人遂来到隔壁书房，沈夫人端上香茶和点心，伊宫承道："以前只知道你是苗掌柜，却不知道你的夫婿是沈老板。"

"家门不幸，碰到这等祸事，真如……天塌下来似的。"她说着眼圈泛红，盈盈泪光和苍白的俏脸相映，格外令人怜惜。

伊宫承瞟了瞟左侯，左侯保持沉默，无奈干咳一声道："此事尚无定论，警方须了解一些情况。昨天沈老板一直都在店里吗？"

沈夫人默默拭掉眼角泪珠，平静地说："我每天早上八点去洗衣店，他要等到九点才开门，然后我傍晚六点回家，他已关门半个小时了，关于他店里的情况我不太清楚。昨晚……他有点奇怪，往常总换了睡袍在书房把玩玉器，看看古籍，昨晚却始终穿着白天坐店的长袍马褂——他以前做过警探，不喜欢穿长袍……"

"在哪儿当警探？为何改行？"伊宫承连忙问。

“开封警察局，后来公公病亡遂回来继承祖业当了古玩行老板。”她续道，“马少校上门邀请他前去鉴定，他拎起装有鉴定工具的包就走，我就猜到他早有准备。他还装着茫然的样子，询问什么玉玺，哪个朝代，马少校一概不肯回答，说过去就知道了。”

左侯说得不错，古玩圈没有秘密可言。昨晚参加鉴定的三个人，目前可以确定的已有两人知道此行是关于镇国玉玺，可想而知，昨晚古玩街不知多少鉴定师坐在家里等待马少校敲门。

“沈老板与孔老板、宁老板的交情如何？”

“同行是冤家，能好到哪儿去？尤其孔老板号称只看大件，我家那位擅长的玉器在他眼里都是小件，很少来往；偶尔和宁老板喝酒，可能是两人赌性都重的缘故，不过我家那位很少涉足赌场……”

“这会儿沈家长辈们在讨论什么？”

沈夫人略一踌躇，道：“家族生意，如何处置鉴定店铺，还有古玩行那边我家也有股份，接下来怎样安排等。”

伊宫承看她吞吞吐吐似有隐情，但涉及家族内部事务不便多问，遂和左侯一起告辞。

走在古玩一条街，伊宫承见左侯脸上始终带着笑，不由得恼道：“光笑不说话，你哑巴了？”

“给局座充分的表现机会啊。”

“你可别乱想！我跟她仅仅认识而已，偶尔把衣服送过去洗，除了‘你好’没多说半个字，否则早知道她是沈夫人了。”

“以后会越来越熟的，沈冲潜逃在外，局座多陪陪人家，安慰她寂寞的芳心，嘿嘿。”

伊宫承怒道：“我是有家室的人，岂能像你那般乱来？再胡说我要翻脸了！”

“别别别，”左侯急忙转移话题，“从三家了解的情况看，此案并不单纯，如果……仅仅是假设，孔德勤等人暗藏祸心的话，有充裕的准备时间。”

“孔德勤快五十岁了，家庭稳定和睦，事业有成，没必要蹚这潭浑水；沈冲三十四岁，虽然年轻，有过当警探的经历，但家族生意庞大，自己做鉴定生意，沈夫人还开着洗衣店，不可能为镇国玉玺铤而走险；三个人当中值得怀疑的是宁树望，但也不过两万大洋的赌债，随便变卖些藏品就能还清债务。”伊宫承分析道，“须知这不是普通鉴定，他们要被送到事先不知道的地方，接受严格搜身，里外都是荷枪实弹的士兵，动辄有血光之灾！就算得手能逃到哪儿去？家族那么多人怎么办？顶多透过某种渠道放风给日本特高课，里应外合的可能性更大。”

“除非之前就有秘密联系，否则半天时间根本来不及。”

“唔，是否跟日本人有过来往，由你负责调查，你不是说古玩圈没有秘密吗？我手边有桩纵火案要查，没时间参与。”

说罢伊宫承将左侯扔在原处，快速离开古玩街。看着他的背影，左侯摸摸后脑勺喃喃道：“打击报复啊，小心眼！”

转悠了一个下午，左侯基本摸清了三个人的情况：

一是他们与日本人均无瓜葛。沈冲当警探时跟日本人发生过冲突；孔德勤有个侄子正在前线打仗；宁树望也很讨厌日本人，据说凡日本客户上门鉴定一律按双倍价格收费，不做拉倒。

二是孔德勤由于“只看大件”得罪了古玩圈不少人，其中就包括宁树望和沈冲，两人擅长的领域均以小件为主；至于宁树望与沈冲只能算关系尚可，偶尔相互推荐客户、喝喝酒、共同参加收藏圈小型活动等，在古玩一条街属正常交际范围。

三是三人当中数孔德勤家境最殷实；沈冲看似家族产业体量庞大，但由于涉足领域过多，听说隐含的风险也不小；宁树望由于嗜赌，家境每况愈下，鉴定范围又局限于三国年间，客户群体稀少，近年来暗中变卖过不少藏品以解决生活问题，两万多大洋的赌债对他来说确实是不小的负担。

关于马少校，左侯也了解到一些细节：长期担任赵师长副官，深得其信任；痴迷于收藏，经常抽空到古玩一条街转悠，不少古玩行老板都认识他；在古玩鉴定方面，马少校只能说略窥门径，故而碰到镇国玉玺这种重量级国宝不敢定夺也在情理之中。

“马少校与他们三人是否熟悉，或者说赵师长决定邀请他们前去鉴定，马少校的建议占了多大比重？”听完左侯的叙述，伊宫承问。

“我专门打听过，马少校手头并不宽裕，在城里还包养了个女学生，去古玩街以赏玩为主，偶尔购买也限于小件，跟鉴定师偶尔有接触，但无深交，顶多知道哪些人比较有名，哪些人有真本事；赵师长那边没听说有收藏古玩的癖好，敲定人选时或许询问过马少校。”

“如果马少校与他们沆瀣一气呢？”

“邀请他们三位过去鉴定镇国玉玺，整个古玩一条街都无话可说，觉得是最适合的人选。”

伊宫承质疑道：“宋楚云是洛阳排名第一的鉴定师，不邀请他就有问题！”

“这一点正好体现了赵师长不愿张扬的思路，宋楚云名气大、交际广、圈子杂，认识的朋友涉及三教九流，很容易泄露鉴定过程中的一些内幕；孔德勤水平不在宋楚云之下，却内敛本分很多，换我也会选他。”

伊宫承陷入沉思，手指有节奏地敲击着桌沿，良久道：“既然排除他们三人的嫌疑，那么问题出在哪儿呢？日本特高课长驱直入、明显与偷袭性质不符的炸药量、事发后仓促把罪名加到孔德勤等人头上，恐怕赵师长难辞其咎。”

“起初我也这样想过，可赵师长对收藏不感兴趣，打开古墓后并没有打算私吞，而是如实向重庆方面上报，打算进贡镇国玉玺，这必定对其前程大有好处；兴师动众邀请鉴定师前往，却制造惊天爆炸案引起重庆方面震怒，这对赵师长有何好处？还不如一开始隐瞒不报呢。”

“你觉得哪个方面更有嫌疑？”

左侯道：“在找到幸存者之前，都不要急于确定侦查方向。”

伊宫承警觉地问：“幸存者？古玩街有什么传闻？”

“说镇国玉玺的确落在某个人手里，目前待价而沽！”

“为什么不早说！”伊宫承一拍桌子道，“明天起侦缉队全体出动，给我死死盯着古玩街！”

第三章

镇国玉玺面世的消息若换成其他地方，绝大多数人会一笑了之，顶多托朋友打听详情，然而这是洛阳，中原的洛阳，天晓得地底下会冒出什么！一时间古玩商、掮客云集洛阳，外加考古界、收藏圈，还有来历不明、身份暧昧的人，以及金发碧眼、出手豪阔的欧美收藏家，使得洛阳城格外拥挤。

事有凑巧，这几天正赶上古玩一条街一年一度的古玩交易会，各路神仙呼啦啦都跑过去，有趁机打探消息的，有试图摸清底细的，还有四处放风伺机行动的。整个街面充斥着诡异和骚动不安的气息。

侦缉队全部着便衣混在熙熙攘攘的人群中，左侯也成天在各家古玩店东游西荡，看看这件，瞅瞅那件，倒觉得这样的日子才舒服。

孔家一如往昔那样平静低调，成天院门紧闭，家里人绝少露面；宁家迫于讨债者的压力，利用交易会的机会拍卖了几件三国时期的精品，包括“月下追韩信”漆盘、东吴内廷专用漆案、刻有辽州刺史头衔字号等内容的木刺、蜀国宫廷守卫盔甲等，还掉了大半债务，剩余部分或借据字迹模糊，或表述意思不清，要经过诉讼程序认定；沈家长辈们几乎天天开会，成天神神道道的，不知商量什么事。

一个无风无月的夜晚，一条黑影倏尔穿过古玩街，消失在曲折蜿蜒的巷子里。几分钟后，他出现在德勤古玩鉴定行后巷，紧张而急促地敲门，里面隔了很久才有人试探地问道："谁？"

"我！"

"啊，是老爷……"

门很快开了条缝，黑影迅速钻进去，仆人抬起灯笼一看，正是下落不明被军方通缉的孔德勤！

数日未见，他像衰老了十岁，脸色苍白灰暗，头上沾满了污泥和草屑，全身上下全部湿透，到处"滴滴答答"地滴着水，手脚瑟瑟发抖。

"老爷受苦了，快请进屋，我去叫夫人。"仆人忙不迭地说。

"德勤……"孔夫人在里屋听到动静，匆忙披衣跌跌绊绊地迎出来。

与此同时，墙头突然跳下来两个彪形大汉，一左一右架住孔德勤，打开院门便往外跑，仆人冲上前阻拦被重重踹了一脚，倒在地上半晌没缓过气来。等孔夫人赶到后院时，两个汉子已将孔德勤塞入停在巷口的车子疾驰而去！

见丈夫转瞬间得而复失，孔夫人经受不住沉重打击，摇摇晃晃昏倒在地。

醒来后孔夫人由仆人陪着到警察局报案，值班警员听说军方通缉要犯露面旋被劫走，不敢怠慢，立即赶到伊宫承住处报告。伊宫承大怒，指示侦缉队紧急行动，封锁各关卡要道，首先防止孔德勤被转移到城外。

正搂着从酒吧诳来的女郎呼呼大睡的左侯也被叫醒，睡眼惺忪地来到办公室，听罢陈述后第一反应就是：中统干的！

伊宫承也认同："复查此类案子，重庆方面向来是军统和中统双管齐下，以中统的风格很可能采取守株待兔的方式，我倒疏忽了这一点……"

"谁想到孔德勤会傻乎乎地回家呢？好不容易逃出军方追捕，进了城起码到亲戚朋友家避过风头才对，真是没经验！”左侯道。

伊宫承脸色铁青地在办公室来回踱步，又气恼又懊丧。

“知道中统的据点吗？”左侯问。

“自从李佑、邱志平等人涉案身亡，中统在洛阳的活动更加隐秘，原来至少知道负责人姓李，现在……一无所知。”

“孔德勤亲身经历整个过程，说不定还知道其中的内幕，落到中统手里只需半小时案子便能水落石出，”左侯安慰道，“只要查明真相，军统中统还不是一样，不都是为党国效忠吗？”

伊宫承腮帮子绷得比铁还硬，“不一样！这是戴老板亲自督办的任务，我必须抢在中统前面破案，否则就是失职！”

“干你们这一行真麻烦。”

“少啰嗦！快想办法，我要是挨戴老板责罚，你也不会有好日子过！”

左侯无奈叹了口气，看着窗外黑黝黝的夜空，灵光一闪：“想必中统在孔德勤家周围蹲了好几天！”

“那是当然。”伊宫承不清楚左侯想要表达什么意思。

“中统不确定三个人当中谁会活着回来，因此必然要遍地撒网……”

伊宫承拍案而起，“我明白了，这会儿宁、沈两家附近还有中统的人在蹲点……”

话说到一半，人已冲出办公室，在走廊里边跑边喊：“老吴、小胡，赶紧备车！”

“没有充分理由，你不可以随便对中统动武！”左侯提醒道。

伊宫承狞笑道：“怎么没有？我指控他们贩毒！”

“贩……什么毒？”

“我叫吴探员带两袋白粉过去！”

“这样也行！”左侯失笑道，看看手表，打了个长长的呵欠，喃喃道：“时间还早，我还来得及回去睡个回笼觉。”

伊宫承的优势在于能在短时间内集结机动兵力，半小时内大批人马便封锁了古玩一条街。如左侯所料，宁、沈两家暗巷里各埋伏了两名中统特工，经过激烈枪战，一人中弹身亡，两人强行突围，还有一名姓柳的特工负伤后被活捉。

为防止警局顶不住中统方面的压力，柳特工旋即被移交给军统，在血腥味浓烈的刑房，伊宫承满脸狰狞地提着皮鞭站在老虎凳前。

“军统、中统从来不是合作伙伴，无论谁落到对方手里都没好日子过。”伊宫承开宗明义道，“别幻想我会放你一马，除非如实回答问题！”

柳特工伤口还在流血，脸色苍白如纸，惨笑道：“你放过我，中统也不会放过我，做特工就是这个命，反正不得好死。”

“不管说不说，你回到中统肯定是死；但你说了，我承诺把你安全地送出洛阳城，以后是死是活看你的运气。”

柳特工有些心动，低头沉吟不语。

“再加一千大洋！”伊宫承继续加码，然后看看手表道，“时机稍纵即逝，给你五分钟，否则我不会再等！”

刑房里窒息般的沉闷。

等了三分多钟，柳特工声音嘶哑地说：“你问。”

“中统关押审讯嫌犯的地点在哪里？”

停顿十多秒钟，柳特工道：“河滨路大晟巷六号……”

伊宫承立即大步往外走，柳特工焦急地说：“别忘了你的承诺！”伊宫承冷冷道：“等抓到人再说。”

两卡车警察和探员迅速抵达大晟巷，中统显然已提前预料到，人员撤离大半，来不及带走的机密文件、信函全被焚烧干净。中统特工原本驾着塞有被拷打得奄奄一息的孔德勤的汽车试图闯关，交火后意识到对方火力过于强大，果断放弃孔德勤后逃逸。

送到医院紧急治疗后，孔德勤在高度戒备的监护室断断续续地讲述了那天夜里山洞里发生的事，以及后来逃亡的经过……

他顺着缝隙逃出曲曲折折的山洞，黑暗中分不清东南西北，不知哪儿是路，在遍布荆棘和乱石的山地里连滚带爬地直往一个方向跑，全然不顾锯齿草叶把裸露的皮肤划得血淋淋，更记不清摔了多少个跟斗，直到完全听不到追兵的脚步声，才瘫倒在地上大口大口地喘气。

实在太累了，他倚到旁边一棵小树上闭上眼，没多久便沉沉入睡。不知过了多久，远处传来沉闷的爆炸声，整个山体强烈地震动，惊得他一跃而起。只见山坡背面红光满天，还有“哗啦啦”石头滚落的声音，他不敢逗留，摸黑专挑荒凉的地方走，天亮时到了山脚，脱下身上的袍子跟村民换了粗布衣服穿上，气喘吁吁地回到城门口，正遇上赶早集的老百姓进城，却见守城士兵比平时多了几倍，盘查格外严格，不时有人被拉到旁边与城墙上贴的布告核对。

孔德勤多了个心眼，混入人群里看布告，一看之下吓得魂飞魄散——

通缉令！

上面赫然印着他、宁树望和沈冲的头像！

再看下面内容，写着“私通日寇”“焚烧军需物资”“悬赏两百大洋”等内容，刹那间他气血翻腾，眼冒金星，赶紧趁着城门口人多眼杂绕开监视越过村庄重回山里。

仗着小时候进山打过猎，多少懂些野外生存常识，孔德勤在山里东躲西藏，风餐露宿了好几天，终究熬不下去，昨夜拼尽全力泅渡护城河，从儿时就知道的城墙缺口溜进城，结果被中统抓个正着。

伊宫承与左侯对视一眼，左侯率先问道："鉴定那天中午你已经知道镇国玉玺出现了，谁告诉你的？"

孔德勤疲倦地闭上眼睛，"可能是马少校，也可能是他的副手，不太确定……当时他们可能刚刚看到镇国玉玺，打电话询问相关细节，如玉玺制式规格、'大汉魏王国玺'六个字有无问题、金镶玉工艺等，我说电话里说不清楚，必须实地把玩、赏鉴后才能做出定论。回头想想我真是自讨苦吃，后悔啊！"

"电话里有没有请你推荐其他鉴定师？"伊宫承接着问。

"有，我说了四五位，如宋楚云、吴郁明等，也推荐了沈冲，但没说宁树望。"

左侯追问："为何不提他？古玩街他最精通三国的东西。"

孔德勤只说了两个字："嗜赌。"

"枪声响起来的时候，你们三个还没看到玉玺？"伊宫承再次确认。

"我走过去想捧锦盒，当时只有一步之遥。"

"看来你最靠近，其他人呢，说说当时各人的站位。"左侯问道。

孔德勤回忆了两三分钟，缓缓道："宁树望和沈冲站在我身后半步距离，马少校站在靠洞口内侧。"

左侯道："就是说除了马少校，你们三人只要手脚快都能轻易拿到镇国玉玺？"

第四章

孔德勤吃了一惊：“当时日本特高课偷袭，洞外有火力点扫射，有人当场身亡，我们脑子里只想着逃命，哪有心思偷玉玺？”

“这是你的想法，不能代表别人，或许有人宁可挨枪子也要把玉玺弄到手。”左侯道。

“左顾问没体验到当时的形势，日本人火力很猛，马少校中弹倒地，洞里又有伤亡……”

“谁中弹死了？”

孔德勤一愣：“呃……枪响后我听到一声惨叫……”

“三个人当中你年纪最大，又在内洞最里面，你尚且逃出去了，宁树望和沈冲为何不能？还有，马少校最先中弹倒地，后来内洞里谁开的枪？之前你们不是被搜过身吗？”

一连串问题让孔德勤蒙了，瞠目结舌，无从答起。

伊宫承也问道：“到底有没有搜身？”

“搜了。”孔德勤苦苦思索，“不过我们都穿着棉长袍，搜查起来不太方便，简单地上下拍了一遍而已……”

“这些话，你都告诉了中统？”

“全说了，他们还想知道更多，可我真的……那些人太狠毒了，用的刑具让人生不如死啊……”想到先前经受的酷刑，孔德勤不禁连打两个寒噤。

伊宫承与左侯对视一眼，道：“好好休息。”

出了医院大门，伊宫承道：“可以肯定沈冲偷偷带了枪，他当过警探，枪法想必很准；日本特高课本以为鉴定师肯定没武器，谁知吃了大亏。”

左侯笑了笑，道：“以日本特高课的情报，应该知道马少校也在内洞，他们不能肯定死于第一轮偷袭的就是马少校，因此还是保持高度戒备状态；再者日本特高课训练有素，使用的武器火力强大，怎么会轻易倒在一柄手枪下？换个角度想，倘若军统遭遇侦缉队员，会发生这种情况吗？”

伊宫承辩道：“至少你要承认沈冲带了枪，开枪者也是他。”

“我更感兴趣的是，黑暗中谁把孔德勤撞到石壁边？从站位看，孔德勤的位置突前，正好能帮宁、沈两人挡住子弹。”

“撞开孔德勤才能拿到装有镇国玉玺的锦盒！”伊宫承突然想通这个关键。

“发出惨叫声的是谁？”

“宁树望！因为隔了会儿沈冲开枪反击，证明没有受伤。”

“拿锦盒的又是谁？”

伊宫承正准备回答，猛地醒悟道：“你在考我？别弄错主次关系，你是顾问，应该主动提供有利于破案的想法。”

“如果孔德勤没说谎，我们之前的分析都错了。”左侯道，“这桩山洞爆炸、玉玺失窃案远比想象的要复杂得多，目前来看至少有三个疑点，一是沈冲冒险带枪鉴宝，明显蓄谋在先，他是否预知日本特高课的突袭行动；二是日本特高课究竟有没有参与……”

“咦，你说得自相矛盾啊。”

“孔德勤没亲眼看到日本人，军方没提供日本人的尸体，前沿阵地没发生遭遇战，一切推论只源于马少校叫了句‘日本特高课’，万一黑暗中他看错了怎么办？”

伊宫承反驳道：“身为军人，马少校听到枪声和日语就能做出精确判断，与你看到古玩即知其历史渊源一样，是长期实战中练出的直觉和本能，我觉得他不会错。”

“好，这个疑点且放到一边，再说第三点，到底谁炸毁了山洞？”

“不是特高课吗？”

“昨天分析过炸药数量问题了。”左侯笑道，“后来我又想，换了军统去抢人家宝贝，得手后是第一时间撤离现场，还是费尽周折制造那么大动静的爆炸？”

伊宫承沉思不语。

左侯又道：“一般来说爆炸案是为了掩盖痕迹，倘若是特高课干的，反正对方已经知道身份，放开手脚干就是了，何必炸毁山洞？”

伊宫承沉着脸道：“我知道你兜兜转转想表达的意思，不就是说山洞是赵师长派人炸掉的？”

“局座高明！”

“少拍马屁！赵师长想掩盖什么痕迹？之前你说过他对玉玺没兴趣的。”

左侯拍拍额头，苦恼地说：“我的分析就卡在这里，总觉得那天夜里某个环节出了意外，导致事情错进错出，最终赵师长被迫一炸了事。还是回到刚才的问题，谁拿了锦盒？以沈冲的身手，能不能做到撞开孔德勤、抢到锦盒、杀死宁树望、开枪反击一系列动作一气呵成？”

“他为什么杀宁树望？”

“从孔德勤的叙述看，很明显宁树望不是死于洞外乱枪，那么杀他的只有沈冲，至于原因暂时不清楚。”

伊宫承凝神想了很久，道：“你说的那一系列动作，功夫再高都必须反复演练才能做到一气呵成，沈冲第一次进山洞，又在一团漆黑之中，我觉得不太可能。能否这样想——马少校带孔德勤等人进洞鉴定，不料走漏风声，日本特高课前来偷袭，正巧沈冲也暗藏祸心趁乱抢走镇国玉玺，特高课恼怒之下杀光守洞士兵，赵师长失宝又惨败，自觉无颜对上峰交代，索性炸掉山洞掩盖损失惨重的现场，将责任全部推给孔德勤三人。”

“这样来看，抓住沈冲是首要任务了。”

“古玩街那边有没有消息？”

“这种交易通常非常隐秘，只有缴纳高额诚意金的买家才能参与，估计封锁得相当严密。”左侯道，“还有，让人难以理解的是沈冲家族产业庞大，并不像宁树望那样拮据，为何干出这等玩命的勾当？”

伊宫承道：“你接触的案子太少，不了解凶犯的心态。当一个人处于穷凶极恶的状态时，思维已经钻了牛角尖，根本不会顾虑太多。”

“总得有合理的解释吧？”

“我立即部署搜捕沈冲的行动，你继续到古玩街转转，尽量多打听些内幕。”

回到警局，伊宫承将侦缉队分成七个小组，分布到沈冲经常活动的区域进行 24 小时不间断监视，各关卡加派人手进行甄别，同时密令军统启动日本人控制区的内线打探近期特高课行动情况。

忙完这些，伊宫承又加入纵火案案情分析和追查，在城里奔波了大半天，回到住处已经夜幕降临，楼梯间伸手不见五指。

掏钥匙开门时，身后突然传来怯生生的声音：“伊宫局长……”

伊宫承吃了一惊，眨眼间紧贴墙壁，举枪喝道：“谁？”

“我……对面洗衣店的……”原来是沈夫人。

“噢，请进屋说话。”

关好门后开灯，灯光下沈夫人黑衣黑裙，映衬出象牙般白皙而细腻的皮肤，秀眉轻蹙，两眼像明澈见底的清潭，软绵绵却有无穷无尽的吸引力。

想起左侯的调侃，伊宫承顿时觉得孤男寡女独处一室不太妥当，吃吃地问：“沈夫人……有关于案子的情况吗？”

“有，”她垂着眼睑道，“关于沈家，有些事必须要向伊宫局长报告。”

“请说。”

“外面只知沈家家大业大，投资多个领域生意兴隆，却不知一直挣扎在破产边缘……”

伊宫承十分震惊：“据我所知除了沈冲的鉴定室和你的洗衣店，沈家还有古玩行、绸缎店、煤油铺，在运输公司、交通工程和钱庄等都有股份，单每年分红就是一笔不菲的数字，怎会破产？”

沈夫人拭掉眼角泪珠，道：“这两年沈冲沉溺于做股票，大进大出，交易额动辄四五十万大洋，可他根本不懂经济，又不会控制风险，一味跟着人家追涨杀跌，结果亏得一塌糊涂……他赌性重啊，总认为能一次性扳回来，不断地加大投资，偷偷把家族产业、股份拿出去抵押，直到这次出事，钱庄的人上门询问情况才知道，沈家百分之八十的资产都押在钱庄，而他股票方面已净亏损一百六十多万大洋……”

捅下这么大的财务窟窿，难怪沈冲铤而走险，企图抢得镇国玉玺来弥补巨额损失！

伊宫承暗自叹息，问：“沈家长辈们频频开会就是商量对策吧？”

沈夫人哽咽道：“沈冲生死未卜，长辈们把怒火宣泄到我身上，非但冷眼相待，还……还准备没收我的洗衣店以偿还债务。伊宫局长，洗衣店是当初结婚时我娘家的陪嫁，房契、产权都是我的名字，不能算沈家产业，何况一旦沈冲有个三长两短，沈家肯定不能依靠，我还要抚养两个孩子，总得有收入来源啊。”

原来她是专程上门求助的。

伊宫承想了想，道：“那桩案子尚未定论，沈冲也下落不明，沈家长辈们的确操之过急了。这样吧，明天我派人告诫他们，查案期间所有财产、店铺一律冻结，不得擅自处置！洗衣店的问题以后帮你找位律师与沈家交涉，不会有事的。”

“多谢伊宫局长。”她起身盈盈行了个礼，妙目在他脸上打了个圈，随即低头道，“那我告辞了。”

“慢……慢走……”

看着她纤细婀娜的身姿消失在黑暗中，伊宫承不禁咽了口唾沫，脑中浮想联翩，当晚辗转反侧总是睡不着。

细想起来，妻儿去重庆已有三年多，这期间伊宫承没碰过任何女人，当然繁重的任务和案子也压得他喘不过气来，无暇动那些花花肠子。可沈夫人……洗衣店苗掌柜，那迷人的腰肢、哀幽的眼神、梨花带雨的模样，深深镌刻在他脑海深处。与其说被左侯的话撩动心弦，还不如说一直以来他就对她有独特的好感。

妈的，凭什么左侯夜夜笙歌，身边总不缺女人？妈的……

第五章

第二天清早，伊宫承打着呵欠来到办公室，第一桩事就是安排吴探员到沈家传话不得擅自处置家产，并特意强调了洗衣店的产权归属问题。

吴探员满脸疑惑道：“这种事好像不归侦缉队管吧？”

“万一镇国玉玺是沈冲所抢，而且偷偷变卖出去，沈家将面临巨额赔偿问题，到时他们已把家产处置得干干净净，谁来负责？”

“那是法院……”

“叫你去就去，哪来这么多废话？”伊宫承板着脸道。

吴探员不敢违拗，领命而去。

隔了会儿左侯懒洋洋地进来，面带怪异的笑容道：“局座，我接到一单生意。”

“嗯，你虽退出了造假圈，可江湖上还有你的传说啊。”伊宫承揶揄道。

“人家找的不是警察局左顾问，而是洛阳著名造假大师，”左侯不以为忤道，“有人透过中间人请我做镇国玉玺！”

“啊！”

伊宫承惊跳起来：“是不是沈冲？赶紧抓捕！”

左侯笑道：“沈冲透过中间人不知转了多少弯子，就是防止信息泄露后警方顺藤摸瓜，况且你这么鲁莽一抓，我在圈子十多年辛辛苦苦攒起来的人脉和信用全没了，赔本生意不能做。”

“造假大师还有诚信，天大的笑话。”伊宫承冷笑道。

“话可不能这么说，局座。”左侯认真地说，“我做假的古玩，但做人要讲信用，要严格保守客户秘密，遵循行业规矩，这样才能获得圈子认可。”

“现在有两个问题，一是沈冲真品在手为什么还委托你作假，二是怎么才能抓到他。”

“可能……沈冲舍不得卖吧？镇国玉玺是国宝级文物，捂在手里时间越长价值越高，眼下中国兵荒马乱，文物价值被严重低估，等到和平时期肯定会有一轮飙涨，所以……”

“参与收购的都是行家，要么古玩行老板，要么资深藏家，要么拍卖行专家，你那点三脚猫功夫能瞒过谁？”

左侯不乐意了：“局座可以怀疑我的人品，却不能怀疑我的专业。放眼洛阳城有几个人能称得上大师？宋楚云算一个，我左侯也算一个！”

“你自信做的赝品能骗过那么多行家？”

“如果骗局座这种外行，我会觉得缺乏挑战、没有乐趣。”左侯傲慢地说。

“且信你一回，那么第二个问题呢？”

“必须要把赝品做出来沈冲才会上钩，一手交钱一手交货的时候局座来个一网打尽，这样对我的声誉没有影响。”

伊宫承犹豫道：“沈冲抢走镇国玉玺已经够麻烦了，你再做个以假乱真的赝品，要是抓捕不顺利流入市场，那就天下大乱了。”

“我做的东西都有暗记，放心吧，真的假不了，假的真不了。”

伊宫承沉吟良久，慢腾腾地伸出三个指头：“三个条件：第一，作假的时候我必须全程监督，防止你像《月下绛妃图》一样多捣鼓一两件；第二，接头地点、时间由我安排；第三，事后上交赝品，由我亲手销毁！”

“太苛刻了。”左侯不满地说，“造假工艺属于独门绝技，岂能让你看到？”

“我不懂古玩，不会抢你的饭碗。”

“唔……原则上同意全程监督，但完工前要给我二十分钟独处时间，不同意宁可一拍两散！”左侯表现出前所未有的强硬。

伊宫承情知他要利用那段时间做暗记，点点头道：“成交！”

伊宫承发动侦缉队员们乔装打扮成各种身份，分头到不同的古玩店购买多达一百二十多种辅料和器械。左侯则独自驱车到开封古玩街花重资买了块荆山玉，这是明代中期便已绝迹的古玉，因含有黄金和其他重金属，故而光泽冷峻，线条硬朗，看起来尊贵大气，给人厚重华丽的感觉，被历朝历代用来制作玉玺和印章。

天黑后才赶回洛阳，灯火管制下的城区陷入黑暗和寂静，伊宫承和左侯驱车前往造假作坊。按照事先约定由左侯开车，伊宫承上车后主动拿黑布蒙住眼睛，不窥探作坊所在位置。

饶是如此，左侯还是在巷子里绕了四十分钟，最终驶入一个隐秘幽深的四合院里，院外古树蔽日，看不清周围建筑。

推门进去，里面别有洞天。左侧是六七十平方米的裱画间，四壁挂满了尺寸不一的条幅，下面有小纸条标注“唐伯虎”“宋徽宗”“董其昌”“郑板桥”“苏东坡”等，左侯介绍说这些是依据不同朝代特点做好的熟宣，有的高温烘烤或在烈日下连续暴晒，有的卷成筒不断滚搓，任画心产生折断痕迹，有的将画心部分淋水做出水渍，有的让宣纸受潮长出霉斑，还有的用细錾做出虫眼。无论想仿造哪位名家的画，这些宣纸拿来就用，非常方便。

右侧像是厂房，里面有各种机器设备，有石磨、水盘，有坩埚、染缸，角落里还堆着五颜六色的石子。

中间两间屋子则铁将军把门，伊宫承问道：“里面是什么？”

左侯笑笑道：“总得有点秘密吧，来吧，开工喽！”

两人换上工作服，在左侯指点下伊宫承在旁边协助，先按图纸尺寸将荆山玉切割成镇国玉玺大小，然后经过石滚、抛粉、水洗和去油等几个程序，再磨些包浆色，用香灰反复擦拭做退光处理，去除燥气增加陈旧感。

伊宫承累得满头大汗，不顾身份地瘫坐在地，气喘吁吁道：“我，我他娘的哪是来监督的，分明是给你当小工！”

“你别说，我还真不乐意多个人碍手碍脚。”

凌晨四点多钟，打磨出来的荆山玉仿佛脱胎换骨，灯光下竟呈现出了森森帝王之气。

“太像了！”伊宫承惊叹道，“根本看不出毛病，我要事先不知情参加拍卖，肯定拼命砸钱！”

左侯将它握在手里把玩良久，叹道：“毕竟缺少三国时期特有的金石之气，假的就是假的，怎么都仿不出内在的神韵！”

做旧只是最基础的工艺，接下来两道工序才决定赝品的“真实度”，那就是金镶玉和玉玺上的六个字。

由于曹操在历史上的特殊地位，镇国玉玺自西晋起就出现很多仿品，但足以乱真的一件都没有，究其原因就在于金镶玉和那六个字。

金镶玉工艺并不复杂，早在春秋战国时就能做，但要做出三国时期特征，既让行家看出黄金确实是那个朝代的，又巧夺天工毫无瑕疵，不单是技艺问题，还需要对玉器乃至玉玺透彻的理解和顿悟。

“大汉魏王国玺”六个字则是造假者们的噩梦，因为那是曹丕亲手所书。

曹丕推崇与王羲之并称为“钟王”的书法家钟繇，主攻小楷，其风格却如他的诗歌细腻清越，缠绵悱恻，再糅合与生俱来的帝王之势，这种南辕北辙的大杂烩令所有书法家发疯，更遑论模仿其怪异且难以捉摸的笔法。

通常造假是将古书中曹丕的字例直接拓到玉石上，虽然形似但过于生硬，尤其缺乏毛笔特有的起承转合的笔锋。左侯采取的方法是摹写与印拓相结合，突出笔锋的自然感，这个环节就足足用掉五个小时。

伊宫承实在支持不住，坐在椅子上睡了几十分钟，醒来后见左侯仍神采奕奕地伏在桌前，不由得感叹道：“造假不仅是门技术活，还需要强壮的体魄啊，对了，这单生意沈冲给多少钱？”

“不算材料费，三千大洋。”

“什么？”伊宫承心理极度不平衡，“你知道我成天拎着脑袋办案，一年薪水多少？区区两千大洋！你一单生意抵得上我干一年半！”

左侯抬起头瞟了他一眼，淡淡道：“警察局长人人都能做，我这个行当你来试试？”

伊宫承竟被噎得说不出话来。

直到傍晚主体造假工艺才基本完成，稍稍休息会儿，等天黑后左侯独自出去将古玩街手艺最娴熟的老金匠接来，先按三国时期黄金成色融解重铸，再渗入秘方做旧，然后严格沿左侯画的线一点点镶嵌，必须精确到毫刻以下，等最后一道工序完成，老金匠累瘫在地动弹不得，回家后足足睡了一天一夜。

伊宫承守诺到对面裱画间待了二十分钟，给左侯留下做独门暗记的时间。

左侯取来三盏油灯，捧着完成的赝品放置在经过反复计算的位置，能全方位反射玉石蕴含的光华，最大限度地凸显玉玺设计上的亮点，给人惊艳的感觉。

伊宫承看呆了，脱口道：“没毛病，它就是镇国玉玺！”

“这就是沈冲打的如意算盘。以沈冲在古玩圈的地位，还有军方的通缉令，加上我巧夺天工的造假工艺，他捧出来的镇国玉玺，大家只有欣赏的份儿，哪个会质疑有假？”

看着近于完美的玉玺，伊宫承叹道：“确实如此……你是个可怕的造假大师，非常可怕！”

第六章

洛阳古玩一条街关于镇国玉玺的传闻铺天盖地，有人说在孔德勤手里，有人说在沈冲手里，有人说那桩案子根本就是三人合谋。不管怎样，大家都深信不疑镇国玉玺确实从军方手里偷出来了。

至于价格问题，市面上起初传闻底价两百万大洋，后来有意参与者越来越多，不到一周已哄抬到三百五十万大洋。虽说远远不及香港、伦敦拍卖行的报价，毕竟在硝烟四起的洛阳，而且必须是各大银行、钱庄都能兑现的通用银票，目前的价格不可谓不高。

奇怪的是事情的主角——沈冲仿佛置身事外，迟迟不与左侯接洽拿货的事儿。

伊宫承反而焦急起来，私下问："莫非沈冲怀疑你的身份，不敢联系？"

"我觉得他在等一个人。"

"等谁？"

"孔德勤。"

伊宫承一呆，随即明白过来，"单单他自己说抢走镇国玉玺，可能大家半信半疑，如果孔德勤出面指证，虽然坐实了沈冲的罪名，但他出示你做的赝品便无人怀疑！"

“这也是那天夜里沈冲仅仅杀掉宁树望，却放了孔德勤的原因，他需要有人做证。”

“很阴险的家伙，我越来越想抓住他了！”伊宫承恨恨道。

左侯笑笑道：“没别的原因吧？”

伊宫承的脸一阵发烧，佯怒道：“你说什么乱七八糟的！”

就在他们等待沈冲主动联系的时候，北大街有家小酒馆发生了一起骚乱：五个外地客人酒后调戏邻桌的少妇，其丈夫也是硬茬——北大街一带有名的混混，当下叫来同伙与那五个客人互殴，这场架打得惊天动地，难解难分，把酒馆里的桌椅、陈设砸得稀巴烂，还误伤了四五位在旁边看热闹的。

倘若仅仅这样结束不过是寻常斗殴事件，来两个警探训斥几句，解决赔偿问题就行了。不料附近混混们听说后都赶过来，把五个外地客人放倒后拳打脚踢，其中一人被惹急了，喝道：“老子是警备师师部的，明天带战友操你们全家！”

警备师驻扎在城外，放了假便成群结队到城里找乐子，经常打架滋事，出了名的蛮横粗野。混混们天不怕地不怕，就怕这些兵痞，闻言一哄而散，转眼跑得干干净净。

警探上前询问部队番号以便回去交差，不料五个人改口说刚才是吓唬混混的，他们根本不是警备师士兵。警探起了疑心，要他们一起回局里录口供。五个人脸色大变，二话不说撒腿就跑！

两名警探紧紧追赶，五个人钻进附近胡同里后兜了几个弯便消失得无影无踪。

时值前线战事紧张，洛阳城人心惶惶，战备期间来不得半点含糊，一名警探留在胡同口，另一名警探回去时报告——他俩怀疑五个外地人要么是日本派来的间谍，要么是共党分子，总之身份非常诡异。

伊宫承听说后愣了会儿，似乎联想到什么，但模模糊糊抓不住脉络，一时间陷入沉思。

左侯静静道："五个外地人钻进巷子，以他们对洛阳的熟悉程度不可能分散躲藏，肯定进了某个民宅。"

"对！"伊宫承一拍桌子，"封锁那片区域，抽调人手给我挨家挨户搜，搜不到人不准收队！"

等吴探员等人领命出发，左侯问："局座想到什么？"

"又想考我，你先说！"伊宫承喝道。

左侯笑了笑，悠悠道："看来局座和我想到一块儿去了。"

搜查进展非常顺利，探员们从三个方向同时推进，两小时后只听到"咚咚"数声，五个人影从西南角一户人家院墙跳出来，沿着巷子往东大街狂奔！

警笛大作，经验丰富的探员们紧紧堵住各个通往大街的巷口，持枪逐巷清空，终于把五个人逼到死巷尽头。

"别过来，别过来！"他们手里握着匕首，满脸凶光，惊慌地大叫。

吴探员平端手枪道："放下刀，高举双手！有话好好说，说完就没事！"

"肯定有事的，肯定有事！别过来！"

他们情绪激动，不时打量旁边院墙，再看看前方堵得严严实实的巷口，露出绝望的神色。

"你们到底是不是警备一团的？还是刚逃出来？"吴探员知道经常有士兵害怕上前线，偷偷脱下军装试图从洛阳坐火车回家，故而有此一问。

这个问题更引起他们焦急不安，低声嘀咕几句，其中两个人突然亮出手枪！

"快闪开！卧倒！"吴探员没料到他们居然带了枪，急忙招呼探员们四下散开。

“砰砰砰砰——”

一阵密集的枪响后，五个人全部倒在血泊里。原来他们带枪是准备在极端情况下自杀！

吴探员看到其中一人眼珠仍在转动，尚未断气，急忙帮他做止血处理，焦急地问：“到底怎么回事？为什么不好好活下去？”

那人喉咙里发出“咕咕”声，张嘴喷了两大口血，奄奄一息道：“马……少校……俺们……”

说到这里头一歪停止呼吸。

吴探员等人迅速进入五个人躲藏的民宅，家里空无一人，经询问邻居得知这家主人叫张胜，做蔬菜水果生意，每天都有两卡车蔬菜送往警备师部，与军方关系非常好。这几天张胜行踪诡秘，经常大包大包地拎着很多酒菜回家，邻居们都知道他老婆孩子在苏州，还打趣问他是不是包养了小情人，张胜干笑着不说话。

五个人闹出这么大动静，张胜肯定听到风声，知道没法在警方面前交代，索性溜之大吉。

十分钟后伊宫承和左侯来到现场，五具尸体全部蒙上白布一字排在巷口。伊宫承揭开来逐个看了看，又接过纸袋包着的两把手枪，掂了掂，道：“很明显就是警备师配发的武器，明天拖到驻地去请肖副官核实身份！”

左侯悄声道：“不妨弄辆车把孔德勤送过来瞧瞧。”

伊宫承一愣，随即想起刚刚讨论的关于沈冲正在等孔德勤的话题，便吩咐下去。过了一个多小时，在两辆警车护送下，救护车将孔德勤送过来，几名探员扶着他从尸体前走了两遍。

“第二个，第三个，第五个，”孔德勤闭目想了会儿道，“他们是那天夜里卡哨站岗的士兵，其中第二个、第五个给我搜过身。”

“你确定？不会看错吧？”吴探员大为震惊。

孔德勤不悦：“鉴定这行就靠眼力吃饭，怎会看错？还有两个可能也在山洞附近站岗，离得太远且光线太暗看不清楚，因此不能乱说。”

“多谢孔先生。”

伊宫承示意将孔德勤送回医院，又关照吴探员把五名尸体拍照存档，明早运到警备师师部直接交给调查专员。

回到办公室关上门，伊宫承皱眉道：“最后那位士兵临死前提到马少校，你认为什么意思？”

“很简单，他们躲到城里八成与马少校有关。”左侯道。

“马少校在第一轮偷袭时就死了。”

“这几个士兵或负责外围警戒，或守卫山洞，也应该死的，否则日本特高课怎能进洞？”

伊宫承正待说话，外面有人敲门，一个鸭舌帽压得很低的年轻人交了份密件给他，旋即一言不发地离开了。

“军统新招募的特工？”左侯问。

伊宫承边拆密件边冷冷地说：“不该你问的少管闲事……咦，果然如此！”

“什么？”

左侯好奇地凑过去看，伊宫承飞快地将密件塞回信封，简洁地说：“最新情报，洛阳附近的日本特高课近期没有开展任何行动！”

“就是说特高课压根儿没有偷袭山洞，警备师关于孔德勤等三人私通日寇的说法完全不成立！”

伊宫承拿着密件，坐在桌前出神地想了好久，道：“既然整件事与特高课无关，说明马少校临死前叫了声‘日本特高课’，要么判断错误，要么就是演的一出戏！”

左侯幽幽道：“局座说过马少校听到枪声和日语就能做出精确判断，是长期实战中练出的直觉和本能。”

“哼！”伊宫承恼怒道，“那就是演戏！现在很明显马少校与沈冲沆瀣一气窃取了镇国玉玺，所以守卫山洞的士兵们都没死，沈冲没死，马少校肯定也活着！”

“马少校只是作战参谋，一无调动士兵的权力，二无指挥运筹的能力，他能短时间运那么多炸药炸毁山洞，并安排士兵们躲进城里？更何况师部还替他隐瞒真相，把罪名栽赃到特高课和孔德勤等人头上？”

伊宫承点点头，“转来转去又回到了当初的问题，赵师长到底扮演什么角色？我理解你上次所说的分析卡在哪个环节，这个环节决定了案情的真相！不要紧，等明天五具尸体送到师部，调查专员会揪住此事不放，要求赵师长把问题说清楚。”

“赵师长可以将所有责任都推到马少校头上。”左侯道。

“除非我们找到活着的马少校……”

正说到这儿，又有人敲门，值班警探送来一封信，说是古玩街有家店铺伙计托人转交的。

左侯心知中间人有消息了，精神一振，匆匆打开信一瞥之下脸色大变，道：“糟糕，沈冲约我半小时后交货！”

第七章

伊宫承跳了起来，劈手夺过信纸瞅了一眼，道：“闽北村东侧池塘边，开车赶到那边就得二十多分钟，这会儿吴探员他们刚刚下班来不及集合，时间挑得真准，他娘的！”

左侯站在原地脑子高速运转，过了两分钟道：“我开车过去，你带人在后面跟着，池塘南面有片胡桃树林可以藏身。玉玺不同于普通古玩，几千大洋也不是小数目，沈冲肯定要亲自交易。等他一旦露面你就动手，直接开枪不必考虑活捉！”

“好！”

五分钟后左侯开着临时借的小轿车直奔闽北村，驶出城市主干道靠近城郊时天色已暗了下来，能见度不足二十米。继续前行，来到闽北村东面桥头，桥边突然蹿出来一个牧童，拦在车前问：“你是来交货的？”

左侯谨慎地反问：“你是谁？”

“有人让我转告你，交货地点改成村南麦场，这会儿就去吧。”说罢牧童一溜烟跑得没影了。

真是狡猾透顶！左侯暗骂道，心知沈冲毕竟做过警探，有丰富的反侦查和反跟踪经验，尤其身处逆境的情况下格外小心。

此时左侯却不敢随便找个孩子向后面的伊宫承传递消息，因为沈冲选择在闽北村交易，想必跟这一带的人很熟悉，不排除随机布下陷阱。

驱车穿过村子来到村南麦场附近，停好车，左侯抱着玉玺锦盒，在夜幕掩护下小心翼翼靠过去。

麦场是个面积足有数百平方米的空地，一边有两排低矮的仓库，一边堆着几垛秸秆，整个场地一览无余。

左侯绕到仓库南侧墙边，一步步移到前面探头张望：咦，没发现人，沈冲哪去了？难道交易地点还要变？

正暗自琢磨着，陡地一个硬邦邦的东西抵住他的后背，后面传来阴冷的声音："原来洛阳第一造假大师竟是警察局左顾问，失敬了。"

左侯叹了口气，缓缓举起锦盒道："我也没料到沈先生不但擅长鉴定，还敢虎口拔牙。"

"看来你们猜到了很多，只可惜，"沈冲苦笑一下，"所谓螳螂捕蝉黄雀在后，我们都错了。"

"让我再猜猜，"左侯尽量拖延时间，"你跟马少校策划了这起案件，不料上了他的当。"

"不，我根本不认识马少校，整个过程也跟他没关系。"

"什么？"左侯全身泛起阵阵寒意，感觉事情跟分析的大相径庭，似乎某个环节出了很大的岔子！

"宁树望是不是你推荐的？"左侯赶紧问。

"是他推荐了我。那天下午他主动找上门说要联手干一票，并说军方已经敲定鉴定人选，晚上肯定开车来接我……"

左侯更加吃惊："难道马少校认识宁树望？"

"从车上交谈情况看也不像认识，"沈冲道，"尽管觉得突兀，我却相信宁树望有干一票的决心，因为他的财务状况众所周知，实际上纯粹靠暗中变卖藏品混日子……经过周密筹划，那天夜里我藏了一把枪，也幸亏如此才侥幸活着逃出来。”

“可你又在洞里杀了他！”

“没有！他也许死于特高课第一轮袭击——谁知道呢？”说到这里沈冲开始不耐烦了，“好啦，开始验货！”

按沈冲的要求，左侯动作缓慢地将锦盒平放到地上，打开盒盖，然后向前迈了半步，双手抱头蹲下去。沈冲一手持枪逼住左侯，一手慢慢抚摸玉玺，良久脸上浮起满意的笑容。

“不愧是造假大师，仓促之下我都看不出毛病，佩服佩服。”

“能得到鉴定名家肯定，我虽死犹荣。”

沈冲一怔，飞快地合上盒盖，道：“你很聪明……只有死人才能保守秘密，我不希望世上有第二个人知道这枚玉玺是赝品！”

“所以宁树望是你杀的！”

“我说过不是就不是，事到如今我还在乎多背一条人命？”沈冲轻蔑笑道，单手拎起锦盒直起身，不料左侯事先做了手脚，拎到一半时盒底突然脱落，玉玺也滑落下去！

沈冲担心玉玺受损，下意识弯腰一把抓住它，与此同时左侯右腿闪电般踹在沈冲腰间！

受到巨大冲击，沈冲向后翻倒并在地上打了两个滚；左侯趁机右扑，一个轻巧的前翻迅疾无比地跃入一片篱笆后。

“砰砰砰”，沈冲连开三枪，却没沾着左侯的衣角。

此时暮色沉沉，能见度不足十米。沈冲握枪的手微微颤抖，额头渗出冷汗，心知今晚必须杀掉左侯，否则已策划好的秘密拍卖很可能泡汤；左侯则蜷在篱笆阴影里一动不动，因为沈冲枪法精准，稍有动静便可能招来杀身之祸！

双方对峙片刻，沈冲暗暗心焦，清楚时间优势在左侯那边，伊宫承随时可能带着大批警察赶到，当下眼珠一转，悄悄捡了个石块往篱笆里一扔，“扑通”！左侯高度紧张下受到惊吓轻轻“啊”了一声，沈冲确定其藏身位置，满脸狰狞地边大步过去边开枪！

左侯眼见躲也不是办法，今日无法善了，索性咬紧牙关冒险向右侧一跃，同时甩出一柄飞刀。

“哎哟！”

两人一齐发出叫声：左侯右臂中弹，沈冲大腿中刀。

算起来两人损失差不多，左侯就靠右手发飞刀，中弹后无力动弹；沈冲腿部中刀行走不便，很快被甩下一大截。左侯逃到村民密集聚居地带，利用巷道、柴垛和猪圈等东躲西藏。沈冲忍痛紧追不舍，考虑子弹有限，又怕惊动村民，不敢随意开枪。

眼看接近胡桃林，左侯突然绊了一下摔倒在地，沈冲大喜，不假思索快步上前，刚走到一半，蓦地草丛里冒出个人影，直接将他扑倒在地，并以娴熟的手法上了手铐！

伊宫承终于出现了。

左侯捂着胳膊愁眉苦脸道：“要不是我准备充分今晚铁定完蛋，唉，痛死我了……”

“办案受点轻伤算什么？”伊宫承冷冷道，“忍着点，我要连夜审讯！”

伊宫承虽说得冷酷，还是先把两人送到医院做紧急处理，然后才回警局正式审讯。

从被铐上一刻起，沈冲的精神就全盘崩溃了，不等伊宫承提问他便主动交代起事情的始末：

那天下午宁树望并没有去赌博，而是悄悄去沈冲那儿透露了军方挖到镇国玉玺的消息，打包票今晚马少校肯定上门接他们前去鉴宝。沈冲心动了，因为他的处境实际上比宁树望还糟糕——半年前偷偷抵押家族产业换了一大笔钱投入股市，几经折腾亏掉大半，净损失一百多万大洋，若不尽快弥补财务窟窿，百分之八十的家族产业都将被钱庄等机构没收！

表面看在戒备森严、重兵把守的战备区强行夺宝无异于自寻死路，但细细分析之下并非天方夜谭，原因有三：

一是军方邀请鉴定师前去鉴定并非首次，从之前经验看，考虑运输途中颠簸等因素，军方通常把挖到的古玩就近存放到山洞里，而这些洞，大家都明白就是溃败后来不及撤退的临时避难所，一般不是死洞，山洞深处有多条逃生通道；

二是士兵对古玩鉴定师比较信任，搜身往往流于形式，如果穿着长棉袍，夹带一柄手枪肯定没问题；

三是山区地形复杂，纵深绵延数百里，一旦逃入大山深处别说区区一个警备师，就是投几万人都甭想抓捕到他们。

反正活不下去了，不如冒死赌一把！这是沈冲和宁树望达成的共识。

两人关起门来商量了很久，最终形成的方案是：进洞人数肯定不会太多，军方大概只有马少校和手持火把的士兵，拿锦盒的应该是孔德勤。因此沈冲率先开枪打死马少校和士兵，宁树望撞开孔德勤抢走锦盒，最后沈冲调转枪口杀孔德勤灭口，从逃生通道离开。

他们预计最糟糕的局面可能是军方在几条逃生通道都有重兵把守，即使如此也要拼死一搏！

当晚，马少校果然依次上门邀请，坐到车上后沈冲和宁树望会心一笑。

然而后来局势变化完全出乎两人意料，结果比预计的更糟糕！

进洞后沈冲惊讶地发现外洞里面还有内洞，便愣了一下；然后拿火把的士兵没进内洞，反而由马少校打着手电筒陪他们进去，沈冲又愣了一下：如果开枪干掉马少校，势必惊动外面的士兵，很可能被堵在内洞出不去！

到底动不动手？宁树望紧紧盯着沈冲，沈冲的手紧紧握着枪柄，左右为难。

就在这时洞外猝变，拿火把的士兵问口令反被打死；紧接着洞口的马少校也被打倒；黑暗中宁树望将锦盒弄到手里之际突然惨叫一声，倒在沈冲身上；沈冲暗想事已至此只能碰碰运气了，遂掏出手枪连续射击，将冲到洞口的几个人悉数打死！

顾不上查看宁树望和孔德勤的生死，沈冲拿着锦盒冲出内洞，摸索到一条逃生通道便头也不回地溜了出去，还好外面无人看守，沈冲长长出了口气。

夜里慌里慌张跑了七八里山路，躲进一片野果子林里，捱到天亮后沈冲哆嗦着打开锦盒，一看之下仿佛坠入千年冰窟：镇国玉玺是假的！

听到这里伊宫承和左侯大惊失色，异口同声喝道："怎么会假？"

沈冲苦苦一笑，道："二位必须相信一个鉴定师的眼力。那个玉玺油汪汪像玻璃似的，玉质细腻光滑，明摆着是辽宁岫玉；六个字笔风且不谈，字锋摸着都刺手，很明显没来得及打磨抛光；螭虎纽花纹缝隙里还有玉屑，如果估计得不错应该是两三天内新做的，唉，当时我真是欲哭无泪……"

第八章

伊宫承吃惊得说不出话来。按他的想法活捉沈冲就意味着顺利结案，成功收回镇国玉玺，至于赵师长那边有什么猫腻不必多管，只要能向重庆方面交差就行了。谁知会出现这种状况?

“赝品在哪里？就算假的你也必须交出来！”伊宫承面色不善地道。

“埋在矶山翠竹谷的竹林里，我随时可以带你们去挖。”沈冲颓然道，“捧着赝品，当时我死的心都有，为了它我把自己置于九死一生之地，却一无所获。在山坡上整整坐了一天，我终于想到了一个挽回败局的办法……”

沈冲秘密回城，躲到一个多年密友家里，利用古玩街线人放风要拍卖镇国玉玺，造成自己拥有真品的声势。之后犹豫再三，透过中间人请洛阳最好的造假大师重做一枚赝品。

只要骗得一大笔巨款安稳渡过财务危机，取回家族的抵押品，自己便能远走高飞，隐姓埋名过新的生活，然而梦想还是破灭了……

吴探员等人将沈冲押出去后，伊宫承和左侯还呆呆坐在审讯室里。如果沈冲说的都是事实——事到如今他大概也没有撒谎的必要，案情则出现了戏剧性颠覆!

“你怎么看?”伊宫承问。

左侯抚着右臂绷带，道：“镇国玉玺是赝品，可以解释赵师长一系列诡异的做法——编造日本特高课偷袭、炸毁山洞、不经调查便给孔德勤等三人安上勾结日寇的罪名……”

“从古墓大坑里挖出来的东西，怎么可能假？”

“那倒未必，也许本来就是赝品，也许中途被偷梁换柱——这件事暂且放到一边。”左侯道，“赵师长可能觉得没法向重庆方面交代，也解释不清原委，于是定下一套移花接木之计……”

马少校把赝品运进山洞，并上门邀请孔德勤等人鉴定，原计划趁孔德勤即将碰到锦盒时，由事先布置的士兵装扮成日本特高课偷袭，制造混乱后打死两个，留一个活口来证明镇国玉玺的确被日本人抢走！

听到这里伊宫承颔首道：“但马少校没想到沈冲居然带了枪，一轮射击之下洞口几名士兵全被干掉，参与行动的人都蒙了，已经诈死的马少校赶紧溜出去调兵遣将，孔德勤和沈冲则趁着混乱溜之大吉！面对一团混乱的局面，赵师长担心上峰追查，不得不将参与行动的人员也就是那五个自杀的士兵以及马少校全部疏散到城里。”

“局座高明！”左侯顺手奉上一顶高帽。

“少来这一套！”伊宫承已习惯他明褒暗贬的手法，沉思道，“然而到目前为止所有关于赵师长的推理都是猜测，没有任何证据，所以最终沈冲很可能会成为替罪羊。”

“必须要抓到马少校，他是整个事件的核心。”

“对！赵师长那边他参与所有策划，而且是坚定的执行者；孔德勤这边由他负责上门邀请；山洞里的变故他也从头到尾在场……”

说到一半伊宫承突然觉得哪儿不对劲，停下来看着左侯。左侯也目不转睛地看着他，须臾间两人同时喝道：“不好，孔德勤！”

驱车来到医院重症室，门口两名警探正在打瞌睡，推开门一看，床上没人，孔德勤果然已经翻窗逃跑！

“全城封锁，各关卡要道加派人手，防止他潜逃出城！”伊宫承命令道。

等他发布完命令，左侯叹道：“我疏忽了，早在闽北村沈冲说不认识马少校时，我就该联想到问题出在孔德勤身上！”

伊宫承沉声道：“沈冲跟马少校不熟，宁树望却肯定他是鉴定人选，说明要么是孔德勤推荐了沈冲，要么是宁树望推荐了沈冲。那天中午孔德勤接过电话，因此……孔德勤故意隐瞒认识马少校的事，其中必有玄机！”

“宁树望想必得到孔德勤指示去找沈冲，下一个问题是，内洞里谁杀了宁树望？为什么杀他？”

“现在看来，杀宁树望的只能是孔德勤，至于原因，”伊宫承道，“也许孔德勤担心沈冲知道宁树望与自己的关系？”

左侯点点头，“就是说孔德勤希望沈冲带枪进洞制造混乱，为什么这么做？”

“我脑子有点乱。”伊宫承摸着脑袋苦笑。

左侯却笑道：“我已经理清了头绪……”

这时电话铃突然响起，接起来一听，原来调查专员那边传来消息，面对五具尸体，赵师长实在难以自圆其说，只得吐露实情：

古墓打开后，赵师长下令将所有随葬物品全部转移到附近山洞，除了那枚镇国玉玺。逐级上报后，对古玩不感兴趣的赵师长当晚也独自把玩了玉玺很久，然后亲手锁进办公室保险柜。第二天意犹未尽的他打开保险柜还想再赏鉴一下，却发现镇国玉玺不翼而飞！

换普通人肯定要大叫大嚷，把晚上、夜里值班的士兵抓起来严刑拷打。但赵师长何等深沉，知道从失窃到现在已过去很长时间，镇国玉玺肯定被迅速转移到安全地点，就算拷问出来实情也追不回，相反还会遭到重庆方面的质疑和问责。于是按捺下性子找马少校商量对策，之后发生的情况与左侯、伊宫承的分析基本一致。

后来搜查中发现临时做的赝品也不见了，其他东西均完好，当时所有人都心乱如麻，来不及多想，索性炸掉山洞，安排马少校和参与行动的士兵躲入城中，把一切罪名都推给日本特高课……

“赵师长也不清楚马少校藏身之处，有可能躲在他包养的女学生那儿，好像姓程。”伊宫承接完电话说。

左侯沉吟道：“洛阳只有两所女校，一是国立女子中学，管理严格，所有学生全部住校，节假日外出都要履行请假程序，而且该校女生年龄偏小，不太可能；一是洛阳女子师范学校，校纪相对宽松，女生年龄在 16 岁至 20 岁不等，正是如花似玉的好时候……”

看看窗外天色微明，伊宫承手一挥，“走，去师范学校！”

洛阳女子师范学校校长室。

校长摊开花名册，道：“姓程的女生共有 17 名，不知伊宫局长想找哪个？”

“在外住宿的有几个？”伊宫承问。

教务主任在住宿生名单里查找了一阵，道：“6 名程姓女生住在外面。”

“把她们都叫过来，我要问话！”

面对青涩而迷茫的女生，左侯只说了一句话：“昨夜躲到你家的逃犯有烈性传染病，快把他交出来！”

一位叫程曦的女生惊恐地张大嘴，叫道：“真的？”

伊宫承“唰”地起身，冷冷道：“你家住哪儿？”

程曦住在北大街向阳路十字路口店铺二楼，前面是四通八达车水马龙的大街，后面是地形复杂的胡同，马少校可在楼上观察动静，发现风吹草动随时出逃，非常不利于抓捕。

侦缉队却有一套专门的行头应付这种情况。半小时后，吴探员等人装扮成卖糖葫芦的、算命先生、散发广告传单者等街头常见商贩，衣服、道具无不惟妙惟肖。他们缓慢而有序地来到店铺门前，吴探员打了声呼哨，探员们扔下道具猛扑上楼！

“嘭！”

探员们踹开屋门一拥而入的瞬间，马少校才知大事不妙，当即掏枪准备射击。吴探员等人机警地四下散开，齐齐举枪逼住他！

双方对峙片刻，伊宫承和左侯缓缓进来。

马少校哀叹一声，无奈扔下枪，道：“我请求见赵师长。”

伊宫承示意吴探员上前将他铐住，朝右侧紧锁的房间使了个眼色，“里面还有位客人，请他出来！”

吴探员踹开房门，一眼看到蜷在床上瑟瑟发抖的孔德勤。

“有人要杀我，所以……才逃到这儿……”孔德勤嗫嚅道。

伊宫承冷冷道：“回警局慢慢说，我有的是时间，不着急。”

马少校坚持道：“我要见赵师长，一切都是他安排的，作为军人我不过是奉命行事。”

“是吗？说给我听听。”左侯微笑道。

马少校镇定地说：“能找到这儿，想必大致情况你们已经知道了。赵师长不慎丢失镇国玉玺，为避免重庆方面问责，便设下圈套准备嫁祸于三名鉴定师。不料当夜沈冲带了枪，使得计划出了意外，慌乱中赝品也被沈冲抢走。赵师长担心上峰派人来追查，下令炸毁山洞，并安排我和现场参与计划的五名士兵躲到城里……”

伊宫承喝道："孔德勤逃到这儿是怎么回事？你俩事先有没有串通一气？"

"那是另外一回事，与本案无关。"马少校道。

伊宫承脸一沉正待发怒，左侯阻止了他，笑道："听完马少校的故事，我也讲一个故事，对与不对，请二位点评……"

第九章

见马少校、孔德勤以及伊宫承等人都奇怪地看着自己，左侯笑得更开心，清清嗓子开始讲故事：“赵师长捧着镇国玉玺仔细把玩时，有个人格外心痒，作为醉心于收藏的古玩爱好者，天底下再大的事都没有比这枚魏王玉玺更重要的了……”

马少校嘶声吼道：“你胡说！你血口喷人！”

“我都说了是讲故事，听听何妨？”左侯继续说，“相比师部其他军官，马少校最有利的是曾当过赵师长的副官……”

赵师长办公室里的保险柜尽管不定期更换密码，但马少校跟随他九年，知道赵师长经常使用的几个密码。当夜马少校潜入办公室轻松偷走玉玺，第二天赵师长发现后心乱如麻，左思右想之后决定采取移花接木之计。出于信任，赵师长把这项任务交给马少校。

对于赵师长的设想，马少校自然一百二十个赞成，但他还想把局面搅得更乱，主要出于两方面考虑：

一是马少校早就厌倦军营生活，更不想上前线打仗，迫不及待地想把玉玺尽快脱手，换一大笔钱带着程曦远走高飞。按赵师长的想法嫁祸给日本特高课，如果自己贸然拿出镇国玉玺，恐怕没人相信，即使鉴定是真品也要打很大的折扣。因为古玩价值在于流传有序，你说不清它的来龙去脉，就没法打动藏家。

二是古玩圈相对封闭，像马少校这样的人突然捧出个镇国玉玺，本身可信度就有问题，必须有圈子里的行家推介甚至参与操作。思来想去，马少校想到了早就结识的孔德勤！

孔德勤在古玩一条街名声好，事业有成，圈子里享有一定威望，饶是如此，他也无法拒绝镇国玉玺的诱惑。尽管两人并无深交，孔德勤还是被马少校提出的三七分成打动了，而且不怕对方加害于他——想要玉玺顺利脱手并卖个好价钱，马少校必须倚仗自己。

接下来孔德勤迅速在去赌场的必经路上截住宁树望，直截了当问他有桩玩命的活儿敢不敢接。听说是镇国玉玺，事成之后能分一百万大洋，宁树望眼睛一亮，说抄家杀头也要干！孔德勤便让他去找沈冲，说参与鉴定人选已经确定，进洞后沈冲开枪杀人，宁树望负责拿锦盒，得手后迅速从逃生通道撤离！

孔德勤关照宁树望不得透露是自己安排的，因为沈冲做过警探，思维缜密，说多了有可能怀疑背后的猫腻。宁树望满脑子即将到手的横财，并未深想，兴冲冲地找沈冲去了。

当夜进洞后沈冲发现情况与宁树望说的不同，有些迟疑。这时士兵假扮日本特高课突袭，其实打的都是空包弹，根本没有杀伤力，马少校先诈死，防止沈冲从背后打冷枪。洞里陷入漆黑之际，宁树望按事先安排拿起锦盒，孔德勤却一刀深深扎入他后背心！

宁树望是过渡性人物，为防止沈冲起疑心，他必须死！

之后如他们所预料的那样，沈冲抱着锦盒逃了出去，接着孔德勤也沿着逃生通道溜出去。面对意外频出的残局，赵师长一筹莫展，只得按马少校的建议炸毁山洞，同时安排马少校和士兵们躲进洛阳城。

避过风头后，孔德勤故意偷偷回家，他想被警察局抓住后透露沈冲偷走玉玺的消息，以配合沈冲暗中寻找买家。等到大批买家被吸引到洛阳，赝品就是赝品，他再拿出真品便能顺利成交！

然而这当中出了一点意外，孔德勤落到中统手里被折磨得死去活来，若非伊宫承及时赶到，恐怕真扛不住要招出实情了。

躺在医院时，孔德勤觑了个空当逃了出来。

他不能不逃。因为沈冲随时可能被警方抓捕，一旦伊宫承发现两人口供不一致，就会怀疑到自己。思来想去，他干脆躲到马少校这儿，因为此时只有他俩能共患难了……

听到这里孔德勤原本因失血过多而苍白的脸更加灰暗，马少校却镇定自若，冷笑道："看不出左顾问很擅长编故事，讲得活灵活现，可是你有证据吗？拿不出证据，就请把我交回师部，我要见赵师长！"

"证据当然有。"左侯道，"第一，你、孔德勤跟沈冲的供词矛盾，警方有必要追查；第二，调查专员正在师部排查玉玺失窃当晚所有人的行踪，你大概脱不了干系；第三，也是最关键的一点，我们会设法找到镇国玉玺真品！"

马少校和孔德勤顿时吓得魂飞魄散，伊宫承也诧异地问："你知道东西藏在哪里？"

左侯微笑道："局座不是在军统还没见过不肯说话的人吗？接下来就看军统的手段了！"

……

看着调查专员一行远去的车队，伊宫承长长吁了口气。

"难得破获一个有始有终的案子。"他感叹道。

左侯道：“委员长拿到镇国玉玺‘龙心’大悦，戴老板通令嘉奖，看来局座升迁有望了。”

“我只想早日与妻儿团聚。”

左侯冷不丁从怀里抽出一枝玫瑰，“这个给你。”

“干吗？”伊宫承奇道。

“沈冲犯下重罪，余生大概要在狱中度过了；苗掌柜已与沈家闹翻，守着洗衣机度日，不正是局座的机会吗？”

“我岂可趁火打劫？荒唐！”伊宫承叱道。

左侯将玫瑰将他手里一塞：“反正给你了，是扔还是送人随便，我去约会了，拜拜！”

“哎——”

见左侯远去的背影，伊宫承瞅着玫瑰，不知如何是好。

半小时后伊宫承回到住处，在楼下正好遇到亭亭玉立的苗掌柜。她抱着几件衣服盈盈笑道：“想着伊宫局长要下班，我把洗好的衣服送过来。”

“多谢，多谢，以后不必这么客气，我自己取就行。”

“谢什么呀？洗衣店没被沈家强行霸占，我真想好好谢谢伊宫局长呢。”

“举手之劳而已……”

伊宫承手忙脚乱地接过衣服，不小心露出那枝玫瑰。苗掌柜目光闪动，悠悠道：“好漂亮的玫瑰哟，伊宫局长晚上有约会？”

“其实……”伊宫承想起左侯的话，咬咬牙道，“其实是准备送给你……”说着脸上一阵发烫，恨不得当场甩自己两记耳光。

“是吗？”苗掌柜喜滋滋地接过玫瑰，俏脸上泛起红晕，扑闪着大眼睛道，“能上去坐坐吗？”

“啊……请，请……”

见他手足无措的样子，苗掌柜扑哧一笑，妩媚地眨眨眼，风情万种地握着玫瑰和他一起走上楼梯。

远处街角拐弯处，左侯鬼魅般闪了出来，看着两人的背影诡秘地笑了。

成化斗彩

楔子

一个神清气爽的清晨。

伊宫承被一阵急促的敲门声惊醒，赶紧看看身边的女人，她仿佛累极了，呢喃一声钻进被窝继续睡。他无言地笑了笑，披衣下床，将门打开一条缝儿，一看竟是左侯。

“干什么？难得有个礼拜天，还不让我睡个懒觉！”

“你忘了上午的拍卖会了？说想借机长长见识，非拉我一起去，怎么全忘了？”左侯提醒道，贼头贼脑往屋里瞧，笑道，“能进去喝杯茶不？”

“屋里太乱，等会儿！”伊宫承说着“砰”地把门关上。

十分钟后两人下楼，左侯用力嗅了嗅，道：“有股挥之不去的香味，好温馨哟。”

伊宫承打岔道：“讲讲今天拍卖会上出现的成化杯。只听说是国宝级文物，非常珍贵，不知道珍贵在哪里？”

左侯从他衣领上拈了根细细柔柔的长发，故意晃了晃，笑道：“时间还早，我们边走边聊。”

古玩界对瓷器收藏有个说法，叫“明看成化清看雍正”，意谓瓷器发展到明代成化时期已是鼎盛水平，成化瓷器主要成就体现在两个品种，一是青花，一是斗彩。

成化斗彩是釉下青花与釉上彩相结合而创造的新制瓷工艺，方法是两次入窑烧制，主要供给皇室赏玩。因其成本高、质量好，出窑率低，流传后世的数量少，早在明代就成为极其贵重的珍品。据明万历《神宗实录》记录：神宗时尚食，御前有成化彩鸡缸杯一双，价值十万。成化斗彩保存下来的并不多，但件件都是稀世珍品，伦敦拍卖会上凡是成化斗彩一律百万起拍！

伊宫承若有所思："既然成化斗彩如此珍贵，历朝历代的造假大师们又该大展身手了吧？"

"有个未经考证的典故：康熙得到成化斗彩鸡缸杯后爱不释手，命令工匠仿制了二十只，然后亲手砸掉其中有瑕疵的十二只，再将八只赐给大臣。大臣们自然如获至宝——皇帝御赐的还能有假？康熙也为巧夺天工的仿制暗暗得意，可谓皆大欢喜。然而那些持有号称祖传珍宝、皇家藏品的藏家们听到此类故事，岂不汗流浃背、遍体生寒？"

伊宫承听了哈哈大笑。

信步来到古玩一条街的入口，吴探员迎面过来，沉声道："局座，俞家大院发生命案，成化杯被盗，拍卖会已经取消了！"

两人惊愕地对视一眼，均长长叹了口气。

第一章

俞家大院主人俞万林是洛阳城的大煤油商，近十多年受战火影响油价飞涨，俞万林赚得盆满钵溢。他原本就喜好收藏，身拥巨资后遂来到香港做了一次轰动圈内的大手笔收购，即成化斗彩葡萄倒钟杯。

话说明成化年间有位世袭将军名叫应思南，驻守温州期间率军连续击退倭寇偷袭，并在当地建立了以卫所制、民兵制和营兵制为主要防御力量的基层战略体系。成化皇帝为嘉奖其军功，颁旨赏赐黄金和财物，清单中就有即使在当时也堪称珍品的斗彩葡萄倒钟杯。

应家子弟不但擅长打仗，政治方面也长于见风使舵，安然度过了动荡剧烈的明末战乱，然后携大批人马向清军投降，居然还被封了个小官。降官总是惴惴不安的，为防止朝廷翻旧账，顺治二年秋，应家向权势熏天的议政王大臣洞鄂献上家传葡萄杯。清代末期八旗子弟衰落，生活无以为继，贱价变卖很多古玩文物，洞鄂后人还算机灵，捧着葡萄杯南下，在广州收藏圈搞了类似拍卖的竞价会，结果航运大老板束腾以一万四千两纹银买下。

束腾去世后，其家族对古玩丝毫不感兴趣，遂委托香港拍卖行拍卖其全部藏品，葡萄杯自然成为最耀眼的焦点，价格一路攀升，炒到一百七十万美元！俞万林势在必得，举牌二十六次终于将葡萄杯拿到手里。

这只斗彩葡萄倒钟杯符合藏家最看重的流传有序，每道转手环节都有史料记载，而且近代两次收购者——束腾和俞万林均为沉浸收藏几十年的资深藏家，具备不输于鉴定师的眼力。尤其束腾的藏品，拿到拍卖行后经国际级鉴定师以及专家组鉴定，一百二十多件藏品只有三件赝品、八件存在争议，应该说非常难得，很多专家都做不到。

时隔十六年，俞万林突然宣布要变卖斗彩葡萄倒钟杯，消息惊动了中原及江苏、上海、浙江等地区的古玩界和收藏圈，前来参加拍卖会的人不计其数，当然更多的是来看热闹的，能亲眼见到传说中的国宝级古玩也是缘分。致和文斋拍卖行放出的风声是底价三百万美元，而圈内普遍预测其成交价将超过五百万美元。

按致和文斋的规矩，拍卖前一天卖家应将拍卖品交给拍卖行保管，一方面为了安全，拍卖行保安措施不亚于银行金库，戒备森严；另一方面为了拍卖行声誉，拍卖前晚致和文斋要邀请专家对拍卖品进行二次鉴定（委托时已鉴定过），防止出现赝品。

俞万林与致和文斋协商，打算拍卖前夜设赏玩私宴，邀请最要好的朋友把玩葡萄杯，权当告别，拍卖当天清晨移交拍卖行。考虑这是前所未有的大单，致和文斋勉强同意，但提出一个要求，即拍卖行必须派人全程出席赏玩私宴，确保拍卖品的安全。俞万林一番犹豫后也答应了。

当晚出席私宴的嘉宾都亲手把玩过葡萄杯，赞不绝口，之后俞万林和拍卖行代表姬先生共同将杯子锁入地下室保险柜，门上两把大铁锁，俞万林和姬先生各自保管一把钥匙。

早上七点整，姬先生起床去找俞万林，发现他死在卧室床上；赶紧来到地下室，铁锁已被撬开，里面通宵值守的保安被打死，保险柜门大敞，葡萄杯不翼而飞！

踏入俞家大院，里面乱成一团，哀声满堂，探员们正忙着勘查现场，提取指纹脚印，录取口供。

“匹夫无罪，怀璧其罪，又一起杀人抢劫悲剧。”伊宫承感慨道，“古玩啊古玩，真不是好东西。”

左侯道：“局座这话未免因噎废食，我可不敢苟同。”

尸体已做完检查移到堂屋，七八个人围着棺材哀哀哭泣。来到卧室，探员说门锁没有撬动痕迹，尸体、床铺有挣扎迹象，凶手好像是将俞万林按在床上杀害的。

“凶器是什么？”伊宫承问。

“匕首，在喉咙上割了七八刀，不是职业杀手。”

一行人又来到地下室，两只大铁锁虚挂在门上，探员说从撬锁痕迹看手法非常专业，顶多五分钟就完成了所有操作。

伊宫承皱眉道：“有专人撬锁，凶手杀俞万林岂非多此一举？”

“报告局座，地下室有警铃通往俞万林卧室，撬锁时稍有动静里面值守的保安就会按铃示警，所以无论要不要钥匙，俞万林必死。”

地下室满地狼藉，博古架、椅子、盆景等倒了大半，到处是瓷器和陶器的碎片，显然撬锁者进来后与保安有过激烈的打斗。

“真是野牛闯进瓷器店，罪过罪过。”左侯蹲在地上捡起破碎的瓷器，心疼不已，“乾隆青花虽不及元青花、明青花，也是瓷器精品；这尊彩绘婴儿卧莲花口花觚是正宗磁州窑，起码七八百大洋呢……”

伊宫承板着脸说：“左顾问，叫你是来协助破案的，不是鉴定古玩！”

“明白明白……”左侯情知他报复之前关于香味和长发的挖苦，讪讪笑道，心里却骂小心眼。

出地下室时，伊宫承道：“从现场分析凶手很熟悉俞家大院，特别是地下室的警戒情况，应该是一起典型的内外勾结案件，立即拘捕昨晚所有出席私宴的客人！”

“有个情况，”吴探员小心翼翼地说，“除了姬先生，三位客人都来自上海，今早……都乘坐早班船离开了……”

伊宫承暴怒：“什么？哪有客人不向主人辞别就走的？肯定有问题！”

“他们都是上海古玩圈的名家，急于赶回去是为了参加明天上午举行的拍卖会，据说有幅东晋顾恺之的南宋摹本……”

左侯一听便明白了：“顾恺之是了不得的书画大家，旷世名作《洛神赋图》就出自他手，可惜所有作品都没保存下来，目前只有宋代摹本。为顾恺之匆匆赶回上海，可以理解。”

吴探员续道：“晚间席间几位客人为此专门向俞万林表示歉意，并说最早的船班凌晨五点起航，天不亮就要动身，不便辞行以免惊动整个俞家。俞万林也是性情中人，根本不介意，这一点姬先生已经证实。”

“即使这样仍有作案嫌疑，必须深入调查！”伊宫承紧绷着脸说。

致和文斋的夏老板带着掌柜等人过来吊唁，顺便试探葡萄杯的下落。左侯将夏老板拉到旁边，低声询问：“俞万林向来大手笔购买古玩精品，为何突然变卖葡萄杯？莫非最近煤油行情不好，财务拮据？”

夏老板沉吟道：“当初我试探问过，俞老板解释是以古玩养古玩，打算拿葡萄杯换得的钱，再加点投资，买件价值更昂贵的古玩。”

“哦，比葡萄杯更昂贵……会是什么？”左侯目光闪动。

“他不肯透露，我也不便勉强。”夏老板道，“战事越激烈，煤油行情越好，俞老板从来不需要为生意发愁，况且他嗜收藏如命，断断不可能为赚钱而变卖古玩。”

“葡萄杯的真伪没问题？”

“几天前我请来宋楚云等鉴定大师把关，最终五个人一致认定是真品。”

左侯又问：“赏玩私宴是早就计划好的，还是临时安排的？”

夏老板摇头叹息：“两天前才做的决定。要不是这场晚宴，葡萄杯交给我们保管，也不至于……唉！”

“姬先生与俞万林是否熟悉？”

夏老板听出话中的意思，郑重道：“老姬在拍卖行做了九年，勤勉稳重，厚道本分，绝无可能涉及此案。况且俞老板虽在洛阳做生意，却与本地古玩圈从无来往，他的藏品要么买自上海、苏州、杭州一带，要么是参加香港那边的拍卖会拍得，从没在洛阳买过。他收藏葡萄杯十六年了，若非这次委托致和文斋拍卖，我也无缘鉴赏。”

另一侧伊宫承与俞万林的两个儿子简单交谈后，敏锐地感觉到俞家暗流汹涌，预示此案不像表面看到的那么简单。

第二章

根据姬先生口述整理的信息，上海三位客人分别是：光华剧场老板严其复、郑通车行老板李逍、淞博律师事务所律师栗语歌。

姬先生着重描述了唯一的女性栗语歌，四十岁左右，举止优雅，风姿绰约，似乎与俞万林关系不错。李逍话最多，言语中也隐隐流露这一点。

“她对瓷器研究很深，李逍擅长玉器，严其复则沉默寡言。”姬先生介绍道，“开席前大家轮番赏鉴了葡萄杯，每个人均亲手把玩摩挲很久，一致认为是大开门的东西，根本无须考虑真伪问题。”

“所谓赏玩私宴只有俞万林、你和栗语歌等五位，没有其他人？他两个儿子都没参加？”伊宫承问。

“他俩不懂古玩，也没兴趣研究，而且……好像对栗语歌抱有敌意……”

“为什么？”

“不太清楚，昨天傍晚在客厅俞万林将两个儿子引见给大家，稍稍闲聊了会儿，见两个儿子态度不对劲，就把他俩打发走了。”

左侯问：“从傍晚到晚宴他们主要聊什么，有没有对案情有价值的线索？”

“主要话题是古玩，谈论他们以前在苏北乡下捡漏、打眼的趣闻逸事，让我长了不少见识；至于线索……”姬先生想了许久，迟疑道，“有句话不知算不算？晚宴到尾声，李逍喝得有点多，突然说‘若非那件事我们不会在洛阳喝酒，你俩也……’，说到这里俞万林和栗语歌都沉下脸来，同时喝道：‘李逍！’随即转到别的话题。宴后俞万林邀请他们到书房继续聊天，我有早睡的习惯，就先回房休息了。”

“做生意、搞收藏大都有见不得光的往事，倒也没什么。”等姬先生离开后伊宫承说，“找俞万林的两个儿子谈谈吧。”

大儿子俞吟冬掌管家族控制的航运公司，专门负责煤油运输，提到赏玩私宴他眉头紧锁，道：“上海的三位客人是父亲的老朋友，当初陪他在香港竞拍下葡萄杯后都亲手摸过，不算稀罕，事隔多年何必为此耽搁一晚，惹出天大的血案……”

俞万林年轻时主要在盐城、南通一带贩卖油品，也利用下乡机会低价收购些古玩，倒腾到上海贩卖，因此他当时的身份不是收藏家，倒有些类似古玩贩子。在此过程中结识了有同样爱好的严其复等人，结伴到农村分工合作，看到中意的相互配合效率更高。

后来发生了一件事，可能与几个人联合欺骗某破落家族有关，虽然得手并赚了很大一笔钱，但那户人家被骗的老太愤而自杀。俞万林等人内疚万分，从此洗手不干，他辗转来到洛阳，栗语歌、李逍和严其复则在上海发展。

“变卖葡萄杯之事，家人均不知情，还是致和文斋发布公告后朋友告诉我的。我和吟秋一起去问父亲怎么回事，他的解释是和朋友合买了一件天价文物。我就不信世上有啥东西值几百万美元，分明是那个女人从中怂恿，当年竞拍葡萄杯也是她的主意！”俞吟冬愤愤道。

左侯算了算，“十六年前你年纪尚幼，如何知道的？”

“当时先母尚健在，父亲为筹措巨额资金竟打算卖掉她作为陪嫁的四合院，同时八折贱卖了四千吨库存油，所有人都认为他疯了，先母也哭哭啼啼地反对。那个女人却带了点钱从上海跑过来，在她的鼓动下父亲硬着心肠卖掉四合院和库存油，两人一同远赴香港。先母受此刺激和打击一病不起，缠绵病榻四年，弥留之际反复唠叨这件事，真是死不瞑目啊！”说到这里俞吟冬怆然泪下。

没想到栗语歌与俞家的关系如此复杂。

二儿子俞吟秋则提到了数月前在俞家突然出现的陌生人：“父亲很奇怪地没有向客人介绍我，甚至事后也没解释客人的身份，只淡淡说那人叫莫先生。莫先生三十多岁，很沧桑的样子，像吃过不少苦，他和父亲在书房里密谈了三四个小时，天黑后才离开，父亲没挽留他吃饭。之后几天父亲都心事重重的样子，情绪相当糟糕，在公司除了黑着脸发火训人就是关起门来打电话。大约三周前，莫先生又出现了，和父亲在公司办公室闭门谈了两个多小时，其间我担心出事，还安排秘书敲门送水，被骂了出来……再然后，父亲就悄悄委托了致和文斋拍卖葡萄杯！”

“你认为俞老板变卖葡萄杯与莫先生有关？”伊宫承谨慎地问。

俞吟秋道：“不知大哥有没有告诉你们，先母生病其实与父亲执意变卖家产竞拍葡萄杯有关。先母病故时父亲也很愧疚，当众表示今后决不会因为收藏而影响家族生意；而父亲对葡萄杯的钟爱已达到如醉如痴的程度，逢年过节必定宝贝似的捧出来，自斟自饮两杯，瞧那神态比喝琼浆玉液还美。所以正常情况下，父亲既不可能舍得卖，更不会拿它换别的古玩，促使他做出如此仓促且不符情理的决定的只能是外在因素了。”

吴探员等人分别询问俞万林的妻弟沈增福、周总管以及仆人等，证实两个儿子的话基本属实：

一、十六年前正是由于栗语歌的到来使俞万林下决心甩卖四合院和四千吨库存油，其妻因此一病不起；

二、俞万林对葡萄杯痴迷到极点，而此次突然拍卖葡萄杯，未与家族任何人商量；

三、莫先生先后在俞家大院和俞记煤油贸易公司露过一次面，无论俞家还是公司职员都不记得莫先生和俞家曾经有过生意往来。

此外周总管透露，拍卖葡萄杯的消息传到俞家后，两个儿子与俞万林发生了激烈争执，因为他俩根本不相信他的说辞，怀疑他想用拍卖得来的钱支援栗语歌！

“为什么支援她？”伊宫承质疑道，“律师行在上海很吃得开，赚钱不是问题。”

“据说她今年以来接连输掉几场官司，非但分文未得，律师所的声誉也受到严重影响，最困难时连房租都付不起，全靠老爷等人暗中支援。吟秋负责管账，公司的钱汇到哪儿他最清楚。”周总管道。

“以俞老板在俞家的威望，这点事都摆不平？”

周总管叹道：“矛盾根源还在葡萄杯！当年拍下葡萄杯的一百七十万美元里面，有俞家生意上的钱，甩卖四合院的钱属于夫人名下，还有栗语歌借的钱，说不定李先生、严先生也凑了份子，真要是卖掉了葡萄杯，怎么分还是笔糊涂账。这也是两位公子执意不肯拍卖的原因，他俩认为葡萄杯不再是老爷私藏，而是整个俞家的财产。”

“吵到最后的结果呢？”左侯问。

“老爷以取消两位公子的继承权相威胁，把哥儿俩唬住了。”周总管无奈苦笑道。

出了俞家大院，伊宫承和左侯专程找宋楚云了解鉴定葡萄杯的情况。宋楚云叹息说倘若丢失不仅对于俞家，简直也是国家的重大损失。到了清代，由于乾隆皇帝格外喜欢鸡缸杯的缘故，鸡缸杯价格被炒得很高，工艺水平同样出色、数量更加稀少的葡萄杯却备受冷落，据上海古玩界评估，到目前为止世上保存完好、有据可考的斗彩葡萄杯不超过八只！

“俞万林这只肯定是真品？”伊宫承问。

“真正的大开门，其器形规整，纹饰图案线条流畅自如，率意不拘而无匠气，斗彩风格和画法均符合成化特征；杯底青花双线方框，‘大明成化年制’六字款为楷书体，古拙明快；杯身下部和底部有温润的包浆和后天形成的开片纹，我和其他几位鉴定师都是第一眼就认定是真东西！”

左侯问了句题外话：“俞万林喜欢老书画吗？”

宋楚云闻弦而知雅意：“感觉一般般。听说他家里主要是瓷器、陶器、玉器等，青铜器也略有涉足，书画嘛……没有特别的精品。外界传闻他拍卖葡萄杯是为了购买价值更高的名器，咳咳，不作评价。”

看来宋楚云也不相信俞万林的说辞。

回到警局整理完尸检报告、口供等材料，伊宫承召集探员们开了个冗长的案情分析会，左侯趁机躺在沙发上睡了一觉。

“你明天去趟上海！”看他醒来，伊宫承直截了当地说。

左侯屏住呼吸：“不怕我趁机逃跑？”

伊宫承笑了笑：“有老吴和小王陪着你，无须为安全问题担心。”

吴探员经验丰富，王探员身手不凡，有侦缉队最出色的两大高手相伴，难怪伊宫承自信满满。

“该担心的反而是我吧？”左侯没精打采道。

“不做亏心事，不怕鬼敲门，只要你别动歪脑筋，他俩就是你的保镖，否则……”伊宫承意味深长地笑了笑，“现在案子有两个侦查方向，一是身份神秘的莫先生，由我坐镇指挥进行调查；二是栗语歌，我总觉得她跟俞万林有点不清不楚，所以麻烦你跑一趟。”

“没问题。”

“有事打电话。再强调一遍，别耍花样，小王的枪法你是知道的！”伊宫承警告道。

第三章

淞博律师事务所位于松江路，道路两侧是高大繁茂的法国梧桐，平添幽静的气氛。

左侯和吴探员踩着吱吱直响的木楼梯来到二楼，门口戴眼镜的女秘书询问有无预约。

“我是她男朋友，也要预约？”左侯边说边和吴探员大模大样地闯进去。

秘书僵在座位上，半晌才哆嗦着拿起话筒：“栗……律师，有客人来访，他，他说是您男朋友……”

“他已经进来了！”

栗语歌放下电话，对推门而入的左侯说：“为办事方便撒谎可以理解，但不能建立在损害别人声誉的基础上。”

左侯瞥了一眼守在门外的吴探员，将门虚掩上，道：“据警方掌握的情况，你在俞家的声誉并不怎样。”

提到俞家，栗语歌脸上流露出哀伤和幽怨的复杂情绪，倚在椅背上沉默良久，问：“你来干吗，代表洛阳警方调查我？我和严其复、李逍只在洛阳待了一个下午加一整夜，凌晨四点多就离开，我们可以相互作证。”

“也可以相互掩护。”

栗语歌厉声道："我是律师，你在我面前说的每个字都要经得起推敲，否则自取其咎！"

左侯慢悠悠道："有顾恺之南宋摹本的拍卖会，你们仨都没参加。这句话经得起推敲吗？"

栗语歌一愣："你已找过他俩？"

"俞万林藏品里鲜有书画精品，估计你和严、李二人也差不多吧，收藏古书画需要相当扎实的鉴定功底和古籍底蕴，对半道出家的你们来说难了点儿。"

"书画的确非我所长。"

"既然不是回来参加拍卖会，为何早上四点多钟就匆匆离开？杀人、撬门、盗取葡萄杯、潜逃，这是警方很自然的推断。"

"以我们跟万林多年的情谊，你觉得我们会如此狠心？"她反问道。

"有四五百万美元的诱惑，再狠毒的事都干得出来。"

栗语歌伤感地摇摇头："绝对不会！坦率说，若非造化弄人，当年我会成为万林的妻子……"

"因为那段不光彩的经历？"

"嗯，"她微微颔首，知道左侯既然找到这里，肯定掌握了翔实而丰富的背景资料，"否则他也不会流落到洛阳。"

"能说说那段故事吗？"左侯问，"或许对破案有些帮助。"

她做了个无所谓的手势："可以，那是二十多年前……"

当年俞万林等人经常在苏北农村大户人家、破落地主家捡漏，拿城里的洋玩意儿，如打火机、手电筒、肥皂等，换人家祖上留下来的灰不溜秋、看上去不值钱的古玩，每每小有斩获。

有一次几个人遇到个专门拿宝贝"钓鱼"的，险些着了道：大纵湖村一个姓芦的老头，家中有明代传下来的正宗黄花梨太师椅，芦老头也知道这把椅子值钱，天气好的时候就搬到门口炫耀。经常跑乡下的文物贩子逮着眼，为避免打草惊蛇先从八仙桌聊起，说老人家这张桌子不错啊，多少钱肯出手？芦老头报了个高出十多倍的价格，文物贩子稍稍还点价便成交，然后假装不经意地说这个价钱有点高，把旁边那把破椅子送给我吧。芦老头满口答应，等收了钱，文物贩子准备拖家具时，芦老太就从屋里冲出来死活不肯送椅子，怎么劝都没用。芦老头便抱着歉意说老婆子太犟，要不退块大洋给你？

钱已经进人家口袋了，想要回来，那是绝无可能，文物贩子只好打落牙齿和血吞。靠这个伎俩，芦老头一年能卖七八张桌子。

那次俞万林等人差点上当，栗语歌已把银圆掏出来了，李逍心细，见旁边看热闹的村民带着幸灾乐祸的神情，还有人不时朝屋里看，一把拉开栗语歌，说那把椅子不要送，再加一块大洋算买。

芦老头顿时翻脸，说椅子不卖！几个人这才恍然大悟。

回去后俞万林恼怒异常，琢磨了很长时间想出条诡计，严其复和李逍都赞成，栗语歌强烈反对，认为买卖古玩靠的是缘分，无论输赢都不能当真。过了两天她去上海一家律师事务所面试，等她离开，俞万林等三人遂开车重回大纵湖村。

他们不急于行动，而是一直在附近转悠，瞅准芦老头外出有事，抬了张英式海绵椅来到芦家。那椅子考究气派，坐上去绵软舒适，椅背上还镶了一圈玻璃，芦老太没见过西洋货，两眼都直了，俞万林乘机提出交换，还答应贴五块大洋。

一直以来芦老太也知道家里的太师椅值钱，但不知值多少钱，老头子从没透露过。当时的物价，一块大洋能买两张实木椅，五块大洋加这么洋气的海绵椅，芦老太觉得赚了，当即答应！

俞万林等人欢天喜地地将黄花梨太师椅运到上海，联系阔绰的大老板卖了三千大洋。栗语歌得知此事觉得不妥，拒绝分红并与他们大吵了一场，之后很长时间没联系。靠这笔钱，严其复和李逍都在苏州开店做起了正经生意，俞万林则加上原来生意本钱买下河南一带的煤油专营权，为日后暴富打下了基础。

四个月后，芦老头突然找到李逍的店铺大吵大闹。原来那天芦老头回家后发现太师椅不见了，一问才知被算计，暴怒之下将芦老太打了一顿。芦老太得知太师椅价值上千大洋后悔莫及，哭到半夜便跑到后村密林上吊自杀了！

李逍蒙了，好不容易稳住芦老头，悄悄与俞万林和严其复商量，觉得那件事固然做得不对，然而绝对不能承认他们三人应该对芦老太的死负责，那样的话后患无穷！

一番密谋后李逍报了警，此时三人在苏州的产业小有规模，有钱能使鬼推磨，经过幕后运作，警察反将芦老头抓进看守所。

芦老头千辛万苦从盐城寻到苏州，本想讹些钱回家养老，不料被关进牢里，不知猴年马月才能出去，真是赔了夫人又折兵，又气又恼又累又怕，夜里突发心脏病猝死！

看守所里死人是大事，警察局少不得层层追究，严其复和李逍只得硬着头皮把栗语歌从上海请来，通过法律界圈子的周旋，当然也花了不少钱才平息事端。

经历这场风波，三个人在苏州都待不下去了，严其复和李逍都来到上海，一个办剧场，一个开车行，俞万林不愿面对栗语歌，加之拥有河南的煤油专营权，索性跑到洛阳安家落户。

“芦家有没有后人，之后有没有找过他们？”左侯问。

栗语歌蹙眉道：“从法律层面上讲，芦老太是自杀，芦老头死于心脏病，跟俞万林他们没有直接关联，顶多……是道德层面的问题。事隔多年，找上门又有何用？”

“前些日子有个姓莫的陌生人与俞万林有过两次接触，俞万林有没有告诉过你们？”

“那是他们仨的事，大概不好意思在我面前提起。”

“赏玩私宴后，你们四人在书房还聊了些什么？”

“回忆。人到中年总有无限感慨，这是衰老的前奏。”

“有没有提到葡萄杯拍卖款的处置问题？”

栗语歌愕然：“处置？我不明白你的意思。”

左侯解释道：“据说俞万林在香港拍下葡萄杯的一百七十万美元里有你们的钱……”

“临时周转而已，没几个月他就归还了，收藏古玩跟开公司不同，不存在股份。”栗语歌对他的问题有些好笑。

“不过俞家内部对此是有争议的。”

栗语歌不耐烦道：“那是俞家私事，与我何干？过会儿有客户过来谈诉讼委托，谈话就到这儿吧，不好意思。”

“没关系——对了，请问一下严、李两位的地址。”

她在便签上草草写了一行字：“喏，这是郑通车行地址，严其复不在上海，暂时别找了吧。”

左侯和吴探员下楼，在门口与王探员会合，四下张望一会儿走进对面巷子。

“就这个位置，正好能看到出入事务所的人，接下来的监视工作就麻烦王探员了。”左侯道。

吴、王两人警觉地对视一眼，迟疑半晌，吴探员强笑道："左顾问，伊宫局长可不是这么安排的，他的原话是……"

左侯打断道："他让你俩一步不离地盯着我，对吗？现在情况有了变化，第一，栗语歌肯定隐瞒了实情；第二，她与葡萄杯的下落有关；第三，不排除有人欲对她不利！这两天我还得拜访严其复和李道，分身乏术，你们说怎么办？"

"这个……"吴、王犹豫不决。

左侯进一步说："伊宫局长担心我带着古玩出逃，可动身前已搜过身，我箱子里只有换洗衣服和生活用品，而且还有吴探员 24 小时贴身保护，我焉有机会？能逃到哪儿去？若这期间栗语歌出了意外，俞万林的案子就将成为死案！"

"好，小王留下！"吴探员道，"相信左顾问不会骗我们。"

"在步步杀机的上海滩，唯有彼此信任才能更好地合作。"左侯微笑道。

第四章

关于俞万林与栗语歌之间的财务问题，伊宫承翻阅俞记煤油贸易公司往来账后发现，情况并不像周总管所说的那样。今年以来俞万林先后四次汇给栗语歌共两万六千元，每次隔一两个月栗语歌便原额寄回，说明她只是周转上出了点问题，不存在接受“救济”的事。

公司账上还显示这些年俞万林的煤油生意平稳，没有大起大落。葡萄杯之后，他在上海、苏州等地还有过几次大手笔收购，但他吸取香港之行的教训，一是本人不出面，委托中介机构举牌，二是以古玩养古玩，坚持有进有出，不动用公司流动资金，因此不太引人注目。

有进有出，侧面证明俞万林拍卖葡萄杯的确有可能为了收购价值更昂贵的古玩，宋楚云和左侯之所以都不认同，那是因为他俩过于看重葡萄杯，远的不说，伊宫承办过洛阳富豪邱岳命案，案中涉及的钧窑天青釉长颈圆弧胆瓶，价值就在葡萄杯之上。

不过从走访俞记职员时他们反映的情况看，围绕拍卖葡萄杯的俞家父子之争，深层反映了两代人在收藏问题上的差异。

俞万林打算坚持古玩方面的追求，将藏品向精品化方向发展；俞吟冬哥俩却认为随着战火向南方蔓延，中原地区物价飞涨，作为生活和战略物资的煤油奇货可居，正是投入更多资金加大囤积牟取暴利的大好时机。换言之，两个儿子也同意卖掉葡萄杯，但希望将拍卖款用于拓展生意。

这是俞万林无论如何不可能答应的，委托致和文斋拍卖葡萄杯，把家人隐瞒到最后一刻，大概也是出于这个矛盾。

有关那位身份神秘的莫先生，侦缉队和军统在整个洛阳城展开缜密排查，先是城北郊区一家农家客栈老板说这个模样的人可能投宿过，衣服褴褛，满身难闻的味道，睡的也是收费最低廉的大通铺——七八米长的土炕，竖着睡十多人。

只睡了一晚，以后没见过他。客栈老板说。

紧接着，离俞家大院不远的吉通旅馆传来消息，说莫先生也在那儿住过一晚。之所以记得是因为吉通旅馆地处闹市、装修豪华、设施齐全，收费远比普通旅馆高，当晚莫先生的模样跟农家客栈老板形容的一样，压根不像住得起的人，前台提出交押金，莫先生二话没说从兜里掏了三块银圆。

第二天莫先生换了身新衣服，也洗了澡，胡须剃得干干净净，结账后径自离开。

此后没查到他的行踪，因为时间间隔太久，况且洛阳是中原地区交通要道，流动人口多，若非特殊原因，旅店老板们很难记得来往住客的模样。

伊宫承推测莫先生刚到洛阳时穷困潦倒，只能在大通铺凑合，见到俞万林后得到资助，当晚便住到条件上乘的高档旅馆。可能担心被俞万林暗算，莫先生很快换了住处，未必继续住旅馆，也可能私下租居民宅，使得调查无法继续。

由于莫先生两次都是与俞万林单独接触，不知谈话内容，目前为止只能推断有可能是昔日仇家，但也可能不是。

左侯抵达上海那天，侦缉队在俞家大院找到两条新线索：

一是探员们搜查俞万林书房时在夹层抽屉里发现半张信纸，上面写着“漫天要价，孙比爷”七个字，下半截被撕掉了，经俞吟冬和俞吟秋鉴定确为其父亲笔迹，应该是在情绪烦躁时信手所书，笔锋不如平时稳重。

二是探员们测试地下室警铃，不管怎么按俞万林的卧室都没有声音，检查后惊讶地发现地下室和卧室两端的电线都被剪断了！

这就非常奇怪了！

首先，可以肯定地下室的电线不是当夜剪断的，因为凶手撬锁时保安听到动静，第一反应肯定是按响警铃，凶手闯进去杀死保安后再剪电线已无意义；

其次，如果凶手先在卧室杀掉俞万林，再剪掉卧室那端的电线，更没必要剪地下室那端的线，完全多此一举；

最后，俞万林十分注重地下室的安全。白天有人在地下室附近亭子里值班，晚上他亲手将保安反锁在里面，早上亲自开锁并检查是否夹带。俞家除了他，从未有人踏进去半步！

除非串通保安剪电线，然而保安又不是呆子，肯定知道剪电线带来的后果，为了自家性命也不可能同意。

俞家有两名保安负责值守，姓李的保安已死，剩下姓田的保安被抓到警局审了一夜，确实什么都不知道，又放了回去。

伊宫承原本已打算中止对莫先生的追查，但信纸上“漫天要价”四个字又使伊宫承将怀疑的目光重新锁定他。

中午左侯打来电话讲述了栗语歌的回忆，印证了“孙比爷”的潜台词：芦老头只不过倚仗黄花梨太师椅高价卖几张桌子，莫先生——假设是芦老头的孙子——胃口更大，以俞万林现有的财力竟不能满足其要价，不得不变卖葡萄杯！

后四个字应该是：孙比爷狠！

不过令人难以理解的是，芦老头夫妇已死去二十多年了，俞万林等人本来就不用负法律上的责任，这会儿莫先生跳出来爆料，后果再严重也不至于让俞万林抛出葡萄杯。

这桩案子越来越复杂了！

傍晚时分，由宋楚云亲自牵头的鉴定组完成了俞万林藏品清查，地下室里共有各类古玩 264 件，普通类即价值低于一千大洋的 78 件，上品类 173 件，价值在十万大洋以上的精品类 13 件，包括被窃的斗彩葡萄杯。

“太厉害了，不愧是富甲一方的大收藏家。不算葡萄杯，精品类古玩总价值就达数百万大洋！”看到清单后伊宫承惊叹道。

宋楚云笑笑道：“其实……”

“宋大师觉得有问题？”伊宫承敏锐地捕捉到他眉目间的不以为然。

“尽管俞万林低调内敛，从不与洛阳收藏圈来往，但这些年他的几次大手笔收购我们都有耳闻，如九年前耗资二十七万买下元代掐丝珐琅缠枝莲象耳炉，六年前在上海拍卖会上以二十一万拍下清乾隆和田玉雕秋山行旅图，四年前从苏州大收藏家季允堂手里购得北宋汝窑天青釉葵花洗，由于私人交易具体数额不对外透露，但根据伦敦拍卖市场行情应该不低于五十万……”

“汝窑……跟钧窑相比如何？”

宋楚云略一沉吟：“撇开工艺水平不提，汝瓷数量更加稀少，真品难得一见，可查证的只有几十件，历代墓葬从未有过汝瓷，窑址出土的全是残件，目前国际上只有三四家顶级博物馆藏有汝瓷……”

“汝瓷的身价应该堪比斗彩杯，为何成交价却远远不及？”

“汝瓷流传到现在，多少有些残缺，价格自然要打折扣。”

伊宫承又看了一遍清单：“就是说除了葡萄杯，近年来俞万林买的精品都不见了？”

宋楚云谨慎地说：“或许我是道听途说，总之这份清单……与大收藏家的名头并不相称。”

之前邱岳命案和郦若松命案，都出现过藏品与身家不符的情况，后来发现与日本人疯狂敲诈勒索有关。但此案可以排除那种可能，因为俞万林是洛阳地区救国会副会长，每年向国军捐助的款项累计超过二十万大洋，是坚定的民族主义者。

“他的宗旨是以古玩养古玩，说不定为了买更好的东西，悄悄卖掉大师所说的那几样？”伊宫承猜测道。

宋楚云又笑笑：“一则古玩圈里没有秘密可言，二则像汝瓷这等国宝级文物讲究流传有序，就算卖家不肯泄露，买家总要千方百计地放出风声，否则怎么证明你手里的是真品？什么时候、在什么地点、从谁手里买、花了多少钱、证人有哪几位，都必须交代得清清楚楚，这也是行规。再如葡萄杯，以俞万林的性格应该悄悄交易，悄悄拿钱，然而哪个藏家肯这么干？必须经过拍卖会这种形式完成形式上的确认。”

“太麻烦了，搞收藏就是自讨苦吃，活受罪！”

宋楚云没有回应他的话，斟酌良久道：“伊宫局长，有件事不知当讲不当讲……”

第五章

左侯和吴探员来到秦阳路郑通车行时，李逍正陪几个大腹便便的家伙看轿车，销售员在旁边说得眉飞色舞。坐在会客室等了四十分钟，李逍才满脸喜色地走进来，显然这笔生意做成了。

左侯说明来意，拿着笔记本逐条询问，李逍很耐心地配合，有问必答。提及俞万林汇款给栗语歌一事时，李逍抬手打断，道："这种事我们之间时有发生，万林汇给过她，也汇给过我和其复；同样我和语歌、其复之间也有资金来往。跟生意无关，有时看中价格昂贵的古玩，明知头寸紧张却舍不得放弃，相互拆借很正常。语歌借的次数多些，因为打官司是旷日持久的事，不能及时收到代理费。"

"但栗语歌与俞万林之间……"

李逍默默点了支烟，连抽几大口叹道："造化弄人啊……"

当年一起下乡淘古玩时，俞万林和栗语歌由于年纪相仿，也谈得来，时间久了便暗生情愫，只剩一层纸没捅破而已。那段时间栗语歌辗转于苏州、上海两地的律师事务所面试，无心谈婚论嫁，严其复和李逍私下商量等她工作确定下来正式做媒。

就在好事将谐之际，发生了黄花梨椅事件，栗语歌事前强烈反对，事后愤怒于俞万林的做法，与之大吵一场后中断联系。这期间严其复和李逍不断从中周旋，好不容易缓过劲来，芦老头又找上门来，被他们弄到看守所后死于心脏病突发。这一后果犹如火上浇油，给两人关系致命一击，后来栗语歌尽管替他们平息事端，但裂痕已不可挽回，俞万林伤情之下负气去了洛阳。

严其复和李逍到上海后，依然没放弃努力，终于说服栗语歌同意见面，赶紧联系俞万林，却得到他马上结婚的消息！

后来俞万林因为生意需要，加之偶尔到上海参加拍卖会，昔日四人像二十多年前一样亲密无间，只是栗语歌至今单身未嫁。

“她是不是一直在等俞万林？”左侯疑惑道，“收购葡萄杯后过了几年俞夫人就病故了，两人为何没在一起？”

“可能……年龄大了凡事都看淡了，也可能没有当初那份激情了，谁知道呢？”

再问其他问题，李逍的回答与栗语歌完全一致，连措辞都差不多，让左侯怀疑他们是否串过口供。

“严其复外出办事吗，光华剧场在哪条路？”收起笔记本时左侯随意问道。

李逍略一踌躇：“他在杭州改剧本，起码得半个月，去也遇不到人。”

站在车行路边，吴探员问：“接下来怎么办？”

“设法找到光华剧场。”

“他俩都说严其复去了杭州！”

“老朋友遇害，无论出于多年情谊还是配合警方，都应该在上海多等几天，为何匆匆躲到杭州？而且栗语歌和李逍都不肯提供剧场地址，不是件奇怪的事吗？”

“哦——”吴探员若有所悟。

上海人都知道黄埔剧院、美琪大戏院、瑞金剧场等，打听光华剧场，个个都呈茫然之色。无奈之下打电话请伊宫承询问上海军统，隔了三个多小时才有答复——西安街石门巷 169 号一处民宅里，是专演抗战救国话剧的小剧场，只对上海滩几个民间抗战团体开放，普通市民根本不知道。

石门巷是西安街最冷僻的巷子，巷内建筑破旧不堪，布局混乱且没有规划，垃圾堆更是臭水泛滥。捏着鼻子走了半天，左侯说看不出上海有什么好，街道狭窄，房屋低矮逼仄，物价却高得惊人。吴探员微笑道但上海有最漂亮的女人，有最时尚的服装和香水。左侯大笑道那倒是，今晚必须要见识一下！

169 号是个小院子，里面有幢两层小楼，楼下住着三户人家，通往二楼的铁门锁着，院里晒太阳的老大爷说好几天没看到严老板，可能出差了。

“请问严老板的家在哪儿？我是他朋友，有急事必须找到他。”

老大爷挺热心，平时与严其复关系也不错，起身到邻居家问了会儿，说应该离这儿不远，具体不知道，不过他习惯每天傍晚在西安街尽头的红茶坊喝茶，有时跟朋友聊剧本、赏鉴古玩，倘若没出上海应该能碰上。

此时夕阳西下，左侯和吴探员来到红茶坊，进门后发现只有三四处客人，最靠里的角落里坐着两个人，朝门坐的中年男子戴着眼镜，儒雅而悠闲，手握一尊佛像沉吟不语，坐对面的人正急切地说着什么。

尽管中年男子外形与姬先生和俞家描述的严其复形象大相径庭，左侯还是认定他就是严其复！

长期醉心于古玩，泡在文艺圈，气质跟做生意的李道、律师栗语歌截然不同。

左侯使了个眼色，故意坐到靠近角落的座位，竖起耳朵听了几句，然后起身过去，拱拱手道：“请问这尊佛像什么年代？”

中年男人笑了笑准备说话，对面卖家道："明代！这是汉传铜铸佛像，瞧这衣服，典型的汉服，衣纹呈放射状，莲座底沿明显外撇，具备明代佛像特点。"

中年男人温和地说："老弟，我已说过不是。明代莲瓣细长，中间有小三角装饰，你这莲瓣粗壮扁平，中间没有装饰，倒符合清代康乾风格……"

卖家急忙说："你是行家，朝代你说了算，那就按康乾佛像成交，原来的价格打八折，如何？"

"唔……"看得出来中年男人有些心动，左侯笑道："依我看打三折差不多。"

卖家翻个白眼，"喂，这儿谈正事呢，别打岔，自个儿一边喝茶去。"

中年男人笑了笑："姑妄听之。"

左侯道："康乾时期佛像上眼皮是下垂的，这尊不是。再掂掂分量，清代早中期佛像的手感应该有坠沉感，若没有，大概是清代晚期仿康乾的，也是老货，三折的价格很公道。"

中年男人掂了掂佛像，笑着还给卖家，"道光以后的不在我的收藏范围，让你白跑一趟，不好意思。"

卖家恼怒地瞪了左侯一眼，揣着佛像飞快地离开。

"严老板，我叫左侯，洛阳警察局顾问。"左侯开宗明义道。

对方轻叹口气，道："如果我不承认是严其复，叫警察赶走你们，你大概也拿我没办法，这里是上海，不是洛阳。"

左侯保持微笑："我们是为了查明案情，抓到杀俞万林的真凶而来，你是他多年的好友，理应配合。"

"有李逍和栗语歌的证词已经够了，我们三人同去同回，为何一定要找我？"

“起初我也是这么想的，但他俩遮遮掩掩的态度让我好奇，所以决定见你一面。”左侯目光如炬，“刚才一看有点吃惊，因为你的模样跟证人描述的完全不同。”

“那两天旅途劳累，我是享受惯了的人，可能有些狼狈吧。”严其复闲闲地说。

“不会有那么大的区别！如果严先生重回洛阳，俞家见了会很奇怪，因为与上次的严先生根本就是两个人。”

“左先生无权把我带到洛阳，对吗？”

左侯笑了笑：“那我们聊聊汉代铜铸佛像吧，看得出严先生在断代方面略欠火候……”

不知不觉聊了三个多小时，邻座吴探员呵欠连天昏昏欲睡，左侯和严其复却神采奕奕，谈兴甚浓。

“哟，时间不早了，今天就到这儿吧，”严其复看看手表歉意道，然后略一沉吟，“万林遇害绝对与我们仨无关，关于我的问题……自有不便说之处，根源还在语歌那边，不妨找她多谈谈，可以吗？”

“多谢严先生指点。”

左侯知道严其复能透露这一点已很不容易，多半是看在刚才聊得投机的份上。

回到松江路淞博律师事务所对面的巷子，王探员无奈地说这个女人真拼，这会儿还不下班，比我们当警察的都辛苦。

“哪一行都不容易，何况还是个单身女人。”左侯说。

三个人正商量轮换吃晚饭，这时两个年轻人大摇大摆地走进楼梯，依稀戴着鸭舌帽，半旧西装，标准上海小瘪三的打扮。

“白天来访的都是这类人？”左侯问。

王探员道："不是啊，有富人，有穷人，但不像他俩这么痞气。"

左侯考虑了数秒钟，断然道："上去看看！"

二楼门口戴眼镜的女秘书已经下班了，办公室里传来挣扎和低叱的声音。不等左侯下令，吴探员猛地踹开门，王探员持枪冲进去，喝道："警察！不许动！"

老板桌前，两个年轻人正一左一右揪住栗语歌的头发，将她的脸按在桌沿边，见状惊愕地抬头。左侧年轻人立即拉起栗语歌的头挡在胸前，右侧年轻人掏枪准备反击。

"砰！"

吴探员当机立断开枪，正中那人前额，那人踉跄半步瘫倒在地。左侧年轻人没料到对方枪法如此精准，慌了神，拿枪紧紧抵住栗语歌的太阳穴道："别过来，否则她就没命！"

左侯从门外进来，温言道："大家都冷静一下！你俩找她干什么？"

"受人之托，具体是谁就别问了，我也不知道。"年轻人神情仓皇，心知今天肯定没好下场。

"你俩既然带了枪，却没第一时间杀人，想从她嘴里知道什么？"左侯问。

"说了肯放我走？"

"当然，我们也不想闹出两条人命。"

年轻人低头望了栗语歌一眼，又看看四周，似乎在盘算如何顺利走出去。蓦地"噗"一声，年轻人太阳穴多了个血孔，摇晃着倒下！

与此同时吴探员喝道："趴下！"

栗语歌应变极快，霎地从椅子滚落到地上。"噗"，又是一枪正好打中椅背！

王探员看出射击点来自办公桌右侧朝大街的窗户方向，狙击手可能埋伏在对面屋顶，当即扑过去贴着窗沿开了两枪，对方似乎知道隐蔽点暴露，此后寂然无声，应该悄悄撤离了。

第六章

“啊，这么重要的事为何不早说？”听完宋楚云的话，素来沉稳的伊宫承大惊失色。

昨天晚上，一个从头包到脚将模样掩盖得严严实实的人敲开宋家大门，愿出一百大洋酬金请宋楚云立即鉴定古玩。宋楚云从事鉴定一行多年，经常遇到此类不愿暴露身份的藏家，不以为意，便将来人引入书房。

出乎意料，那人竟从怀里取出只斗彩葡萄倒钟杯，粗着嗓子问：“麻烦看下是不是真品？”

乍见之下宋楚云大吃一惊：这不是俞家失窃的那只葡萄杯吗？难道站在对面的竟是杀人凶手？

拿到手里一摸，手指沿着外壁内沿绕了两圈，心反而定了下来，缓缓道：“假的。”

那人震惊异常，倒退两步，愣了好一会儿问：“假在哪里？”

“胎质、釉色、青料、彩艺、旋纹、绘画、款识这些我不想赘言，说多了您也不明白，还是看最直观的吧。”宋楚云取出游标卡尺丈量杯子上下壁的厚度，问道，“您看怎样？”

“上下厚度一样，很好啊。”那人说。

“这就不对了。明代斗彩杯应该上壁薄下壁厚，原因是厚度一样的话在柴窑里烧制容易变形，而且下壁厚使得底盘重些，杯子不容易倾倒，古人在这方面非常讲究的。所以这只杯子是现代仿制品！”

那人木然良久，讷讷道：“既是假的，麻烦大师把它摔了吧，免得看了心烦。”

宋楚云知道对方在试探自己，索性把赝品往他手里一塞，道：“要摔也得您自个儿摔，我只负责鉴定。”

那人有些尴尬，支吾了几句便匆匆消失在夜幕里。

见伊宫承盛怒，宋楚云连忙解释：“其实类似假葡萄杯、假鸡缸杯，我每年都会碰到几例，并不稀罕，当时没往心里去。今天静下来想想，觉得那人出现的时机不对劲儿，另外赝品似乎是新做的，似乎……似乎……”

伊宫承沉声道：“大师也考虑到了？倘若昨晚的鉴定者是凶手，说明他从俞家抢走的是赝品，那么肯定怀疑真品被栗语歌带走了，她的性命堪忧！”

此时左侯等人正在上海街头，无法联系，伊宫承只能干着急，听任事态发展。

宋楚云仍在回味伊宫承的话，隔了会儿道：“俞万林为何让栗语歌拿走葡萄杯？第二天就要拍卖了，他可是跟致和文斋签了委托协议的！”

“一定出于某个迫不得已的原因。”伊宫承沉思道，“至于协议，大师就别介意了，那点儿违约金对俞万林来说不算什么。”

“古玩圈最注重信用！”宋楚云难以置信。

伊宫承摆摆手，觉得宋楚云到底在古玩圈混得太久了，性格有些迂腐，不如左侯机灵跳脱。

宋楚云待了会儿准备告辞之际，伊宫承脑子一闪，请他秘密打听洛阳造假行业有无接受做葡萄杯赝品的，以便顺藤摸瓜找到委托人。宋楚云坦率地说据他所知别说洛阳，就是中原地区都没人做这个。

“为什么？难道有钱不赚吗？”伊宫承不相信。

宋楚云道：“造假行业讲究术有专攻，比如，傅小明主攻青铜器，让他做书画肯定不行；而瓷器方面历来有‘造假难鉴定易’的说法，以前康熙乾隆仿制斗彩杯、青花瓷，不知烧坏多少窑瓷器才换得极少数成品，代价不比真品低多少，那玩的是综合实力。就拿昨晚那只葡萄杯赝品来说，在中原地区出两千大洋估计没人敢接，弄不好很可能赔本。”

“那么大师认为赝品出自何处？”

“唯有用高科技手段。宋某猜测可能是上海的造假高手！”

“哦——”伊宫承恍然，“回头得让左顾问多留意。”

他独自在办公室等到晚上十一多点钟，左侯始终没来电话，一打听原来后方遭到日军轰炸，通讯线路被炸断了。刚悻悻准备回家，两名探员一路小跑进来，满头大汗地说查到莫先生的下落了！

“他在哪儿？”伊宫承精神一振。

“两周前莫先生在将军门附近向摆摊算命的何大仙打听附近有无民宅出租，何大仙是苏北人，听出乡音，跟他搭讪了几句。他自称姓莫，到洛阳寻求朋友帮助，耽搁些日子还回老家，等等。”周探员说，“我们也是傍晚偶然遇到何大仙听说的。”

刘探员补充道：“何大仙对将军门一带的情况比较熟，给他介绍了四户人家让他自己过去联系，临别时还拜托他捎点东西回去，莫先生一口答应。案发前三天莫先生路过摊子，还叮嘱何大仙把东西准备好，说这几天就动身！”

“哪四户人家？”

周探员递过纸条，“我们都记下来了。”

“通知弟兄们紧急集合，连夜搜捕！”伊宫承喝道。

将军门附近有上千户人家，巷道纵横交错，地形复杂，伊宫承不仅出动了整个侦缉队，还调遣警局其他部门几十名警察协同行动。

运气不错，冲入第一家姓何的院子就找到了正主，那家人一齐惊慌地叫道“租客不在”“他出去好几天了”。

“租客长什么模样？什么时候租的？最后见他是哪一天？”伊宫承威严地问。

何家七嘴八舌讲述了事情的经过。

大概两周前有个自称姓莫的先生上门，说是何大仙介绍来的，看有没有合适的房子租住一段时间。何家院子有几个房间一直闲置，遂由他挑了一间，先预付半个月租金。

莫先生沉默寡言，没事时成天闷在屋里不知在干吗，他不喜欢跟别人聊天，饮食也简朴得很，一日三顿基本在附近买些糕饼之类的打发了。有几回何太太绕着弯子试探他来洛阳的目的，他说找人合伙做生意，正等对方回信。何家人私下说瞧他的穷酸样，生意也大不到哪儿去。

五天前的中午，莫先生兴冲冲地从外面回来，怀里鼓鼓囊囊揣了个什么，手上拎着两袋香喷喷的卤味。何太太打趣问生意谈成了？莫先生难得咧了咧嘴，说差不多差不多。

当天傍晚天色昏暗的光景，有个帽檐压得很低的年轻人找上门来，莫先生的脸色很难看，当着何家人的面冷冷问什么事。年轻人说老爷托我过来带个话儿，能不能借一步说话？

莫先生冷冷道：“除非他亲自找我，不然我哪儿都不去！”

年轻人耐心地说是关于明早的行程安排，在这儿说也没关系……老爷的意思是明早派车接您，然后……

莫先生瞟了旁边聚精会神看热闹的何太太等人，无奈地摆摆手说："出去说，出去说。"

莫先生先回屋拾掇下东西，然后跟着年轻人出门，之后一直没回来。

"那个年轻人长什么模样，你再见到他还能认得出么？"伊宫承意识到又出岔子了。

何太太愣了半晌，道："当时天快要黑了，院子里没灯，他帽檐又压得低，没……没看清楚到底长什么模样。"

"进屋看看。"

何太太面露难色，解释道："钥匙在莫先生手里，我们没有啊，这是租房的规矩。"

"撬开！"伊宫承下令道。

屋里有点乱，粗粗一看没发现莫先生遗留了什么东西。何太太说他住进来时就两手空空，没带行李之类的。

"局座，这里有个盒子！"刘探员从壁柜里翻出个空的锦盒。

接过来一比画，锦盒凹的地方正好能放葡萄杯！

捧着锦盒，伊宫承心里已推断出那天的大致情况：五天前的中午，莫先生从俞万林那边得到葡萄杯，傍晚有人过来传话——也可能是冒充的，莫先生为安全起见将葡萄杯随身携带，跟那个年轻人出去了。

后面有两种可能：一是年轻人杀害了莫先生，抢走葡萄杯；二是莫先生压根没打算按俞万林的安排第二天离开，当晚悄悄转移住处，神不知鬼不觉地离开了洛阳。

结合昨晚找宋楚云鉴定葡萄杯的神秘人，伊宫承断定第一种可能性比较大。但问题在于：俞万林为何把赝品给莫先生，不怕抖露出去损害自己的声誉吗？

第七章

亲眼看到两个人死在面前，栗语歌受到极大惊吓，哆嗦着一句完整的话都说不出来，更别提回答左侯的问题了。

不知出于什么考虑，她坚决不肯回家。无奈之下左侯和吴探员陪她到附近茶楼歇息，留下王探员报警并应付警方问话。

连喝几大杯茶，她才缓过劲儿来，真诚地表示感谢。左侯说："没什么，帮你就是帮我们自已，也是帮俞万林，早日抓到真凶是大家的共同愿望。"

栗语歌低头不语。

左侯又说："刚才的场面，你也看到了，真正厉害的是躲在对面的狙击手，百米之内取人性命易如反掌，之所以没杀你是想得到一些信息，不从根本上解决问题，你随时有性命之忧！"

她脸色一变再变，表情变幻莫测。左侯和吴探员很有耐心地等待，并不催促。

良久，她缓缓道："数月前找万林的陌生人……是芦老头的后人……"

左侯闲闲道："这一点我早就知道，只是希望你亲口证实而已，他应该姓芦，莫姓只是俞万林临时编的……"

"他真的姓莫。"栗语歌道，"芦老头膝下无子，只有个女儿嫁到邻村莫家。芦老太自杀后芦老头寻访到苏州，又死在看守所，他女儿是孝女，立即发誓一定要找到害死父母的仇人！每年农闲，她都带着儿子走遍苏州大街小巷，前后花了七八年时间，总算打听到人在上海，又往返找了好几年，后来她走不动了，莫先生便单独行动。不知为何今年突然跑到洛阳找到万林，张口就要索命，说他们仨当中要杀死两个人，赔外祖父母两条命；还说来之前就做好了被暗算的准备，他已写了遗书给两个儿子，复仇将会前赴后继，直到最后一个人倒下！”

“碰到这样不依不饶的家伙很棘手。”

“万林被莫先生吓得心惊肉跳，二十多年养尊处优的生活使他特别怕死，也担心家族遭遇不测。他跟我通了几次电话，本想像当年在苏州那样买通警察，将莫先生关个十年八年，被我劝阻，因为我不想他一错再错。”栗语歌说到这里叹了口气，“然而莫先生实在难缠，无论万林许诺补偿多少钱都不肯答应，咬定必须赔两条命。后来我觉得莫先生之所以不要钱，是因为万林开的价不足以打动他，建议以葡萄杯作赔！”

“为什么选择葡萄杯？那可是俞万林最珍爱的宝贝！”左侯敏锐地问，“据我所知俞万林还收藏了汝窑天青釉葵花洗等国宝级古玩，随便拿两件应付一下不就行了？”

栗语歌苦笑：“你知道莫先生怎么找到万林的？就是凭十六年前香港竞拍葡萄杯的报道！莫先生不懂古玩，也不可能找人鉴定，唯一相信的就是报纸，他觉得葡萄杯才是真正值钱的东西。”

“后来呢，俞万林既然答应把东西给莫先生，为何还要委托拍卖？”

“这是莫先生的要求。拍卖行邀请鉴定师们在会议室鉴定时，万林和莫先生就坐在隔壁观看，当鉴定结果为真品后，万林随即把葡萄杯交给了莫先生。”

“就是说赏玩私宴上你们赏鉴的是赝品？”左侯目瞪口呆。

栗语歌再度苦笑：“做了场戏而已，真正让大家开心的是纠缠二十多年的梦魇终于了结，之所以第二天早早离开，是不想看到万林宣布取消委托的混乱和尴尬。至于万林因何被杀，凶手是谁，我的确毫不知情。”

左侯认真思考了数分钟，道：“一切都很合情合理，除了一点——在洛阳出现的严其复为何是替身？”

“你说什么？”栗语歌美目圆睁，显得十分诧异。

左侯毫不退缩地看着她，“我是很认真的，没开玩笑。”

“其复……亲口承认没去洛阳？”

“没有，但已不重要。”

栗语歌沉默良久，态度突然非常冷淡，道：“万林的案子我能提供的就这些，至于其他，有些情况涉及当事人隐私，也跟案情无关，我有保密的义务。”

涉及法律层面的问题，左侯当然辩不过她，很有风度地摊摊手，道：“谢谢栗女士的配合，以后若有疑问还会打扰，先走一步。”

出了茶楼，王探员已配合警方做好笔录守在门口。左侯吩咐他跟踪栗语歌回家，一来保护其安全，二来掌握她的住址。

“不如换我来吧，小王已经盯了一整天，太累了。”吴探员道。

左侯道：“我们也闲不下来，还要拜访个客人。”

“谁？”

“没有名字，但江湖上有他的传说。”左侯笑道。

来到上海滩最著名的东台路古玩市场，左侯轻车熟路地走进装修得气派非凡的碧荷楼，这是一家以瓷器、玉器为主的古玩店。左侯径直来到掌柜面前，将七枚银圆摆成奇怪的图案，掌柜见了脸色一变，道：“客官这是干吗？本店只做真品。”

“真品？”左侯冷冷一笑，信步到最中间位置捧起清乾隆青花罐就要砸，两名伙计惊呆了，赶紧上前紧紧抱住他。

“信不信我敢连砸十件全是赝品的东西？”左侯问道。

掌柜示意伙计放开，亲自从左侯手里接过青花罐摆回原处，赔笑道：“都怪小的狗眼看人低，得罪了……客官从哪儿来？”

“你告诉老板，洛阳有个姓司马的。”

“好好好……”掌柜一迭声答应，溜到隔壁打电话，不多时满脸堆笑过来，凑在左侯耳边道：“先生这边请。”

掌柜引左侯和吴探员来到后院，打开西墙隐蔽的侧门，巷子里停着一辆马车。左侯毫不犹豫地上车，吴探员也跟着上去。掌柜抬手想阻挡，左侯说他只陪坐，不进屋。

车帘遮得严严实实，车子不走大路，专门在巷子里钻来钻去，绕了半个多小时才停在一个幽静的院子里。

车门打开，四名虎背熊腰、满脸横肉的保镖堵在车前，为首的粗声粗气道：“烦请司马先生下车。”

言下之意吴探员要留在车里等，见这阵势吴探员哪敢反抗，轻轻对左侯说了句“别耍花样”，左侯含笑点点头。

这一等就是一个多小时，吴探员在狭小封闭的车厢里如坐针毡。车外四名保镖像水泥桩子似的一动不动，使他不敢轻举妄动。

终于，左侯突然跃上车，不等他吩咐，保镖反锁好车门，马夫飞快地驾车离开，把两人送到东台路古玩市场入口，放下后扬长而去。

“谈了些什么？”吴探员迫不及待地问，深切感到今晚自己严重失职，居然让左侯脱离监视这么久。

“过会儿再说，赶快去红茶坊和小王会合。”

小王已跟踪到栗语歌的住处返回红茶坊，当听说她楼下停了辆大卡车时，左侯脸色一变，急促地说：“快去，她要离开上海！”

果然，当三人赶到栗语歌楼下，运夫们正络绎不绝地把家具等搬上卡车，李逍站在车边指挥。

见了左侯，李逍平静地打声招呼，若无其事地继续指点运夫绑扎包装。左侯等人赶紧上楼来到栗语歌的屋子，里面已几乎搬空，严其复在客厅盯着电工拆卸精美华贵的吊灯。

“请问栗女士呢？”左侯问道。

“你们来迟一步，这会儿她已离开上海了。”严其复淡淡地说，“我们帮她把家具临时存放到仓库，以后她或许会回来，或许不会。”

王探员懊恼地直抓后脑勺，后悔不该回红茶坊。

仿佛看穿了王探员的心思，严其复又说：“你在楼下监视也没用，这幢楼有四个出口，还有地下通道，随时都可以从容出去。”

左侯道：“这算畏罪潜逃吧？”

严其复严肃地说：“语歌离开上海是因为有人暗杀，万林遇害绝对与我们仨无关，希望你相信这一点！”

“警察破案要凭证据说话，而现在所有线索都指向栗语歌。”左侯道，“我已找到古玩街甄先生，明白我的意思吗？”

严其复脸上露出复杂的神情，停顿片刻道：“甄先生怎么说？”

“干这一行接受委托，先要把来龙去脉理清楚，不能随便卷入纠纷和麻烦，厉害如甄先生自然深谙其道。”左侯边说边从墙角捡起只橡皮玩具，拍拍上面的灰尘交给吴探员，吴探员一脸懵懂地接下来放入包里。

“左顾问果真是神探，什么都瞒不过你，”严其复长长叹息，从怀里取出一个信封，郑重其事地递到左侯手里，“看到这个，相信以左顾问的智慧什么都明白了，无须我多啰唆。”

左侯当着众人的面拆开信封，取出一张纸，仔细看了两遍，点点头又将纸塞回信封。

“如果有可能，请尽量不要张扬此事，保全栗女士的名节。”严其复低声请求道。

“是的，我明白。”左侯说，“我想我们该回洛阳了。”

第八章

回到警局，伊宫承坐在办公室独自沉思，蓦地一拍桌子，下令将俞家和俞记煤油公司四十岁以下的男子全部抓起来，请宋楚云和何老爹、何太太前来辨认。

因为到何家找莫先生的年轻人说“老爷”，显然在俞万林手下当差，而且以莫先生的谨慎，倘若没在俞家或公司见过此人，断断不会信任他。

同理，倘若年轻人杀害了莫先生，那么肯定还是他拿着葡萄杯找宋楚云鉴定。

两小时后，俞家九名年轻男子都被抓到警局，俞记煤油公司那边却出了意外，周探员等人刚到公司门口，二楼财务室负责费用账的嵇会计突然脸色煞白，猛地拉开窗户纵身跃下，楼后面是茂密的灌木丛，落到上面抵消了巨大的冲击力，他打了个滚，随即迅疾无比地跑进附近胡同。周探员带人紧随其后，在胡同里跑了一阵没发现人影，赶紧回局里报告。

审讯室里，九名年轻男子分别戴着帽子走了两个来回，再朗读伊宫承写的两段话，听完之后宋楚云摇头说不像，何家夫妇也说口音不对。

嵇会计畏罪潜逃的消息传到警局，伊宫承火速赶到俞记煤油公司。

俞吟秋比伊宫承还着急，正紧急布置人手清查嵇会计负责的账务，防止他利用职权贪污挪用。

“公司大小事务都是父亲说了算，很多费用支出只有父亲和嵇会计知晓，如今……”俞吟秋连连搓手，“家门不幸啊。”

伊宫承问道：“他在俞记干了几年？家在哪儿？家里还有什么人？”

“嗯，住的地方比较偏，两年前我去过一次……”

“你带路，现在就去他家！”

伊宫承立即安排刘探员等人跟着俞吟秋去嵇会计家，等他们离开后，在财务室门口踱了几个来回，脑中灵光一闪，大步走进财务室，命令他们查一下数月前俞万林是否从费用账支出过一笔现洋。

“应该是俞万林亲口吩咐，把现洋交到他手里。”伊宫承补充道。

莫先生奔波跋涉数百公里来到洛阳，身上的钱所剩无几。而俞万林这样的大老板习惯用支票，很少带现洋，故而从公司费用账支出点儿钱救济莫先生也在情理之中。

负责查账的房会计很快找到一笔记载：俞董事长支出三十大洋，费用记讫，经手人嵇吉平。

时间也正好吻合！

财务室坐在嵇会计对面的张会计也回忆起来：“对了，那天俞董事长亲自把嵇会计叫到走廊，大概就为这事儿，后来嵇会计把现洋送到董事长办公室。”

“办公室里除了董事长还有谁？”伊宫承问。

“不知道，嵇会计这小子嘴很紧，所以深得董事长欢心。”

“他怎么进公司的？”

“嵇会计的父亲在银行做信贷工作，跟俞董事长私交很好，他高中又与俞吟秋是同学，两代人的感情啊，后来毕业就进了咱公司，一晃已有五六年了。”张会计道。

此时上海那边还没有消息，孤立分析目前的线索，倒有可能是俞万林虽一直想以金钱、古玩堵住莫先生的嘴，最后终究动了杀心。但不知哪个环节出了岔子，真葡萄杯经过莫先生、嵇会计之手后，竟变成了赝品！

刘探员和俞吟秋来到东葫芦巷嵇会计的家，铁门紧锁，左右邻居说上午没看到他回来。此外，邻居们还提供了一个意外消息，大概一周前嵇会计的父母、妻子带着孩子突然离开洛阳，临走时声称到南方旅游。

“足足带了五大箱东西，哪有这样旅游的。”邻居们表示不信。

说明嵇会计做这一切并不是无偿的，俞万林事先给了大笔安置费，足够嵇家在外地开始新的生活。

嵇会计肯定要逃离洛阳与家人会合。伊宫承通知交通要道、关卡加紧盘查，同时不断突袭他亲朋好友家以及郊区小旅店，使他无法落脚。

侦缉队打草惊蛇的行动取得了实效，嵇会计终究年轻，没有犯罪经验，在高压态势下惊慌失措，当天夜里不顾河水冰冷，强行泅渡护城河，被巡逻队发现后一路追赶，将他逼到城郊一处废弃的农舍里。

伊宫承等人闻讯赶到农舍东侧的围墙边，巡逻队长介绍说对方带了枪，开始有简单交火，被困到农舍后大叫要同归于尽，情绪十分激动。

伊宫承做了个手势，周探员移到靠近农舍的墙角，大喊道：“嵇吉平，你已被包围了，无路可走，快把枪扔出来，跟警方合作，我们保证给你最好的待遇！”

“警察都是骗子，我不信！”嵇会计疯狂地叫道，“别过来，我有枪，我会开枪！”

“我们知道你不是主谋，策划者另有其人，只要你如实交代，法官会酌情处理。”

里面沉默片刻，随即传来大笑："什么主谋不主谋，反正人是我杀的，杀人偿命就是！"

周探员试探道："俞万林和莫先生都是你杀的？"

"俞董事长对我有知遇之恩，我怎么会杀他？"嵇会计断然否认，"我只承认自己确实干过的事。"

"你杀了莫先生并抢走葡萄杯？"

"那个杯子是假的，所有人都上当了，哈哈哈哈……"

"谁指使你这么做？俞万林吗？"

农舍里久久没有声音，嵇会计似乎在考虑说或不说，这时远处传来两声枪响！

嵇会计本已是惊弓之鸟，稍有风吹草动就如临大敌，听到枪声像疯了似的站在窗前胡乱射击！

"趴下，不准开枪！"伊宫承喝道。

然而已迟了半步，围在四周的巡逻队员和探员们纷纷开枪回击，霎时嵇会计身中数弹倒在血泊里。

"嵇吉平，到底谁指使你的？"伊宫承一个箭步冲进农舍，不顾他手里还有枪，紧紧问道。

嵇会计虚弱地吐出一个字"俞"，然后眼神逐渐黯淡下去，转眼气息全无。

此时追查谁在远处开枪已经太迟，对方想必已逃出很远，伊宫承无精打采地吩咐收队。

回到警局大院，正好遇到风尘仆仆从上海回来的左侯三人，当听说嵇会计身亡的经过，左侯微一沉吟道："立即去俞家！"

"干什么？"伊宫承瞪眼道，"这么晚人家都睡着了。"

左侯悠悠道："你以为嵇会计临终前说的'俞'指的是俞万林啊？"

第九章

夜风凛冽，俞家二十多口人挤在院子里，紧张不安地看着杀气腾腾的侦缉队员们。

院子当中的伊宫承恼怒地低声道：“你什么都不肯说，却叫我深更半夜来抓人？”

“局座，按以往经验，我可曾抓错过？”

“这回是谁？”

左侯陡地抬高声音，喝道：“把俞吟冬、俞吟秋两人抓起来！”

俞家顿时叫嚷成一片，混乱中俞吟冬喊道：“先父遭人杀害，你们非但不缉拿凶手，反而跑到俞家胡乱抓人，这世上还有天理吗？”

俞吟秋也叫道：“你们抓不到嵇吉平就罢了，干吗拿我们泄愤？”

伊宫承冷冷道：“错了，嵇吉平虽然身受重伤但还没死，这会儿正在医院里抢救。”

俞吟秋一滞，与俞吟冬对视一眼不再说话。

左侯走到俞家兄弟面前，审视会儿，道：“人为财死，鸟为食亡，说得一点不错，事情起因是从莫先生的出现开始的……”

莫先生从苏州寻访到上海，经过数年不懈努力找到了严其复、李道的下落，但两人生意做得并不大，与莫先生的预期相差甚远，接下来他便将目标锁定在俞万林身上，因为他早从报纸上得知俞万林出价一百七十万美元竞拍下葡萄杯。

在上海调查期间，莫先生意外发现了俞万林的一桩秘密，因此当他出现在洛阳时，实则手里有两张底牌：一是外祖父母两条人命，一是俞万林的秘密。事实上那桩秘密对俞万林的杀伤力更大！

“什么秘密？”俞吟冬涨红脸质问，“我不能容忍你对父亲含沙射影的诽谤！”

左侯道：“请耐心听下去，答案马上就见分晓……”

俞万林与莫先生私下谈判，莫先生胃口很大，或许就是冲着葡萄杯而来。斟酌再三，俞万林同意以葡萄杯换取莫先生对两件事保持沉默。

不过在商海打拼数十载的俞万林很清楚，莫先生这种人的诚信绝对靠不住，国宝级古玩葡萄杯决不能给他！

俞万林在同意的同时，暗中请栗语歌在上海找到著名的瓷器造假大师甄先生，花了数周时间仿出葡萄杯赝品。莫先生虽然不懂古玩，也深知俞万林不会轻易就范，很可能弄个赝品糊弄自己，遂要求公开拍卖葡萄杯并亲眼看到专家们鉴定，然后当场拿走此杯！

至于说好的拍卖会怎么办，莫先生的想法是让外界都知道俞万林想卖葡萄杯，之后宣布已私下转让，这样自己便能合法持有此杯。

听到这里，俞吟秋脱口道：“不对，莫先生拿的不是真品！”

“当然不是，你父亲已准备好赝品，怎舍得交出真品？鉴定会搞的名堂，都怪莫先生不懂古玩……”

左侯拿过从莫先生租屋里搜来的锦盒，当着众人的面将钱包放在凹处，合上盒盖后在背后转了一圈，再打开锦盒，钱包却变成了打火机。众人一片惊叹，连伊宫承也看得莫名其妙。

“锦盒是双层设计，中间有升降转盘，”左侯解释道，“只需事先把赝品藏在下层，鉴定完后真品当众放入上层，然后操纵机关进行升降，悄悄取出换到下层的真品即可，因为锦盒底壳是活动的，这是很多古玩店惯用的伎俩。”

俞家兄弟俩脸色木然，眼中不知是懊恼还是悔恨。

左侯续道：“说到这儿还有个谜团，即地下室有些价值不菲的古玩精品不见了，怎么回事呢？”

收藏数十年、身拥价值数百万藏品的俞万林，从收购葡萄杯起便开始担忧一个问题，即万一自己不在人世，那么多宝贝怎么办？葡萄杯前任主人、航运大老板束腾就是血淋淋的教训，生前号称广东首席大收藏家，死后所有藏品被家族卖了个精光！

鉴于两个儿子对古玩丝毫不感兴趣，近几年来俞万林就私底下悄悄向上海的朋友转移、转让了部分古玩，算是未雨绸缪吧——他有个极为隐秘的计划，由于事关其他人的隐私，在这儿不做具体说明。

“你说的就是栗语歌，那个用心险恶的女人！”俞吟秋恶狠狠地说。

左侯点点头：“站在你们兄弟俩的角度，她的形象的确比较负面，但你们父亲可不这样认为……真品换成赝品，以芦家人的脾气肯定不会善罢甘休，俞万林索性暗生歹念，与栗语歌等人设下陷害莫先生的毒计！

“第一步，俞万林以致和文斋出具的鉴定证书在拍卖前晚才送达为由，让莫先生滞留在洛阳；第二步，栗语歌等人来到洛阳参加赏玩私宴，只是真正的严其复被换成了一名手艺高明的锁匠！第三步，赏玩私宴当晚几个人欣赏葡萄杯，注意，此时葡萄杯是真品，根本不用担心被姬先生看出破绽，之后俞万林和姬先生一起将葡萄杯锁入保险柜，并在地下室大门上各加了一把锁；第四步，也是最重要的一步，夜里那位锁匠撬锁，然后和李逍进地下室打昏保安，再撬开保险柜取出葡萄杯——为防止进来时保安按铃报警，俞万林已提前剪断地下室这头的电线；第五步，栗语歌等人得手后凌晨就带着葡萄杯返回上海，俞万林则在发现葡萄杯失窃后报警，然后顺理成章地指认莫先生。只要警方从他身上搜到赝品遂成铁案，莫先生跳进黄河也洗不清！

“然而，就是最后一步出了岔子。当天晚上发生两桩意外，一是俞万林意外被杀，一是地下室保安惨遭杀害，这两条人命到底怎么回事？问题出在俞万林的两个儿子身上！”

“胡扯！”俞家兄弟嘶声道，“简直血口喷人！凭什么这么诬蔑我们？拿出证据来！”

左侯泰然自若道：“我敢这么说，自然有道理……”

自从听说俞万林要拍卖葡萄杯，俞家兄弟意识到危机来临。因为闹不清楚俞万林面临的困境和苦衷，只能从他的种种异常行为分析与突兀出现的莫先生有关。

两人问过俞万林，得到的解释是为了收购价值更高的古玩，对此两人压根儿不信，提出葡萄杯能卖几百万美元，应该拿一部分出来增加煤油囤积，扩大生意规模。俞万林却拒绝了。

至此，两人猜到俞万林另有所图。

俞吟秋指派嵇吉平秘密监视——两人在高中是同学，俞吟秋在公司负责财务又是嵇吉平的顶头上司，相比俞万林，嵇吉平更忠于俞吟秋。

通过跟踪监视，嵇吉平发现俞万林把葡萄杯送给了莫先生。俞家兄弟早将它视为家产，岂会甘心数百万美元落入他手？当下以重金相诱，唆使嵇吉平假替俞万林传话——当日嵇吉平将三十大洋送到办公室时莫先生也在场，因而不疑有假，结果被骗到无人处遇害。

葡萄杯在手，俞家兄弟自以为事情告一段落，不料赏玩私宴当晚俞万林又拿出一只葡萄杯，这下兄弟俩傻眼了！

哪个是真，哪个是假，俞万林葫芦里到底卖的什么药？

晚宴后俞万林和栗语歌等人到书房聊天，兄弟俩一直躲在窗边偷听。因为锁匠在场，俞万林等人根本不提整件事的内情，而是清聊二十多年来的往事，等到夜深人静，俞家上下都睡了，李逍便带着锁匠先离开，实际上是去地下室开始行动。

兄弟俩本想分一个人跟踪李逍，谁知俞万林与栗语歌有段对话，使两人的脚黏在原地动弹不得，仔细倾听后顿时毛骨悚然，意识到面临灭顶之灾！

左侯看着怒火万丈的俞家兄弟，肃言道："为俞家、为你们父亲考虑，希望你俩把这桩秘密烂在肚子里，明白吗？"

俞吟冬不置可否："继续说。"

左侯道："倘若当时你俩其中一人去跟踪李逍，没准夜里就不会死人，事态也不会发展到那么严重的地步，唉，可惜啊……"

俞万林和栗语歌聊天，实则是等李逍和锁匠的消息，十多分钟后两人回来，径直将葡萄杯交给栗语歌。兄弟俩在窗外只听到声音，看不到这个举动，也不知道两人为何去而折回。事实上这一切都是俞万林等人事先商量好的，无须多说。

之后俞万林将栗语歌三人送到客房，约定明早不再见面，他们直接返回上海，以免增添变数。另一边兄弟俩经过密议动了恶念，决定杀害俞万林，不管真假再到地下室偷走葡萄杯，两只在手，总有一只是真品！

兄弟俩来到俞万林的卧室，他还没睡，经过一整天的操劳确实累了，遂躺在床边与两个儿子说话。兄弟俩猝然动手，一个死死按住他的身子，一个拿匕首在他咽喉处刺了好几刀，挣扎一番后俞万林终于死在了两个儿子手上！

听到这里俞家人哗然，有的怒叱左侯胡编乱造，有的用怀疑的目光看着兄弟俩。两人一脸木然，冷漠地盯着左侯。

左侯续道：“两人先剪断卧室里的警铃，防止闯进地下室时保安按铃报警，以免卧室里的铃声惊动仆人，这就是警铃两端的电线都被剪断的原因！接着来到地下室……”

地下室的情况令两人大为意外：铁锁已被撬开、保安昏倒在地、保险箱敞开，葡萄杯已不翼而飞！

兄弟俩乱套了，不知如何应对，偏偏这时保安苏醒过来，两人无法解释此时出现在地下室的原因，一咬牙索性将保安杀害，然后推倒里面的博古架等陈列，造成打斗的假象。

按说地下室的状况，最有嫌疑的就是李逍和锁匠，但兄弟俩背了两条人命做贼心虚，哪敢前去质问？只得揣着糊涂各自回房，惴惴不安地等待第二天的风暴。

第十章

兄弟俩伪造俞万林字迹写的“漫天要价，孙比爷”七个字，一度转移了警方注意力，暂时没怀疑到兄弟俩。两人缓过劲儿来，回想之前种种并结合得到的信息，判断那晚地下室里的场面可能是俞万林做的局，葡萄杯可能被栗语歌带回上海了。抱着求证的心态，他俩让嵇吉平夜访宋楚云鉴定从莫先生手里抢来的葡萄杯，结果不出所料，果然是赝品！

俞吟冬立即通过上海那边的生意伙伴雇用职业杀手，试图逼栗语歌交出葡萄杯，不料被左侯等撞破，栗语歌连夜离开上海，行动再度失败。

至于嵇吉平，他本该早点逃离洛阳，但几个人都抱着侥幸心理，想着能拖一天是一天，最好平安混过警方调查，还能将一家老小接回来住，没想到来得如此突然。

“就算嵇吉平说什么也是胡言乱语，肯定迫于你们的淫威。”俞吟秋道，“我从没要他做过任何事！”

俞吟冬接着说：“左顾问讲了这么长的故事，很有想象力，可惜一无人证二无物证，警察办案讲究证据的，对不对？”

左侯笑了笑，道：“的确，你俩不愧是精明的商人，作案非常小心，从杀死亲生父亲到杀害保安，都戴有手套和鞋套，警方在现场没提取到指纹脚印；唆使嵇吉平杀莫先生并无第三者证明，法庭很难采纳孤证；另外葡萄杯赝品肯定被你俩砸碎销毁，不可能藏在家里。”

“知道就好。”俞吟冬傲然道。

“然而你俩忘了一点，”左侯笑道，“狙杀栗语歌的职业杀手已落到了上海警方手里，并顺藤摸瓜抓到了你们的生意伙伴，有电话记录、有汇给杀手五千大洋的银行账单，二位还有什么要解释的？”

俞吟冬吃惊地瞪眼看着弟弟，怒道：“五千？你不是说三万吗？”

“别信他……”俞吟秋知道哥哥上当了，出言提醒已晚。在上海滩混的职业杀手岂会那么容易被抓到？分明是左侯临时设的圈套。

“逆子！畜生！”俞家老小纷纷围上去痛斥两人……

伊宫承办公室。

“俞万林到底有什么秘密，竟迫使兄弟俩动了弑父的念头？”伊宫承问。

左侯从怀里掏出封信，伊宫承打开看了会儿，皱眉道：“俞万林亲笔写的证明，将斗彩葡萄杯、汝窑天青釉葵花洗等十多件精品古玩赠予栗语歌，唔，这不过是让栗语歌持有合法化而已，跟杀人有何关系？”

“俞夫人去世不久，俞万林与栗语歌旧情复炽，她甚至为他生下一个女儿——搬家那天我还捡到只玩具。鉴于两个儿子不喜欢古玩，俞万林和栗语歌打算从小培养女儿对古玩的兴趣，将来把所有藏品都传给女儿，这纸证明所列的已是俞万林暗中转移的第二批古玩！”左侯道，“莫先生就是掌握了两人有私生女的秘密，才令俞万林被迫答应交出葡萄杯；同理，俞家兄弟听到这个秘密后如遭电击，他们想到一个可怕的问题，即俞万林想给女儿的可能不仅是所有古玩藏品，还有俞家家产！因而才起了杀心！”

伊宫承摇头叹息，过了会儿道：“还有个问题，那天晚上你跟甄先生为何谈了那么久？除了打听委托人是谁，是不是还涉及其他事，比如唐伯虎的字画之类？甄先生既是造假大师，也是上海滩有名的古玩商。”

左侯微笑：“同为造假大师，相见恨晚，多聊几句很正常，譬如有位洗衣店女老板到警官家里赏花，然后一夜未归，局座以为呢？”

伊宫承慌忙避开他的目光，严肃地说：“是啊，很正常……呃，来杯红茶如何？”

左侯悠悠轻啜杯中茶，眼中说不出的得意和欣喜。

舍利宝函

楔子

晨钟暮鼓。

清晨时分，位于洛阳城东十二公里外的白马寺传出悠扬庄严的钟声，方圆数里地的居民都听得分明，此乃洛阳八大景之一的“马寺钟声”。

做完晨课，两名小沙弥像往常一样来到清凉台旁边的藏经阁清扫，先拎着桶进右侧小天井里打水，前面的小沙弥突然尖叫一声，水桶“咚”地落地，指着井边一具尸体瑟瑟发抖，后面的小沙弥探头一看也腿脚发软，两人相互搀扶着仓皇逃离。

正午，两辆吉普车疾驰而至，在白马寺山门前轧然刹住，伊宫承亲自率领侦缉队的精干人马勘查现场。

井边尸体经确认是前几天来白马寺挂单的日本和尚，前天傍晚已在大佛殿行了抽单礼准备离开，不知为何丧命于水井边。因死者身份特殊，洛阳县政府勒令伊宫承三天内破案，以防止日本军方借题发挥。须知僧侣在日本的地位很高，倘若被质疑“虐杀”之类，必将引发日本朝野舆论汹涌，激发正在前线交战日军的戾气。

吴探员等人一路小跑直奔藏经阁，左侯却伫立在山门前半晌都没挪步。伊宫承奇道：“你对着石头发什么呆？快走！”

左侯叹道：“别小看这两尊石雕马，本是宋太祖赵匡胤的女儿永庆公主与驸马爷右卫将军魏咸信合葬墓前的镇墓兽，后来被一个叫德结的和尚搬过来看守山门，可谓大有来历呢。”

“在我眼里就是石头。”伊宫承冷冷道，看都不看便转身进去。

进山门没几步左侯又走不动了，目光像黏在石碑上似的。伊宫承不耐烦道，又怎么了？

左侯指着西侧说，这是《重修西京白马寺记》石碑，宋太宗赵光义下令重修白马寺时苏易简撰写，碑文不是从上到下通写到底，而是分五节矩形书写，人称“断文碑”。左侯再指着东侧说，那是《洛京白马寺祖庭记》石碑，元世祖忽必烈下诏修建白马寺时文才和尚撰写，后来赵孟頫刻碑立于寺，人称“赵碑”。

“叫你来协助破案的，不是让你来游览风景名胜的！”伊宫承皱眉道。

左侯悠然道：“白马寺处处古迹，且保存有大批文物，如元代夹纻干漆造像、贝叶经等，日本人觊觎我国古玩文物已久，手段无所不用其极，局座觉得日本和尚死在藏经阁旁边，意味着什么？”

伊宫承怔怔想了良久，道：“不管这个死鬼想干吗，须得查出凶手，给日本政府一个交代，这是死命令！”

第一章

尸体横卧在水井边，脑袋跟井壁不足半米，仰面朝天，全身血迹斑斑，有几十处伤痕，都非致命伤，显然生前遭到凶手凶残的折磨。没有行囊，半旧的僧袍空空如也，没有任何证明身份的东西。

尸检结果是日本和尚死于一种烈性毒药，舌根青紫，眼睑泛黑，脸上却带着若有若无的微笑，似乎那种情况下死亡是最好的解脱。吴探员本以为凶手在食物或水里下毒，现场解剖后发现胃部并无残余毒素，倒是血液隐隐呈灰黑色。查遍全身没发现伤口，探员们面面相觑，良久王探员猜测道："听说欧美流行无色无味的化学气剂，在瓶口一闻当场丧命。"

吴探员换了副手套，手指在死者鼻孔里摸了两圈，拿出来后摇摇头，"化学气剂有很强的腐蚀性，首先会破坏鼻孔黏膜，不像。"

"把他翻过来。"

左侯看了半晌道，戴上手套在死者后脑勺仔细摸索了四五分钟，小心翼翼地拈起根细若游丝的钢针，长仅三四厘米，针身泛着诡异的灰紫色。

吴探员往针上滴了两滴药剂，"滋"的一声冒起一股白烟，探员们急急后退，王探员叫道："好厉害的毒，好高明的手法！"

等烟雾散去，吴探员碰了碰针，道："这么细的针，若掌握不好力度和角度很容易折断，也很难一针刺入要害。”

“此乃江湖暗器——牛毛针，据说晚清就失传了，没想到还有人能使得这么出神入化……”左侯似乎有所顾忌，说到一半便停住。

首座僧昙智大师在玉佛殿禅堂接待伊宫承和左侯等人，缓缓介绍了日本和尚药师寺宽挂单的经过：

五天前，药师寺宽来到白马寺请求挂单。兵荒马乱，中原地区的寺庙大都山门紧闭不接外客，何况是日本人。但药师寺宽拿出了显通寺的戒碟——显通寺是五台山汉僧寺院的领袖，其初建时间与号称中国始建年代最早的白马寺非常接近；又说自己来自东京最著名的浅草寺，此趟洛阳之行是为了瞻仰唐代高僧僧伽大师的舍利子……

“僧伽大师……舍利子？”这些词对伊宫承过于生僻，他有点发怵。

左侯解释道：“僧伽大师即民间观音菩萨的原型，舍利子则是高僧火化后骨骼形成的结晶体，佛典认为是生前因‘戒定慧’的功德熏修而自然感得，非常珍贵。”

听说“非常珍贵”，伊宫承下意识地问：“值多少钱？”

昙智大师很不满意地诵道：“阿弥陀佛！”

“在下失礼了。”伊宫承连忙双掌合十致歉，并狠狠瞪了左侯一眼。

昙智大师继续说道：“见那药师寺宽态度诚恳，且有显通寺戒碟背书，贫僧请示方丈昙真大师后同意他小住三天，即三日单。第一天，他在寮院僧昙源大师的陪同下进入法宝阁，瞻仰存放于八重宝函的舍利子后，当即打坐默念佛经，十多个小时未进茶饭，直到夜幕降临才拖着疲惫的身子回禅堂休息；第二天全天和第三天上午，他一直待在藏经阁孜孜不倦地阅读《龙藏经》《中华大藏经》《西藏大藏经》《敦煌大藏经》等佛典……”

“没人陪着？”伊宫承问。

昙智略一沉吟，道："堂主僧觉慈大师专司藏经阁管理……觉慈大师也来自日本寺庙，那是十六年前的事了。"

"啊！"伊宫承和左侯相顾失色，伊宫承难以置信道，"你……你们偌大的白马寺竟竟竟……竟然让日本和尚看管藏经阁？"

"阿弥陀佛，"昙智大师道，"本寺珍藏典籍除《中华大藏经》，其他均为梵文所著，自贫僧先师澄通方丈仙逝后，本寺竟无人能解。觉慈大师到访后每天上午讲经说法，下午翻译《龙藏经》，三年时间译完全套十七册。昙真方丈苦苦挽留，以堂主僧之位特许他长住藏经阁，每月开坛说法三次，其余时间都用于翻译藏经，至今已译出大半。"

左侯问道："就是说一天半内藏经阁里只有两个日本人叽里呱啦地说日语，纵使有人偶尔经过也不明白他俩说什么？"

昙智大师摇摇头："存放于藏经阁的佛典都是抄本，真正的古籍全部锁在密室之内，贫僧以为没什么好担心的。"

"供奉在八重宝函里的舍利子也是假的？"左侯反问道。

"呃……"

昙智大师脸色大变，急急唤来昙源大师，声音都有些颤抖了："快，去法宝阁！"

从玉佛殿到法宝阁步行了七八分钟，途中左侯轻声告诉伊宫承，舍利子固然是佛家珍宝，享有至高无上的地位，但古玩界更看重的却是供奉舍利子的八重宝函！

伊宫承不以为然地笑道："我想起了买椟还珠的典故。"

"我打赌绝对不是！"左侯道，"八重宝函始于唐懿宗年间，是为供奉佛祖释迦牟尼真身佛指舍利而定制的函盒，此后'八重'便成为供奉舍利子的顶级待遇，有史料记载，能享受这一殊荣的除了释迦牟尼，只有僧伽大师。"

“哦，八重宝函也算年份久远的古玩。”伊宫承总算有点明白了。

“八重从外到内分别是，第八重银棱盝顶檀香木宝函、第七重鎏金四天王盝顶银宝函、第六重盝顶银宝函、第五重鎏金如来说法盝顶银宝函、第四重六臂观音纯金盝顶宝函、第三重金筐宝钿珍珠装纯金宝函、第二重金筐宝钿珍珠装武夫石宝函、第一重宝珠顶单檐四门纯金塔，”左侯不愧博闻强识，一口气背了出来，然后道，“舍利子就供奉在纯金塔里……”

“不必说了。”伊宫承挥挥手道，“我虽不懂古玩，听这架势也明白一二，别说八重宝函，从中随便拿一件出来也值个大几十万吧？”

“八重宝函不单有檀香木、金银珍珠，更承载平雕刀法、宝钿珍珠装、盝顶等精美的大唐工艺，也展现了佛家密宗的深刻内蕴，可谓价值连城。”

“这么昂贵的文物存放于法宝阁却无专人看守？”伊宫承问。

走在前面的昙智大师道：“有两名香灯师父轮值，八重宝函锁在供奉架神龛里，确须瞻仰要经昙真方丈许可后，由贫僧和昙源大师各执一把钥匙开启。”

说话间来到法宝阁，两位大师顾不上出家人的礼仪风度，快步推门进去，径直扑到供奉架前查看神龛上的铜锁，见完好无损才松了口气。

“玄照，昨天至今可有人来过？”昙源大师厉声问正在擦拭佛像的香灯僧。

玄照连忙双掌合十道：“禀师父，无人出入。”

“没事就好，”昙智大师继续先前的话题，“前天下午药师寺宽独自在禅堂整理札记，傍晚主动找贫僧检查行李，履行抽单礼后礼佛三拜出了寺庙。之后山门紧闭，未曾有人到访，不清楚他为何去而折返还……还死在寺内……”

伊宫承转身要走：“找觉慈大师谈谈。”

“慢！”左侯道，“烦请两位打开神龛，让我等瞻仰一下舍利子。”

昙智大师一迟疑：“容贫僧请示昙真方丈……”

伊宫承知道左侯是想确认八重宝函到底在不在，冷然道：“办案需要，打开吧！”

昙智与昙源无奈地对视一眼，各自从怀里取出一大串钥匙同时插入锁眼开启，掀起神龛面板，里面露出精美华贵的檀香木宝函。

接下来逐层打开，如左侯所说依次是三重盝顶银宝函、两面纯金盝顶宝函，还有……

开启至最后三重，两位老和尚突然同时“啊”了一声，僵在原地似泥塑木雕，左侯凑过去看，见第三重纯金宝函里空空如也，玉石宝函连同单檐四门纯金塔以及舍利子均不翼而飞！

冷不丁昙智大师脑袋一歪，身体软绵绵地向后栽倒，幸亏玄照一把抱住他，连呼“师父”；昙源大师目光空洞，愣愣看着宝函，嘴唇已憋成青紫色，一个字都说不出来。

伊宫承吃惊地问：“你……你早就猜到舍利宝函失窃？”

左侯点点头，“无论谁下手都不会偷那么大个儿的八重宝函，肯定只拿最里层的玉石宝函，体积小便于携带，还不会损伤里面的金塔和舍利子。”

看着一片混乱的法宝阁，伊宫承道：“从目前情况看案情很简单，药师寺宽利用挂单之机在白马寺里踩点，抽单当晚悄然潜入寺内，觑准机会窃取舍利宝函，不料被人捉住折磨一番，最后那人毒杀药师寺宽后卷宝而逃。”

左侯没附和他的意见，而是说：“看看觉慈大师在当中扮演什么角色，毕竟，藏经阁与法宝阁之间只隔着清凉台。”

第二章

从外表看，觉慈大师就是一个标准的日本老人：清癯瘦削的脸，严厉冷峻的目光，面对客人恭敬而谦卑。

伊宫承和左侯走进藏经阁偏殿时，觉慈大师端端正正坐在条形桌前，腰杆笔直，左手逐行指着佛经梵文，右手执毛笔书写，笔锋棱角分明，笔意高远清奇，伊宫承见了暗惭自己的书法水平还不及一个日本人。

觉慈大师完全沉浸在梵文翻译中，两人走到案前遮住外面光线，他才愕然抬头。由于独自枯坐在藏经阁两耳不闻窗外事，他竟然不知药师寺宽死在旁边小天井处，更不知舍利宝函失窃。

“药师僧是东京浅草寺坂池法师的高徒，潜心向佛，精通佛法，乃净土宗派新一代精英，”觉慈大师声音低沉浑厚，“在藏经阁一天半，药师僧专心到场翻阅佛典，偶尔与贫僧探讨，于深奥处有独特而精妙的见解，令贫僧叹服不已。二位怀疑药师僧偷窃舍利宝函，贫僧实在不敢苟同！”

左侯问道：“药师寺宽除了与大师探讨佛法，有没有闲聊些别的，比如思乡之情、当前战局等？”

“出家无家处处家，白马寺便是贫僧终老之处；至于药师僧，立志有生之年访遍中国名寺，行程尚未过半，岂会轻言思乡？”觉慈大师明知左侯话中的怀疑，也不辩解，从容答道。

“他询问过法宝阁的值守情况吗？还有，对八重宝函和舍利子有无表现出特殊兴趣？”伊宫承问。

这是案情调查的例行询问，本以为觉慈大师会一言蔽之，谁知他认真地思索良久道：“有的。药师僧详细了解了僧伽大师生平，非常想在临行前由贫僧出面带他再度瞻仰舍利子，贫僧婉言拒绝了。自十六年前入寺以来，贫僧也仅瞻仰过舍利子一次，不敢为同胞坏了本寺规矩。至于值守情况，根本无须打听，本寺只有两处地方夜间有人，一处是玉佛殿，一处是法宝阁，由玄照和玄清两名香灯僧轮流值守。每晚寮院僧将他们反锁在殿内，清晨晨课前才启锁。”

“钥匙掌管情况呢？请具体说说。”伊宫承问道。

“寮院僧掌管法宝阁钥匙以及供奉架神龛的其中一把，另一把由首座僧持有。钥匙均随身携带，睡觉都不离左右。”

“有没有备用钥匙？”

“本寺所有备用钥匙都由方丈掌管。”觉慈大师道。

伊宫承眉毛一扬：“这样的话，钥匙分人掌管岂不是流于形式？方丈可以随心所欲到任何地方！”

觉慈大师温和地说：“昙真大师六岁便入了本寺，五十四岁成为方丈至今已十五年……”

后面的话没再继续说，言下之意，昙真方丈若有坏心，这些年里早将白马寺偷得干干净净，何必甘冒杀日本人的风险行事？

出了藏经阁，见僧人们陆续前往玉佛殿。昙智大师在全寺展开紧急排查，要求所有僧人接受质询，从前天傍晚到今晨每个时间段在干什么、有无证人等。舍利宝函失窃是白马寺数十年来的大事，在僧人们看来比药师寺宽之死还严重，连向来深居简出、闭门潜心修行的昙真方丈也满脸峻色地出席。

伊宫承和左侯旁听了会儿，觉得情况比想象中更复杂：白马寺包括方丈在内共有僧人三十七名，然而这并非全部，此外还有两名长期挂单的僧人，一名带发修行的居士，在白马寺时间均在一年以上。

长期挂单的僧人法号分别是释蓝和若虚，释蓝是开封人，父母双亡后在开封大相国寺出家，后与住持口角一怒之下跑到白马寺挂单，至今已有六年；若虚祖籍辽宁沈阳，东三省沦陷后侥幸跑出来，因为不喜欢南方气候，抵达洛阳后就此打住。

带发修行居士叫张志复，洛阳本地人，家里开了个豆腐坊，主要由儿子操持，他一年倒有十个月住在白马寺，每月交一笔不菲的香火钱，很受僧人们欢迎。

三十多名僧人从晨课等统一仪式到各自分工的职责，从早到晚几乎忙个不停，挂单僧和居士则不受寺庙戒律约束，相对比较自由。

特别在前天傍晚到天黑，也就是药师寺宽离开后那个敏感时段，僧人们正在上晚课，这三个人的行动却都显得有些蹊跷：

释蓝自称在六祖殿临摹西墙上的壁画；若虚说在毗卢阁欣赏白玉佛和铸宝鼎；张志复因上午儿子儿媳来探望，带了两包枸杞、莲子、丹参等补品，趁着厨房没人独自煎熬汤剂。三人都没有证人。

质询完毕，吴探员等人沿着寺庙围墙的勘查工作还没结束，这时日本驻洛阳办事处运药师寺宽尸体的车过来了，特使拿腔作调地教训一通，伊宫承心里恼怒万分，却不敢公然得罪对方，只得一味赔笑，笑到最后脸上肌肉都僵了。

左侯分别找释蓝等三人了解情况，等到探员们终于收工已是夕阳西下。

依左侯的想法晚上就住寺里，伊宫承却想回城借助军统系统掌握更多信息，遂分乘两辆吉普车驶回县城。

出了白马寺镇，通往县城的公路坑坑洼洼路况很差，车速基本保持在二十码左右不能再快。此时天色渐暗，公路两侧大树郁郁葱葱，树枝张牙舞爪黑影幢幢，似乎快压到车头。

后面传来急促的马蹄声，由远而近很快追上来。左侯笑着说“下次来白马寺骑马反倒……”，还没说完，那匹马跑到与后面吴探员坐的吉普车并排时，马上黑影陡地开了一枪，正中司机脑门，吉普车顿时失去控制，从两棵树间冲入右侧壕沟。

“快靠边！”

伊宫承边命令司机边掏枪，从车窗向后连开两枪。黑影灵巧地操纵马匹闪到另一侧，“啪啪啪”开了三枪，幸好坐在后排的左侯和王探员提前蹲到了座位间。

缓过劲来，王探员也掏出手枪从车窗射击，两边火力全开，将黑影逼在车子正后方。黑影瞄准司机位置连开七八枪，但司机实在是久经沙场的老师傅，居然半蜷在座位下还稳稳掌控着方向盘，只需时不时探头朝前面瞄一眼。

双方你来我往互射了一里多地，黑影见攻击司机不奏效，调转枪口连续射击，打爆了吉普车右后轮胎，车身顿时一歪，险些撞在路边树上！

“停住！”

伊宫承沉声喝道，蓦地打开车门翻滚到树后，“啪啪”，两发子弹擦着他脸颊呼啸而过。伊宫承惊出一身冷汗，反手回击，“砰”，只响了一声便没了动静——

没子弹了！

身为警察局副局长兼侦缉队长，伊宫承平时动枪的机会实际上极少，一般来说去现场不会携带备用弹匣，确保手枪满膛即可，像今晚这样长距离对射实为罕见。

王探员那边也只支撑片刻便哑了火，躲在车里不敢动弹。左侯在怀里摸索了半天，找了柄匕首握在手里壮胆，心里却清楚人家只要一颗子弹便可了结。

黑影察觉到对方子弹打光了，低低狞笑着，缓缓策马逼上前，一步、两步、三步……

这时远处又响起马蹄声，如同鼓点般细碎而迅疾。听到枪声还敢往这边来，来者不善，善者不来！

伊宫承的心都提到了嗓子眼，指望吴探员等人赶紧从壕沟出来救援，然而吉普车整个车身倒栽入河里，冰凉的水瞬间将车淹没，吴探员反应快拿枪托砸碎车窗玻璃，几个人正挣扎着从车里出来。

黑影也似非常意外，调转马头全身戒备。后来者一身黑袍，骑着黑马，与夜幕融为一体，眼看已驰至离出事地点三四十米，黑影居然看不清对方轮廓。

“啪啪啪”，黑影沉不住气了，对准黑袍连开数枪，对方驭马术出神入化，在黑影抬手瞬间向外划了个弧圈，巧妙避开子弹，同时加速连人带马扑了上来！

黑影情知不妙，用力一磕马刺，坐骑吃疼向前猛蹿，躲开对方势在必得的一扑。两马交错刹那，黑影举枪射击，黑袍也微微扬手——

电光石火间黑影似乎嗅到危险气息，果断甩镫离鞍，身子像折断般滚下去。与此同时，其坐骑长长嘶鸣一声，口吐白沫轰然倒地！

黑影在地上打了两个滚，半跃起身子开了两枪，黑袍得手后，居然径直策马扬长而去。

坐骑死了，黑影丧失了机能优势，此时吴探员等人已骂骂咧咧地从壕沟爬出来，大声吆喝着上岸，黑影心有不甘地朝伊宫承等人瞅了一眼，转身狂奔，不久便消失在夜幕里。

劫后余生，伊宫承等人如虚脱了一般，后背都被冷汗浸得湿透。吴探员几个协助司机换轮胎，左侯则由王探员打着手电仔细在马尸上慢慢摸索。

“走吧，要不把马尸藏到树后面做个记号，明天再来。”司机发动车子后，伊宫承叫道，吴探员等人浑身水淋淋的，冻得瑟瑟发抖，急于回去换衣服。

“马上好……”

左侯嘴里答应着，又磨蹭了几分钟，陡地叫道：“有了！”

他小心翼翼地从马尸颈部浓密的鬃毛里拔出一根牛毛针，手电筒灯光下，针尖折射出乌黑诡异的光芒。

第三章

两枚牛毛针一模一样，针上淬的毒也完全相同！

伊宫承皱眉看着桌上的两枚牛毛针，蹙眉道：“凶手居然是救命恩人，那么谁想要我们的命？杀掉我们对他有何好处？”

“首先要分析药师寺宽到白马寺的真正目的。”

“不是偷窃舍利宝函吗？”

“八重宝函是套装，仅偷玉石宝函和纯金塔意义不大，很少有买家愿意高价买单件。”左侯道，“舍利子在佛教界是很特殊的存在，与古玩一样有两个前提，一是流传有序，二是同行公认，否则它就是几块没用的小石头，而非舍利子。就是说，没有白马寺出面承认，或者有足够证据证明它偷窃于白马寺，药师寺宽千辛万苦把舍利子带回日本也没用。”

“你的意思是，药师寺宽的死跟舍利宝函失窃根本是两码事，不过正好凑到一起而已？”伊宫承疑惑地问。

“有关系。”左侯笑道，“一个显而易见的事实是，药师寺宽在白马寺挂单的第一天瞻仰了舍利子，说明当时还没被偷。”

伊宫承气结：“绕来绕去，半点价值都没有！关于牛毛针的来历，下午在白马寺为何不说？”

“中华武学博大精深，很多惊世绝技深藏在民间，牛毛针就是一例。”左侯肃然道，“牛毛针脱胎于飞镖又有所不同，飞镖凭的是腕劲，而牛毛针靠手指弹击，因此更加精准。一般来说它用于近距离搏斗时偷袭，刚才两马交错就是最佳时机，倘若是长距离，还是飞镖、飞刀实用。江湖打斗讲究正大光明，发暗器者历来不受待见，牛毛针淬毒更为江湖中人不齿，使用者往往极端隐匿身份，一旦发觉不对劲就有可能杀人灭口！”

伊宫承打了个寒噤：“原来我们要面对如此凶残恶毒的高手！”

“别忘了他刚刚救过我们。”左侯提醒道。

伊宫承一滞，这时有人敲门，负责传递情报的军统成员送来一份加急电报。伊宫承拆阅后面色凝重，拿着电报久久不语。

“发生什么大事了？”左侯试探问。

砰！

伊宫承猛地一拍桌子，愤然道：“国难当前本该同仇敌忾，一致对外，偏偏有人躲在后面拖后腿，出卖民族大业以换取那点可怜的甜头，号称满腹经纶，书都读到茅坑里去了！”

“你是说盘踞南京的那位汪先生？”

“除了汪精卫谁还有资格称得上‘汉奸’二字？”伊宫承挥舞电报道，“大家都在抗日，连共产党都冲到前线了，只有他到处嚷着‘抗日必亡’，真是岂有此理！”

左侯奇道：“汪精卫他……哪里惹到局座了？”

伊宫承喝了两大口茶平息情绪，踱到窗前看着漆黑一团的洛阳城，缓缓道：“东三省、平津鲁冀沦陷之后，为及时掌握日军动态，积极组织当地抗日活动，戴老板安插了大批军统人员潜伏于沦陷区，组成庞大而有效的情报网。日本人知道军统地下组织的存在，特高课一直像疯狗似的到处抓捕，但收效甚微……”

“汪精卫也插手此事了？”

“去年臭名昭著的76号抓到两名军统特工，顺藤摸瓜捣毁了一处情报中转站，唉，那是上海军统接受从济南——徐州——苏州辗转的情况接收点，76号通过反侦察并利用汪精卫在重庆的人脉，半年前竟然从军统局机要室搞到了戴老板部署在山东全省的潜伏人员名单！”

左侯大惊失色：“竟发生这等严重的泄密事件！后来呢？”

“戴老板得知后全力追杀，76号特工一路传递周转，在付出七条命的代价后逃到洛阳，此后便销声匿迹，那份名单也下落不明。”

“半年前……”左侯心里默算，“局座已调到警察局，因此没参与搜捕？”

“当时战火已蔓延到郑州一带，洛阳成为军事禁区，76号特工一方面无法穿越重重防线与特高课接头，另一方面洛阳、开封两地日本特工组织被破坏殆尽，也不敢轻易交出名单，很可能就地蛰伏。我们的老对手中统也蠢蠢欲动，想抢在军统前弄到名单，作为日后交易的筹码，戴老板担心侦缉队里有中统潜伏，因此并未要求我协助调查。”

“名单泄露，应该第一时间通知潜伏人员撤回吧？”

伊宫承冷然道：“名单中大多数潜伏人员身居关键岗位，当前战局紧张，正是他们发挥作用、源源不断送回情报的时候，岂能因个人安危草率撤退，断送军统苦心经营的潜伏布局？”

“嗯，戴老板是赌军统能截获名单吧？”

“日本特高课则急于拿到名单，之前派出多名特工由北往南潜入中原地区，均被军统阻截，后来日本人学乖了，启动了潜伏南方多年的老牌特工来到洛阳……”

左侯终于听明白了，失声道："药师寺宽！觉慈大师却说他精通佛法，是净土宗派精英！"

"说得没错，药师寺宽在东京佛教界小有名气，多次开坛说法阐明佛理，但也背负秘密使命到中国周游，是特高课不轻易出动的王牌特工。"伊宫承冷峻地说，"他的意外丧命使特高课损失惨重，从办事处急于索回尸体便可见名单未落到日本人之手，极有可能仍在白马寺！"

"我觉得白马寺就是某种意义的情报中转站。"

"对，寺内必定有长期潜伏的日本特工，此人不隶属洛阳特工组织，而是以某种特殊方式与特高课单线联系。"伊宫承紧握双拳道，"现在我同意你的判断，药师寺宽跟舍利宝函失窃没关系。作为经验老到的特工，悄无声息转移情报是头号任务，不可能贪图一点小利而把局势搅乱。"

"既然是长期潜伏，白马寺三十七位僧人、两位挂单僧和一位居士都有可能是日本特工，日本特工未必是日本人，国内像汪精卫那样的汉奸大有人在。"左侯道。

"明天侦缉队进驻白马寺，必须在限期内查明真相。"虽这么说，伊宫承也有些底气不足，"在此之前，先做足准备工作。"

吴探员等探员回家匆匆冲了个澡，随即分赴坐落在洛阳周边的福先寺、观音寺、古唐寺等寺庙，连夜敲开山门了解相关情况。左侯打趣说，不查不知道，洛阳竟有这么多寺庙。伊宫承说洛阳自古有十八名庙之说，时间仓促，比较偏远的如龙门石窟那边就不去了。

凌晨两点多钟，王探员带的小组先回警局，经走访张志复家街坊邻居和豆腐坊附近店主，反映的情况如下：

张志复年幼体弱多病，曾被送到白马寺寄养了两年，故而笃信佛教，成年后一直有出家的念头，囿于继承家里的豆腐坊以及传宗接代的祖训才勉强结婚。之后中年丧妻，儿子娶了媳妇，基本接手了豆腐坊，张志复觉得没什么牵挂了，先在家中带发修行，又嫌啰唆事太多，便跑到白马寺有偿挂单，逢年过节才回家与子孙团聚。

对张志复的印象，所有人众口一词，四个字：痴迷佛学。即便凌晨四点在磨坊里磨黄豆，嘴里都念着经书；不管什么时候去他家，总能看到张志复在房间里打坐，屋里布置得跟禅室别无两样；只要他在家，年夜饭都绝无荤腥，全都是蔬菜和豆制品。儿子倒挺孝顺，张志复离家时间长了便隔三岔五拎些补品到白马寺看望，也不在意耽搁了生意。

至于恨不恨日本人，邻居和店主说张志复只活在神佛的世界里，大概连日本人快打到家门口都不知道，或者说那些俗事他根本没放在眼里，一切皆尘土，过眼如烟云。

张家平时与哪些人来往？范围很小，无非是左邻右舍和经常走动的亲戚，十个手指都数得过来；光顾豆腐坊的大都是熟客，不过“张家老豆腐”传了四代，混出了点小名气，店铺位置靠近客流量大的丝绸街，偶尔也有外地游客买些油纸包扎的老豆腐回去尝鲜。

王探员介绍得差不多时，吴探员等小组也陆续回来，反馈了各寺庙对白马寺相关人等的反映：

昙真方丈在洛阳佛教界德高望重，刚接掌方丈时，白马寺因经年战乱，败落不堪，墙颓殿倾，野草没膝，一片荒凉景象，他利用国民政府迁都洛阳的机会发起重新营建计划，并得到中央委员张继等要员支持，先后资助了几十万大洋将白马寺从里到外修葺出了千年古寺的风范。可以说，没有昙真方丈就没有白马寺的今天。

首座僧昙智大师和寮院僧昙源大师都是昙真方丈的师弟。昙智十六岁出家，为人刚正不阿，眼里容不得一粒沙子，管理有序，赏罚分明，其威望甚至高于方丈；昙源是孤儿，七岁就在寺里挑水浇花，细致认真，做事一丝不苟，因而掌管全寺财务、礼仪和最重要的法宝阁。

“觉慈大师呢，他们怎么说？”伊宫承最关心那个日本和尚。

吴探员摇摇头，“觉慈大师深居简出，从不参加洛阳佛教界活动，外界对他知之甚少……”

关于两位挂单僧，各寺庙倒有所了解。释蓝与开封大相国寺住持吵架后，先后投靠凤凰寺、灵山寺、观音寺等，但大相国寺在中原地区名望甚高，这些寺庙都不敢得罪它。释蓝在白马寺山门前跪了一天一夜，终于打动昙真方丈，叹息说“众生平等”，遂以挂单名义收留了他。释蓝因此对昙真感恩戴德，视之为再生父母，主动承担伺候方丈的饮食起居、煎汤熬药等活儿。

若虚最出名的是与生俱来的暴脾气，二十多年的修身养性也没磨掉其棱角和锐气，仿佛爆竹引子一点就着，哪怕走路被挡道，他都会雷霆暴怒，更不用说饭菜里吃到沙子、衣服被香灰烫破等“大事”，寺里除了昙字辈几位大师，以及与世无争的觉慈大师等老僧，几乎都被他指着鼻子骂过。也就是他面对的是一群无欲无为的和尚，修炼得没有一丝火气，要放在洛阳城，早被人打成肉酱了。

“舍利宝函嘛，兵荒马乱中总要丢的，还不如早点捐献到重庆，以前劝过昙真多次就是不听……”几家寺庙方丈、住持不约而同地喟叹道。

第四章

第二天上午重返白马寺，昙智大师讲了昨夜到今晨发生的两件事：一是夜里有人潜入法宝阁，负责值守的玄照听到动静起身查看，那人赶紧溜走；二是清晨有位自称古玩商的人求见方丈，欲高价收购剩余六层宝函，也不知寺内谁走漏了风声。

左侯饶有兴趣地问："他们愿意出多少钱？"

"阿弥陀佛。"昙智大师道，"方丈无意出售宝函，也不想见他，连山门都没开。"

"古玩商来得竟比我们还早？"伊宫承道。

昙智大师道："他说就住在小镇的四方客栈，姓杨，说什么想通了随时可以找他。"

"我倒要见见这位神通广大的古玩商。"左侯笑道。

伊宫承一行来到法宝阁，玄照不知去了哪儿，大殿前后门均无撬动痕迹，检查四周并无出入口，只能是用钥匙开启了。

探员们以怀疑的目光看着昙源大师，他急急解释道："昨晚贫僧在方丈禅室和昙智大师及方丈共同商讨如何安置本寺既有文物、珍宝，凌晨三点十分回去途中听到法宝阁的警钟声，和昙智大师一起赶过来的。"

昙智大师道："方丈与我俩商讨了五个多小时，其间未出禅室半步。"

"法宝阁钥匙共有两套，方丈和昙源大师各一套，可事发时都有不在现场的证明，这就蹊跷了，难道还有第三套钥匙不成？"伊宫承道。

"其实……"昙源大师欲言又止。

伊宫承道："但说无妨。"

"半年前的一天，方丈外出做法事回来，发现禅室被翻得乱七八糟，经查丢了一方砚台、一柄玉如意，还有法宝阁前后殿的备用钥匙……"

昙智大师补充道："砚台是号称四大名砚的端砚，玉如意则是乾隆年间专供王府使用的汉玉檀柄如意……"

左侯道："端砚位居四大名砚之首，有'呵气研墨'之说，可惜老坑自明朝就无石可采，存于世上的便弥足珍贵，丢了的确可惜！"

"那些都乃身外之物，丢便丢了，方丈也没放在心上，倒为备用钥匙失窃耿耿于怀，第二天就唤来锁匠把前后殿门锁——为保险起见，连神龛的铜锁都换掉了。"昙智大师道。

伊宫承打量神龛，道："宝函还在里面？"

昙智见身边围的人太多，轻皱下眉头，将伊宫承和左侯拉到大殿另一侧僻静处，道："实不相瞒，昨晚已将宝函转移到密室……"

"寺内僧人们都知道？"

"嗯……当时贫僧和昙源大师共同开启神龛，玄照和玄清一起捧着宝函到齐云塔院，昙真方丈掌管钥匙。五个人步行这么长的路，虽然有夜色掩护也难免被人看到，贫僧不敢妄下定论。"

左侯问："密室钥匙有几套？"

昙智大师道："一套，方丈亲自掌管。密室里存放着白马寺数千年来积攒的珍贵法器、佛典和珍宝，随便拿一件出来都价值连城，历任方丈临终前才交给继任者，责任重大。”

“无论宝函是否被转移，最核心的两重以及舍利子已经失窃，再偷偷摸摸潜入法宝阁似无意义，莫非这里还有其他宝贝？”伊宫承问道。

昙智大师道：“法宝阁，顾名思义陈设了很多佛门法器，大多乃明清两朝世代相传，故有很高的文物价值。然则中原大战以来，为避战祸，这些东西都转移到了密室，唯有八重宝函因名气太大，凡到访本寺者均点名拜谒，方丈担心搬来搬去会泄露密室位置，而且也不安全，所以始终存留于法宝阁。贫僧认为窃贼虽看到有东西搬出法宝阁，还是不甘心想碰碰运气。”

“有道理……”左侯颔首道，转而眨眨眼问，“法宝阁与藏经阁只有一步之遥，两边是否经常走动？”

昙智大师听出他话中的意思，正色道：“觉慈大师来本寺后为翻译经文殚思极虑、夜不思寐，十多年如一日枯坐藏经阁，经他亲笔抄译的经卷已达六十余册，实在功德无量，全寺上下早忘了他是日本人。”

伊宫承问道：“大师的意思是觉慈大师从来不在寺院闲逛，也不与僧人来往？”

“正是。”

“有没有僧人主动前往藏经阁？”

“有。”昙智大师道，“翻译好的经文要由僧人试诵，倘若发现意思矛盾、前后不衔接、引典列据不当等问题，会请觉慈大师斟酌，如此几个来回也是常有的。另外挂单僧释蓝喜好梵文，不时拿经卷到法宝阁讨教。”

“药师寺宽在藏经阁期间，释蓝是否前去讨教过？”

“挂单僧不在贫僧管辖范围。”昙智大师道，“名义上释蓝、若虚和张志复由昙源大师管辖，但昙源大师事务繁多，事实上很少顾及。”

伊宫承与左侯对视一眼，正准备说话，大殿门口突然传来轻微喧哗，昙智大师怒目圆睁，叱道：“谁在外面？”

却见玄照匆匆进来，上气不接下气道：“师……师父，玄玄玄……玄清死了！”

“在哪儿？”伊宫承越众而出，问道。

“毗卢阁西边的寮房……”

玄照结结巴巴地解释说昨夜自己在法宝阁值守，按规定玄清上完晨课应该过来换班，可迟迟没出现，还以为他躲在寮房睡懒觉。玄照因夜里有人潜入折腾了大半夜，倦得不行，索性到寮房想叫醒玄清，自己顺便补觉。不料推门便见玄清半倚在床边耷拉着脑袋，心口插了柄匕首，满地鲜血！

玄照惊恐地叫了几声没反应，才意识到玄清已气绝，吓得连滚带爬跑回法宝阁。

伊宫承带着探员们赶到毗卢阁西侧寮房，玄清住在最南面房间，隔壁住的是玄照。白马寺清规戒律很严格，最苛刻的就是除了方丈休息的禅室，所有寮房一律没有锁！

对此昙智的解释是出家人四大皆空，无牵无挂，既然住在寺庙面对佛祖有啥秘密可言？有啥值钱的东西放心不下？

伊宫承听了苦笑。这就意味着从昨晚晚课结束回房休息到今早玄照发现尸体期间，寺庙里所有人都有可能进入玄清房间，都可能是杀人凶手！

吴探员等人很快完成了现场勘查：从尸斑和血液凝固程度分析，死亡时间大约是凌晨三点，正是玄照发觉有人潜入法宝阁的时间点；奇怪的是，玄清穿戴整齐，左脚鞋子已穿好，右脚袜子套了一半，从身体姿势和临死前的动作看，应该是正在穿袜子时被人当胸一刀！

“凌晨三点多钟他出去干吗？莫非寺庙安排巡夜？”伊宫承问。

昙智大师道：“玄照和玄清固定值守法宝阁，不参与巡夜，这个点儿应该休息才对。”

伊宫承又问：“厕所远不远？”

昙智大师一指隔壁，“这儿就数他俩离厕所最近，夜间一溜小跑就到了，就算怕冷，披件衣服就行，无须把僧袍都穿上。”

“就算穿僧袍，也不必套袜子。”左侯笑模笑样道。

“是啊，不过他能去哪儿呢？”昙智大师不解道，“山门关上后，寺庙等于与世隔绝，三米多高的围墙，要害处均有狼狗看护，按说里面的人出不去，外面的人进不来。”

“药师寺宽不就混进来了吗？”伊宫承道。

昙智大师道：“毕竟在寺里住了几天，狼狗有些熟悉，不会乱叫。”

吴探员提出一个新颖的观点：“也许昨夜潜入法宝阁的就是玄清，他死的时候并非穿袜子，而是脱袜子，自以为完成任务了上床睡觉，不料遭到凶手暗算。”

“他白天独自在法宝阁有大把时间，为何深更半夜冒险？”伊宫承诘问道。

“故意制造动静，让所有人知道仍有窃贼打法宝阁的主意，不过为什么这么做，我暂时想不出来。”吴探员坦率地说。

左侯点点头，似乎觉得有道理，不想立刻挨了伊宫承的当头一棒：“你摸着脑袋想想，有几个人上床睡觉前是先脱袜子而不是外套？乱弹琴！”

吴探员吐吐舌头，溜到旁边去了。

左侯笑道：“话虽如此，玄清的死与法宝阁夜里的动静总有些关联……对了，大师能不能查到半年前方丈禅室失窃那天，法宝阁是谁值班？”

“玄清！”昙智大师不假思索道，“当夜发现钥匙被窃，贫僧和昙源大师立即来到法宝阁查看，玄清正呼呼大睡，然后打开神龛铜锁，见舍利宝函完好方才放心。”

“第二天换锁时玄清也在场？”

“没有，玄照上完晨课就过来换班了。”

左侯掐指一算：“照这个次序来看，药师寺宽在法宝阁待了一天，当时值守的应该是玄照？”

昙智大师正待点头，昙源大师却在一旁说：“不是！那天玄照肚子不舒服，夜里去了五六趟厕所，虚弱得起不了床，晨课都没参加，没办法，贫僧就关照玄清辛苦一下继续值白班。”

“这个玄清大有问题！”伊宫承沉声道。

昙智大师道：“玄清是白马寺镇上的人，二十岁那年，未过门的媳妇跟人家跑了，心灰意冷到本寺出家，至今已十五六年，憨厚实在，本分木讷，不会行为非作歹之事，想必是被奸人挟持杀害。”

“他父母可健在？玄清经常回去看望双亲吗？”伊宫承问。

“极少。”昙源大师道，“出家无家，时间久了情分也淡了，加之他是独子，父母怨他没帮家里传宗接代，渐渐隔阂得生分起来……”

伊宫承“哦”了一声，左侯接着说：“我到小镇里跑一趟。”

第五章

白马寺镇位于邙山、洛水之间，有洛阳东大门之称，向来是兵家必争之地。小镇附近驻扎着国民党第一战区副司令汤恩伯的嫡系部队 85 师，装备精良，是在前线跟日军较量过的硬骨头部队。

从白马寺镇向北、向东方圆数十里都被划为军管区，76 号特工逃到这里进退两难，不得不就地潜伏。

四方客栈名号虽响，不过是临街两层小楼，有七八间客房而已，客栈主人说早几年日本人没打过来时，白马寺香火鼎盛，逢年过节、观音菩萨生日、高僧开坛说法等盛会，香客从四面八方拥来，小镇老街上人头济济，四方客栈开三十间客房都不够，后来每况愈下，一年到头难得热闹几回，很少有人在小镇留宿。

七八间客房都住不满，再这样下去要关门大吉了。客栈主人叹息道。

杨老板正坐在客栈对面的茶叶店，品着新茶，饶有兴趣地听两个古玩贩子拿着一尊罗汉木雕吹得唾沫横飞："鉴别沉香主要靠闻，但闻也有讲究，一是'钻'，假沉香的香气扑鼻而来，真沉香像细线似的一缕缕钻入鼻孔；二是'透'，把沉香木用布一层层裹十几道依然能闻到香味；三是'放'，沉香木放得稍远些，闻到的香味是一阵一阵的，假沉香则没有间隙。"

杨老板半信半疑照着试，笑道：“果然如此，妙哉！”

左侯凑上前仔细打量，见这尊罗汉二十多厘米、遍体黝黑、周身布满香灰残结斑点，掂了掂确实有些分量。

文物贩子也不介意有人打岔，卖弄似的说：“这是佛陀十大弟子之一大迦叶尊者，当年佛祖拈花微笑，只有大迦叶尊者悟出禅意，遂得到衣钵真传。客官到白马寺大雄殿烧炷香准能看到。”

左侯放在手里摆弄一番，道：“雕工一般般，线条粗糙，刀法也欠流畅，一尊……杂木罗汉雕。”

一个文物贩子沉下脸面露凶光，另一个像受到侮辱似的跳起来，叫道：“杂木？你懂不懂沉香？不懂别乱说！”

说到“乱说”二字时，微微敞开外套，隐隐露出插在腰间的匕首！

左侯冷不防拿起罗汉木雕快步跑到堂屋角落的荷花缸前，“啪”地将木雕扔进水里。

只见木雕上下浮沉数下，仅头部有小半面微微浸入水中。

“沉香沉香，顾名思义，是可以沉入水中的香木，这，不对吧？”左侯道，“沉香分三类，入水即沉者叫‘沉香’，半浮半沉者叫‘栈香’，稍稍入水者叫‘黄熟香’，这尊罗汉颇为有趣，只有头部是‘黄熟香’，其他部位均是南方杂木，很有迷惑性啊。”

杨老板这才悟出刚才两个文物贩子一直将罗汉木雕的头部对着自己，恍然笑道：“苏州市面卖沉香木的都不收大洋，直接以黄金交易，罗汉头体积虽小价格也得破百，不过二位仁兄开价三千似乎高了点？”

两个文物贩子心知今儿个遇到行家，也不敢光天化日下动粗，恶狠狠地瞪了左侯一眼，收起罗汉木雕扬长而去。

待两人背影消失在街头，杨老板这才抱拳作揖：“多谢这位兄台明察秋毫！敢问兄台有何指教？”

刚才他虽在应付两个文物贩子的纠缠，却注意到左侯从客栈出来脚不打停便进了茶叶店，八成冲自己而来。

“杨老板招子好亮。”左侯笑道，“在下姓陈，平时在洛阳古玩街做些小买卖，刚从白马寺而来。”

“哦，陈先生也是为了那个？”杨老板眼中闪烁戒备之色。

“古玩圈没有秘密可言，昨天傍晚整个古玩街都知道那个失窃了，神通广大者正通过种种渠道给白马寺施压，我等一无没背景二无后台者，只能大老远跑过来碰碰运气了。”

杨老板吃惊不小：“啊，竟会这样？那……那陈先生如何知道在下来意，还知道我住在四方客栈？”

“嘿嘿，这点情报都搞不到还能在古玩街混？”

“……陈先生意欲何为？”

“八仙过海，大家各有各的财路，谁也别碍着谁。”左侯道，“不过那个家伙块头不小，杨老板即使得手未必运得出去，别的不说，从咱洛阳城到江苏起码要过三四道封锁线，一道给您扒一层皮，最后能留两三件就不错了。不如拣个合适的价儿转让给在下，您省心，在下也捞点油花喝喝，如何？”

杨老板认真想了想，道：“陈先生说得有几分道理，但眼下觊觎东西的人太多，鹿死谁手未为可知，讨论这个问题为时过早。等得手之后倘若要就地处理，我肯定优先考虑陈先生。”

左侯闻言喜道：“这算杨老板的承诺吧？在下先谢过了。”

“不客气。”杨老板淡淡说，似无意继续深聊。

左侯恍若未见，喝了口茶压低声音道：“在下有一事不解——杨先生是从江苏或上海而来？”

“做古玩行当居无定所，四海漂泊。”

“白马寺素来以清规戒律严苛著称，大小事务守口如瓶，杨先生既然四海漂泊，怎会正巧赶上这事儿，还抢在古玩街之前下手？”

“缘分。”杨老板只说了两个字便无下文，左侯实在挖不出什么，只得敷衍两句便出了门，直奔镇西北角落花村玄清的老家。

玄清父亲叫于振，一个老实巴交只会说当地方言的老农民，左侯找到他时正猫在田里摆弄秧苗，浑身脏兮兮的，散发着某种难闻的味道。

“那娃儿……当咱没生过。”于振那张被生活压垮的脸麻木不仁，没有悲伤，没有愤怒，什么表情都没有，“不指望他给咱养老送终，本想咱死了之后能隔三岔五上回坟，烧两刀纸就行了，没曾想啊，以后咱得先给他上坟了……”

朴实无华的话让左侯听了格外心塞，滞了好一会儿才说：“这两年他有没有经常给您二老捎东西？”

“早些年庙里香火旺，每年能分些‘衣单钱’，他都送回家，后来不行了，几年都是空着手回来，咳咳……”于振似想到什么，“几个月前他娘得了重病，城里西医说要开刀什么的，得一大笔钱，咱想着出不起拖回家躺着等死算了，他听说后赶到诊所给了钱，说是寺庙出的，昙真方丈真是慈悲为怀啊，咳咳咳……”

等于振干完农活，左侯陪他一路聊着天回破烂低矮的土坯房，真是家徒四壁，只有床、桌子两件家具，玄清母亲躺在床上昏昏沉沉，于振说情况比之前好多了。左侯无言，临行前将怀里的银洋都给了他，于振千恩万谢地送出老远。

回到白马寺，伊宫承、吴探员等人还在逐个盘问僧人，左侯便找昙智大师询问替玄清母亲垫付手术费之事。昙智大师大为吃惊，矢口否认说三十块大洋相当于本寺半年费用，以前香火鼎盛时勉强出得起，如今万万不可能的，再说玄清从没提过母亲要做手术，寺庙出钱更是无从说起。

会不会是昙真方丈私下出钱？左侯猜测道。

昙智大师道，寺庙衣食全依赖香火钱，没人有私房钱，方丈也不例外，且方丈从不经手钱财，所有费用支出由贫僧主管，哪怕一枚铜钱，贫僧都说得清去处。

哦，原来如此。左侯陷入沉思。

见左右无人，昙智大师压低声音说，虽说出家人慈悲为本，可即使在白马寺日进斗金的全盛时期，也断不会随意救济僧人家人医药费，此例一开将成为寺庙的沉重包袱——谁家没有三亲六故，给了这个，那个怎么办？再大的产业也要被拖垮！当家才知油米贵啊。

左侯连连说理解大师的苦衷。

此番伊宫承等人盘问得很细，一直持续到晚课结束。昙智大师将他们安排在齐云塔院里专门接待贵宾的厢房里，条件比玄照等僧人住的寮房好些。

当夜，伊宫承坐在灯下整理笔录，边看边皱眉，摇头叹息说探员素质有待提高，很多问题一略而过，明明有疑点却不继续追问，这样调查猴年马月才能结案？

左侯道，大敌当前，人心惶惶，从达官贵人到平民百姓都在谋划出路，有几个肯静下心工作？能忠心耿耿跟在局座后面就不错了，别奢求太多。

可治安总得有人出面维持，命案得查个水落石出，不然要警察何用？就算做一天和尚撞一天钟，也得认真撞是不是？伊宫承喟叹道。

这句话让左侯心里蓦地跳了两下，似乎在一团乱麻中捕捉到某个要害，可又一闪而过，转瞬消失得无影无踪。

第六章

将近凌晨一点，伊宫承终于整理完所有笔录，说方丈爱寺如爱家，首座僧恪尽职守，僧人们任劳任怨，看起来不该发生两起命案。

左侯也将笔录看了一遍，从中间抽出几页纸说："局座注意到没有？白马寺一团和气下还是存在拉帮结派的现象，比如说僧人们都说释蓝简直像昙真方丈的亲生儿子，跟觉慈大师也走得特别近。"

"昙真方丈顶着压力收留他呗，自然要感恩图报；觉慈大师那边是因为爱好梵文。"伊宫承道。

"但昙真大师对大伙儿都讨厌的若虚也照顾有加就奇怪了，这家伙脾气坏得出奇，动辄脸红脖子粗，外加大嗓门。释蓝也因为与住持吵架离开大相国寺，怎会让他？两人大吵三六九、小吵天天有，按说释蓝没少在方丈面前告状，昙智、昙源等大师都想把若虚逐出山门，可方丈就是不允。"

伊宫承拿起若虚的笔录，指着当中几行字说，关于这一点，他的解释是来洛阳前他在沈阳东陵报恩寺，住持印鉴大师与昙真方丈有过一面之缘，佛门讲究缘分，因此能在白马寺立足。

话说坏脾气的若虚除了不敢惹昙字辈大师，还有两个人也几乎没和他吵过架，一是张志复，出了名的泥菩萨性子，成天打坐念经，宛若神游于尘世之外，自然吵不起来；另一个则是死去的玄清！

左侯在几份笔录上画了圈，说有两个僧人说偶尔看到玄清值守时若虚去法宝阁溜达，但玄照值守时他从来不去。玄照也证实了这一点。

若虚和玄清，两个地域、文化背景和性格大不相同的人为何意气相投？倒很值得玩味。联想到玄清脱袜子时遭到杀害，一般来说只有在关系特别近的人面前才会如此随便和放松，放眼整个白马寺，由于他成天枯坐在法宝阁，与其他僧人交往泛泛，关系最好的除了玄照恐怕就是若虚。

当夜玄照被反锁于法宝阁且发现有人潜入，不可能分身暗害玄清，那么嫌疑最大的只有若虚！

联想到若虚从东北而来，可以说为逃避日本人加害，从另一个角度讲未尝不是日本人派到中原潜伏的间谍？

76 号特工被军统从重庆一路追杀逃到洛阳，眼看无法继续北上，遂将名单交给蛰伏已久的若虚。此时若虚也没法与特高课联系，只能先将情况藏匿到一个安全的地方。

听到这里伊宫承眼睛一亮，道："白马寺里唯独法宝阁和玉佛殿有人值守，而昙智大师等人经常在玉佛殿后的禅堂处理事务，人来人往，相比之下法宝阁更清静也更安全！"

"玄清母亲动手术的三十块大洋，很明显不是白马寺所出，凭玄清根本掏不起。"左侯道，"前些年香火旺的时候寺庙分的'衣单钱'不过一两块大洋，玄清都给了家里，可以说身无分文。那笔钱从何而来？大概是若虚收买他的贿金！"

伊宫承沉吟道："半年前 76 号特工逃到洛阳；半年前玄清出钱给母亲动手术，非常巧合。你觉得若虚说服玄清将名单藏在舍利宝函里，问题是玄清只是值守僧，连法宝阁前后殿门的钥匙都没有，更何况供奉架神龛的钥匙？”

“半年前还发生了一件事，昙真方丈的禅室失窃，丢失的恰恰有法宝阁前后殿门的备用钥匙！”

“不对，你的思路不对，”伊宫承摇摇手道，“若虚花钱买通玄清之后，只要他在值守，白天什么时候都能进去为所欲为，何必冒险偷钥匙？这从逻辑上说不通。况且昙真方丈私下透露神龛的备用钥匙、密室钥匙另有藏处，并没有放在禅室。”

左侯点头承认：“局座说得不错，这一点确实难以理解，我也卡在这个环节，但 76 号特工把名单给若虚，若虚通过玄清藏匿，大抵应是事实。”

“且沿着你的思路推演下去。几天前药师寺宽来白马寺挂单，第一天到法宝阁瞻仰舍利子，值守僧恰巧是玄清……”

“不是恰巧，八成前天晚上玄清在玄照喝的茶水里下了药，导致玄照上吐下泻，第二天不得不卧床休息。”左侯笑道。

“我倒忘了那茬。”伊宫承续道，“玄清替药师寺宽和若虚搭桥接上了头，然后三个人合谋偷出第二重宝函连同里面的舍利子，委托玄清藏在法宝阁某处——药师寺宽离寺须接受检查，没法蒙混过关，唯有出寺后悄悄返回。不料那天夜里出了意外，药师寺宽死于神秘高手的牛毛针，舍利宝函也下落不明！若虚怀疑是玄清耍的手脚，凌晨三点左右故意在法宝阁制造混乱，趁机溜进寮房杀掉玄清。”

“局座的推演整体流畅，但个别地方比较勉强，难以自圆其说，比如，药师寺宽作为老牌特工，应当知道任务优先的原则，夹带薄薄一两页纸的清单与冒险返回白马寺拿沉重且块头不小的二重宝函，是不是因小失大？我觉得从事过反特工作的局座有更清晰的判断。”

“肯定有某种原因让药师寺宽不得不这么做。”

“还有那位牛毛针神秘高手的存在也是个谜，药师寺宽被他所杀，舍利宝函和情报会不会也在他手里？他杀了药师寺宽，那晚又救了我们几个，按说是善意的，到底代表哪方势力，又是白马寺里的哪一位？”左侯一连串问道。

伊宫承道：“按武侠小说的逻辑，名山古寺的方丈往往身怀绝技，嘿嘿，你觉得昙真方丈像神秘高手吗？”

“气息轻浮、目光游离、脚底虚软无力，不像有内家功夫的样子。”

“昙智大师呢？”

“也不……”

刚说了两个字，东南角隐隐传来呼救声，伊宫承霎时跳起来，抄起手枪便冲出去，边跑边叫道：“紧急行动，东南方向！”

左侯在屋里扫了一圈没找到称手的家伙，只得抽出怀里的匕首紧追上去，跑了十多步，后面厢房陆续有人开门。

东南角正是方丈昙真住的禅室，左侧二十多米处的厢房住着昙字辈大师和觉慈大师。伊宫承大步流星来到禅室附近时，昙智和昙源两位大师也披着僧袍出来，一脸紧张，紧接着觉慈大师也开了门，惊问何事。

禅室里面亮着灯，伊宫承心悬到嗓子眼，冲到门口却不急于进去，握着枪喝问：“昙真方丈在不在？”

里面传来微弱的呻吟声，伊宫承“砰”一脚踹开门，举枪指着屋内。只见昙真方丈伏在条案前奄奄一息，通向玉佛殿方向的窗户敞开着，显然对方越窗而逃。伊宫承三步并作两步来到窗口查看，眼前一片漆黑。

这当儿昙智、昙源忙不迭过去扶起已昏迷的昙真查看伤情：手掌、手臂各有数道长长的血痕，心口偏左有处两三厘米深的刀伤。昙智熟悉禅室物品摆放，赶紧取出寺庙秘传的金创药替方丈敷上。

“还好没扎到要害，主要是受了惊吓，休养段时间就好了。”左侯进来后摸了摸脉搏安慰道，环视室内，床上、衣柜、书架被翻得凌乱不堪，条案上赫然是一大串钥匙，足有二三十把。

伊宫承转身正待说话，见来的僧人越来越多便打住了。吴探员等人逐个问了问刚才所在位置，有无证人等，然后打发众人先回去休息，只让昙智大师留下。

“密室钥匙不在其内，对不对？”伊宫承问。

昙智大师点点头，面色沉重：“它是白马寺最核心的机密，由历代方丈手手相传，今晚窃贼来意很明显，想从方丈嘴里逼问钥匙所在，方丈奋起反抗并呼救，使窃贼终未得逞。”

左侯问道：“半年前也有窃贼趁方丈不在来过，当时也翻得这么乱？”

昙智大师四下环顾，道：“这次更乱，看来窃贼很着急，或许已知道剩下的宝函被移至密室，想偷出来卖给小镇上的古玩商。”

“以前也有古玩商打过舍利宝函的主意？”

“舍利宝函是白马寺镇寺之宝，佛家至高无上的法宝，岂能用作买卖？但残缺的宝函对古玩商来说有利可图，他们可以拆分开来一件件卖。”昙智大师恨恨道。

几个人守在禅室直到天亮，昙真方丈悠悠苏醒，喝了点米汤，神智略有恢复，喃喃说：“钥匙……钥匙……”

昙智大师凑上前问：“窃贼是否想找密室钥匙？”

昙真方丈微微点头。

“窃贼长什么模样？”伊宫承上前问。

“没……看清……”昙真方丈只说了三个字又昏沉沉地睡过去。

“从今天起安排四名僧人 24 小时轮流守护，防止窃贼卷土重来，”伊宫承吩咐过后与左侯并肩出了禅室，来到玉佛殿后面的空地，深吸一口气道，“你刚才在桌上摸了个什么藏到怀里？”

左侯笑道：“什么都瞒不过局座，真是眼观六路耳听八方。”

“快拿出来！”伊宫承催促道。

左侯缓缓摊开手掌，掌心赫然有一枚牛毛针！

伊宫承惊讶道：“原来……窃贼跳窗逃跑并非因为方丈呼救，而是被神秘高手吓阻！”

“局座这句话有两层意思……”左侯缓缓道。

伊宫承大有深意地瞅了左侯一眼：“怎么，你也发现方丈有问题？”

“昙真方丈七十有余，风烛残年，可谓一碰就倒，哪来的力气奋力挣扎、大声呼救？我们听到的声音根本不是方丈所发，而是另有其人！”

“你也听出来了，很有探员潜质啊。”伊宫承难得夸了一句，“再说说哪两层意思？”

“第一层意思的重点在两个字‘吓阻’，神秘高手尽管出手了，也发了枚牛毛针，可局座从我敢不戴手套就能看出针上没毒，且牛毛针钉在条案正中，显然目标不是窃贼，警告意味更浓；第二层意思是，方丈其实认识窃贼，窃贼仅仅逼问钥匙的下落并没有加害方丈的想法，方丈也出于某个理由不愿透露窃贼身份……是不是很有趣？”

“我不认为有趣。”伊宫承干巴巴道。

“到目前为止神秘高手共出手三次，第一次意在杀人，用的是淬毒牛毛针；第二次意在杀马，针上也淬了毒；这是第三次，很明显窃贼就是上次追杀我们的黑影，神秘高手只吓不杀，必有缘由……”

第七章

晨课结束，释蓝急匆匆跑到禅室看望昙真方丈，与此同时吴探员押着大吵大嚷拼命反抗的若虚过来。

“我什么也没干，昨夜我好端端地在睡觉，干吗抓我？冤枉啊，冤枉啊！”若虚嘶声叫道。

伊宫承威严地说：“冤枉什么？我们在玄清身上发现了你的指纹！老实交代，不然有你苦头吃！”

“指纹？”若虚一呆，随即嚷道，“这几天我都没见过他，哪来的指纹？栽赃，一定是栽赃！冤枉啊，我不服……”

吴探员撕了块布条塞到他嘴里，径直押到齐云塔院厢房审讯。

看着若虚远去的背影，左侯轻笑道：“不是每次诈唬都能成功。”

伊宫承眉毛紧锁：“我也不想没证据就抓人，可形势所迫，若任由这家伙胡作非为不知会增添多少变数。接下来起码我们能安心寻找舍利宝函，抓捕杀害药师寺宽的凶手。”

“面对那位神秘高手，局座有几成胜算？”

“牛毛针固然厉害，可它的速度比子弹还快，距离比子弹还远？”伊宫承冷笑道。

左侯提醒道："别忘了他救过我们，包括局座；他杀的是日本人，日本特工！"

伊宫承硬邦邦道："杀人偿命，抓捕凶手是我职责所在，容不得讨价还价！"

真是死心眼！左侯暗暗叹道。

大概惊吓过度，上午昙真方丈一直昏睡不醒且高烧不退，释蓝耐心守在床边，在他额头上一条接一条地换着冷毛巾。伊宫承派车到洛阳请来最好的大夫，问清原委后开了几帖药剂，喂下去后的中午，方丈微微出汗，似有缓解迹象。

若虚不单脾气坏，还挺倔强，几个小时的严厉审讯里坚决不承认自己是日本潜伏特工，也否认跟玄清关系非同寻常，说玄清出身贫寒且不识字，僧人们都瞧不起他，在寺里经常受到奚落和白眼，自己则是炮仗脾气藏不住话，也被僧人们冷落，两人同病相怜而已。

看着寥寥几行字的笔录，伊宫承恼怒道："不肯招供就加点手段，哼，我在军统还没见过不肯说话的人！"

"是！"

吴探员知道今天是县政府三天期限的最后一天，眼看只剩半天了仍毫无头绪，伊宫承心里的焦急可想而知，遂应了一声匆匆而去。

"王探员还在小镇监视杨老板？"左侯问。

"你认为他不是古玩商？"

"连局座做的假'黄熟香'都辨不出，却敢到洛阳收购宝函，真是吃饱了撑的！"左侯冷笑道。

"他在小镇的行动正常得不能再正常，每天喝喝茶，接触各路文物贩子，只听不说，只看不买，谁也摸不清他的底细。"

“也许在等消息，也许……”左侯看着大殿里威武雄浑的佛像，陷入沉思。

一直到傍晚，若虚硬是挺过了吴探员等人的严刑拷打，紧咬牙关拒绝承认指控；禅室那边昙真方丈高烧渐褪，但忽而清醒，忽而糊涂，状态令人担忧。小镇上的老中医过来看了两回，私下对昙智大师说方丈已是油尽灯枯大限将至，准备后事吧……

按规矩，首座僧是方丈的顺位继承者，但昙智大师忧心忡忡无一丝喜色，一方面，多年以来众僧包括昙智都习惯唯昙真马首是瞻，眼下兵荒马乱众业萧条，这副沉甸甸的担子有千钧压力；另一方面，昙真神智不清，很多该交代的事极有可能成为永远的秘密，随他生命而去。

站在禅室门口，伊宫承脸上愁云密布。

两条人命，至今查不出凶手身份；舍利宝函失窃，不知落入谁手？伊宫承就任警察局副局长兼侦缉队长以来还没遇到过如此混沌一团的案情。

左侯呢？每当案子陷入泥沼之际，总是他以敏锐的嗅觉和天马行空的推理反败为胜，这回能否扭转形势？

伊宫承一路找到法宝阁，进入大殿却见左侯一本正经地盘膝坐在草蒲团上，嘴里念念有词，不远处站着一脸惊诧的玄照。

“你在干什么？”伊宫承觉得又好气又好笑。

左侯慢慢睁开眼，道：“冥想能使我神台清明，想通一些事。”

“啥事？”

这时王探员匆匆跑进来，低声说：“杨老板突然离开小镇了！”

“不好！”左侯一跃而起，“看来他也想通了，赶紧回城！”

伊宫承瞪大眼，“回城？寺里乱成一团，难道撒手不管？”

“兵分两路，这边让吴探员负责，我们必须在天黑前赶回去，否则来不及了！”

“好，立即动身！”伊宫承知道左侯平时虽吊儿郎当，关键时刻却从不含糊，果断命令道。

初冬的洛阳天黑得比往常早，晚上七点左右全城灯火管制，外面伸手不见五指。

黑咕隆咚的长巷子里，一座古朴沧桑的小四合院。

有个黑影悄无声息地穿过巷子，绕到后墙，攀着墙边老槐树轻巧地爬到树梢，奋力一跃越过墙头，滚落到后院草丛里。

五分钟后，院里一家三口被五花大绑躺在堂屋地上，惊恐万状地看着乌黑的枪口。

蒙面人语气阴冷地说："老子没空跟你们磨叽，就问一句，东西藏在哪里？数到十不说，先毙了小兔崽子！数到二十，再毙掉这娘们儿；数到三十就轮到你，然后一把火烧得干干净净，从此世上就没有张家，明不明白？”

一家三口吓得瑟瑟发抖，哪敢说半个字。

“一,二,三,四,五,六……”数到八时，蒙面人用枪口顶住孩子太阳穴。

瞬间女人崩溃，哭喊道："快说吧，娃他爸，娃是咱张家命根子啊！”

男人脸色惨白如纸，颓然道："东西交给你，请留我们一家三口性命，我……不认识你，也不可能张扬出去，这件事就，就当没发生过，好不好？”

“没问题，你快说！”蒙面人道。

“地……地窖西墙角白……白菜堆里……”

蒙面人“哼”了一声，又拿绳子将三人捆到一块儿拴在八仙桌腿上，这才出了堂屋，打开地窖，费力地搬开一颗颗白菜，果然，在最深处有个方方正正的包袱！

蒙面人眼睛一亮，急急解开一层又一层布，嘀咕道“到底是做豆腐的，包得这么啰唆”，解了七八层布，露出金筐宝钿珍珠装武夫石宝函，以珍珠装武夫石磨制而成，雕花金带为边，箱体以珍珠、宝石嵌饰珠宝花鸟，看上去华丽而精美！

打开宝函，里面赫然是宝珠顶单檐四门纯金塔！

至此蒙面人的心终于踏实，不再耽搁时间，草草包裹起来后拎起来走出地窖。

岂料身体刚出了地窖，陡地劲风乍起，黑暗中四五个人将他紧紧压在身下动弹不得，紧接着左右太阳穴各顶了把手枪，又有人劈手夺过包袱！

铐上手铐后两道电筒光柱直射眼睛，随即响起熟悉的笑声：“杨老板，我们又见面了！”

蒙面巾被扯下，果然是小镇上与左侯喝茶的古玩商杨老板！

“你……原来是警察！”杨老板眯着眼看清面前站着的正是自称陈先生的左侯。

左侯微笑：“不，我的专长是古玩鉴定，而你却不是。”

堂屋里张志复的儿媳、孙子都被松绑，唯有儿子先铐上手铐后才解开，媳妇抱着他哭得撕心裂肺，不肯让探员们把他押解出去。

“我还是不太明白。”回到警车上，伊宫承蹙眉道。

左侯笑道：“局座不是在军统没见过不肯说话的人吗？今晚可得好好伺候这位杨老板。”

“对付日军特工，我向来不手软！”伊宫承眼里掠过一丝杀气。

“他不是。”

“呃……你说什么？”

“如果我判断得没错，他应该是中统的人！”

伊宫承大为惊愕，看着左侯说不出话来。

审讯的结果不出所料，杨老板是中统从湖北抽调过来的，目的在于军统山东地区潜伏人员名单，但与谁接头、因何得知舍利宝函藏在张家，杨老板没来得及说便昏死过去——军统酷刑真不是一般人能抗得住的。

与此同时，左侯在伊宫承办公室小心翼翼地打开宝函，取出纯金塔，拆开塔身，底座是纯金方台，中间竖立着手指长的银柱，里面便存放着被佛门视为至宝的舍利子。

伊宫承不管三七二十一“咣当”倒在桌上，急得左侯连连说“轻点”！伊宫承里里外外找了一遍，没发现最想得到的潜伏名单！

“怎么回事？”他冷汗都下来了，“名单不是藏在宝函里吗？他娘的，日本人不是一般的狡猾，什么军统、中统，统统上当了！”

左侯却很镇定，将金塔重新拼装起来放入宝函内，仔细端详一番，叹道：“药师寺宽用自己的生命布下了迷魂阵，可怕的武士道精神！”

“迷魂阵？那名单藏在哪里？”伊宫承似看到希望，焦急地追问道。

左侯捧起宝函道：“赶紧回白马寺把宝贝物归原主，并抢在对手得知消息前找到名单。”

“到哪儿找？”

左侯笑了笑：“我也不太确定，试一试吧。”

第八章

凌晨两点，白马寺方丈禅室里灯火通明，以昙智为首跪在床前，后面是昙字辈大师和觉慈大师，再往后则是辈分低的僧人们，一直跪到禅室外。昙真方丈已进入弥留之际，全寺僧人聚到一处共同诵经祈祷，希望保佑方丈渡过此劫。

吴探员接到命令带几名探员去抓捕张志复，伊宫承将觉慈大师叫到禅室外，道："麻烦大师陪我去趟藏经阁。"

觉慈大师一愣："伊宫局长是想……"

伊宫承并不解释，转身就往藏经阁的方向走，两人一前一后来到藏经阁，左侯已等在门口，笑模笑样道："烦请大师把药师寺宽看过的经卷都拿出来。"

"精读加浏览共七十多册，都拿吗？"觉慈大师有些吃惊。

"按调阅簿的顺序，都拿出来。"

觉慈大师点点头，点亮煤油灯后将桌子腾空，然后按顺序一册册放到左侯面前。

"药师寺宽翻阅佛典时，就坐在大师对面？"左侯边看边问。

"这是本寺规矩，防止翻阅者破坏、私藏佛典。"

“大师翻译梵文时心无旁骛，不可能时时注意药师寺宽的一举一动吧？”

觉慈大师道：“此规矩防君子不防小人。”

“大师言之有理。”

左侯笑呵呵道，耐心而细致地翻着一页页经卷，半小时才看了二十多册，伊宫承在旁边焦躁不安地转来转去，觉慈大师却安之若素。

“大师来白马寺前在哪座名寺修行？”左侯问道。

“先慕名到北平静安寺，后来去四川峨眉山小住了数年，再一路向北来到此地。”

“大师在兵荒马乱的内地千里独行，想必遇到过不少危险吧？”

觉慈大师手拈无字诀，淡淡道：“哪个歹徒愿意打劫不名一文的和尚？”

一边闲聊一边飞快地翻页，翻到只剩下几册，伊宫承已快失去信心时，左侯蓦地一拍桌子：“有了！”

他从一卷《敦煌大藏经》里抽出一张折成两叠的方格稿纸，展开一看，上面用钢笔密密麻麻写着很多地名和人名，还没来得及细瞧便被伊宫承抢过去，伊宫承粗略一扫，欣喜若狂道：“就是它，终于找到了！”随即如获至宝放入贴身口袋里，长长吁了口气想说什么，左侯抢先道：“不知方丈怎样，赶紧过去瞧瞧！”

三人来到禅室，昙真方丈已是进的气少出的气多，随时有可能撒手西去。左侯跪在床边，凑在他耳边道：“方丈，舍利宝函找回来了！”

说也奇怪，一直神智不清的昙真方丈居然勉强睁开眼，左侯赶紧将宝函打开，举着金塔在他眼前晃了晃，“喏，真在这儿！”

昙真方丈欣慰地笑了笑，竟然滚落两行热泪，喃喃道：“佛祖保佑，贫僧未……酿大……错……”他精神陡地一振，一口气道，“密室钥匙在……枕头里，是贫僧答应张……志复将名单藏于宝函内……为的是……保全白马寺……贫僧养虎遗患，险些……如此甚好……”

说罢头微微一歪，安详逝去。

“方丈圆寂了！”

昙智大师恸哭道，禅室内外顿时哀声一片。

来到禅室外，伊宫承急切地问：“方丈临终前说了些什么？真没想到他居然回光返照，我在后面一个字都没听到。”

“他承认自己同意张志复把名单藏在宝函里。”

“原来张志复才是隐藏得最深的日本潜伏特工！”伊宫承恨恨道，“你是怎么想到的？”

“药师寺宽中毒针而亡，杨老板守在小镇等消息，寺内接二连三异动，从常理分析舍利宝函仍在白马寺，可除了玉佛殿和法宝阁，所有大殿、寮房都没有锁，根本藏不住东西，因此舍利宝函肯定通过某种渠道偷运出去了，会是谁呢？只有张志复！”

警方调查药师寺宽离寺当天傍晚各人行踪时，张志复交代上午他儿子儿媳带来补品，他趁着厨房没人独自煎熬汤剂，显然舍利宝函通过他儿子带回了洛阳！

除此之外，没人有机会将东西带出白马寺。

表面看张志复笃信佛教，与世无争，不可能是日本特工，然而反过来想一想，越是这样不谙世事的人越没有国家、民族兴亡的概念，越容易被日本人威逼利诱甘做汉奸，在他头脑里白马寺就是整个世界，为了寺庙安危，他愿意做任何事！

同样，方丈昙真也是如此。

半年前，76 号特工辗转逃到洛阳城后进退两难，不得不将名单送到紧急安全屋——张家老豆腐坊。张志复儿子不敢把名单藏在家里，遂利用看望父亲的机会把名单带到白马寺。

之前日本人透过张志复与昙真方丈达成默契，要白马寺“提供一点帮助”，换取日军攻下洛阳后不破坏白马寺一草一木。因此昙真方丈拿备用钥匙秘密将名单藏入八重宝函的金塔之中。

虽说昙真方丈和张志复藏匿时将玄清打发走了，但玄清还是感觉到异常并透露给了若虚。

若虚是中统派驻于沈阳东陵报恩寺的特工，日本占领东三省后大肆搜捕军统、中统潜伏人员，若虚奉命撤到洛阳继续潜伏。

若虚已接到中统密令，得知 76 号特工可能将情报转给洛阳当地的日本特工，非常怀疑昙真方丈的举动，于是用重金收买玄清进一步打探消息。玄清遂拿这笔钱付了母亲的手术费。

若虚趁方丈昙真外出潜入禅室，但没找到神龛钥匙，他灵机一动偷走法宝殿前后门的钥匙，试探其反应。

方丈发现钥匙被盗后十分紧张，当即唤来锁匠连同神龛铜锁都换了，若虚推断名单藏在宝函之中。

此后伊宫承连番重击，中统、日本驻洛阳组织都遭到重创，若虚自忖凭自己和玄清无法偷到名单，即使得手也送不出去，不如让它安安稳稳藏在宝函里。

再后来药师寺宽出现了。

他一露面若虚就知道取名单的人来了，当晚玄清在玄照茶水里下了泻药，然后在法宝阁死死盯住药师寺宽。然而药师寺宽的内应却是方丈，轻而易举找个理由支开了玄清，取出名单。

药师寺宽不愧是特高课老牌特工，已从玄清举止中看出端倪，猜到此行将有麻烦，遂临时做了个局，逼迫方丈同意将三重宝函连同金塔交给张志复，趁儿子探望的机会将之转移到洛阳家中。

这么做有两层目的，一是将注意力转移到舍利宝函失窃问题上；二是让人误解名单藏在舍利宝函里。

接着药师寺宽在藏经阁坐了一天半，利用觉慈大师专注于翻译梵文时将名单夹到佛典里，进行了一次完美的暗度陈仓。

离开白马寺时僧人们检查得很仔细，若虚在场也觉得没问题，赶紧通知前来接应的杨先生半道阻截药师寺宽。

岂知当晚药师寺宽并没有去洛阳，而是悄悄折返回白马寺，准备潜入藏经阁取回名单，中途被若虚擒住，百般折磨逼其交出名单，药师寺宽坚拒不从，在极端痛苦的时候遭到神秘高手用牛毛针暗算，毒发身亡。

若虚十分惊愕，实在想不通寺里还有哪股势力，怀疑名单落于方丈之手又转交伊宫承，那天傍晚杨先生策马追杀回城的车辆，即将成功时却被神秘高手所阻。

若虚怀疑玄照知道内情，怂恿玄清一起去法宝阁拷问玄照。玄清白天见到大批探员出现有些害怕，言辞间流露出不想干并要向方丈告发的意思，若虚的暴脾气又上来了，冷不防一刀刺死玄清，独自来到法宝阁——他早早配了前后门的钥匙。殊不知白天发生了命案，玄照非常警觉，刚刚进殿就察觉到并敲响警钟，若虚只得仓皇而逃。

昨夜若虚狗急跳墙闯入禅室，逼问方丈名单下落，方丈无奈之下只得承认舍利宝函给了张志复。对话间，若虚发觉方丈识破自己的身份，遂起了杀机，这时神秘高手突然出现，发了枚牛毛针以示警告，若虚跳窗而逃。

下午若虚设法将消息传出去，杨老板火速赶回洛阳，未料左侯已想通前后原委，守在张家院里逮了个正着。

听到这里，伊宫承道："完美的推理，只是你忘了说那位神秘的高手到底是谁？”

左侯耸耸肩道：“何必在意呢？不妨算到若虚头上吧，无非加条人命而已，杀日本人对中统来说脸面上还好看些。”

出乎意料，伊宫承竟然认同：“可以，反正截获到最重要的名单，命案糊涂一点也无所谓，也算在三天限期内结案吧。”

第九章

凌晨五点。

左侯蹑手蹑脚来到禅室对面的厢房门口，放了几条毒蛇进去。

“咝咝咝”，毒蛇昂首挺胸地快速在地面游走，扑向几米外熟睡正酣的觉慈大师！

眼看毒蛇快接近床脚，觉慈大师突然翻了个身，黑暗中银光微闪，四条毒蛇齐齐僵卧在地。

窗外左侯无声而笑，轻盈地离开，快到齐云塔院时感觉有人跟在身后，喝道：“谁？”

“你早猜到神秘高手是觉慈大师？”跟踪者竟是伊宫承。

“局座什么时候知道的？”

“在藏经阁你一个劲儿地追问他之前的经历，当听到峨眉山时，我突然想起有本武侠小说里写过那里隐居着世外高手，觉慈大师的牛毛针功夫大概来源于此。”

左侯叹道：“局座的想象力非同凡响。其实药师寺宽把名单藏入佛典时，觉慈大师已经察觉，本想置身事外，但后来药师寺宽再度潜入白马寺试图取回名单时被若虚抓住饱经折磨，这种情况下生不如死，觉慈大师不得不出手送同胞一程；之后觉慈大师听说杨先生准备半道劫杀我们，特意赶过去吓退对方，杀马不杀人，正是佛家霹雳手段、菩萨心肠啊！再后来他又发牛毛针示警，使若虚知难而退。整个案子里觉慈大师是很独立的存在，既不齿于同胞药师寺宽的行为，又不愿揭穿其阴谋；既悲天悯人，屡屡出手救人于危难，又不愿身涉其间。因此明知名单藏在佛典里都懒得处理，也许对他来说无论谁拿了都不重要，从某种意义上讲，他跟张志复是同一类人。”

伊宫承沉默良久，道：“是啊，同一类人……所以，杀人的罪名还是让若虚扛吧。”

“局座高明。”

“我未必高明到哪儿去，但很多事，我不说不代表不知道，明白吗？”伊宫承平静地说。

几步外，伊宫承与夜色融为一体，显得格外高深莫测，左侯不由得打了个寒噤，不知是因为夜深风寒，还是因为今晚的月光太清冷。